Ross Macdonald
(1915-1983)

Ross Macdonald nasceu Kenneth Millar, em Los Gatos, próximo de San Francisco, em 13 de dezembro de 1915. Cresceu no Canadá, lá casou-se com Margaret Sturm (a futura escritora Margaret Millar) e voltou aos Estados Unidos em 1938. Como grande parte dos escritores norte-americanos da época, iniciou a carreira literária publicando contos em revistas. Enquanto estudava na Universidade de Michigan concluiu seu primeiro romance, *The Dark Tunnel*, publicado em 1944, sob o pseudônimo de John Macdonald, para evitar associação com o nome de sua mulher, que estava se tornando conhecida como escritora. Então passou a assinar sua produção, por um breve período de tempo, como John Ross Macdonald, até que, para evitar ser confundido com o também escritor John D. Macdonald, chegou ao pseudônimo definitivo de Ross Macdonald. Após servir como oficial de comunicações na Marinha, durante a Segunda Guerra Mundial, voltou para Michigan, onde, em 1951, realizou seu pós-doutorado.

Lew Archer, detetive particular durão, herdeiro da tradição de Raymond Chandler e Dashiell Hammett, foi apresentado ao público pela primeira vez em 1949, no romance *The Moving Target* (*O alvo móvel*, **L**&**PM** POCKET), adaptado às telas do cinema em Harper, de 1966, estrelado por Paul Newman. O nome Lew Archer seria uma homenagem a Dashiell Hammett, cujo personagem, o detetive Sam Spade, tem como parceiro Miles Archer, e a Lew Wallace, autor de Ben-Hur. O autor se tornaria célebre devido às histórias protagonizadas por Archer, totalizando dezoito romances e vários contos.

Ainda no início da década de 1950, Macdonald radicou-se na Califórnia, estabelecendo-se pelos próximos trinta anos em Santa Barbara, onde se passa a maior parte de
– ainda que neles a cidade cham

Ao aprofundar a psicologi
sonagens – em relação à tradição

levou as histórias de crime e mistério a um novo patamar. Quanto às suas tramas, estas normalmente são bastante complicadas e cheias de reviravoltas e seus desenlaces costumam ser imprevisíveis até mesmo para os mais ardorosos fãs. Foi o "caçula" da geração que revolucionou a literatura policial, elevando-a de *pulp fiction* a grande arte. E, apesar da indiferença dos mestres que o precederam – Hammett, Chandler, David Goodis –, Macdonald conquistou seu espaço, firmou-se como um dos grandes escritores norte-americanos do século XX e seus romances foram igualmente elogiados pela crítica e pelo público. Ele recebeu o Grand Master Award da associação Mystery Writers of America, em 1973, e também o Prêmio Adaga de Prata da Mystery Writers da Grã-Bretanha. Morreu vítima do mal de Alzheimer na cidade de Santa Barbara, em 1983.

Leia também na Coleção L&PM POCKET

Atire no pianista – David Goodis
O alvo móvel – Ross Macdonald
O Harlem é escuro – Chester Himes
O longo adeus – Raymond Chandler
Tiros na noite (volume 1) – A mulher do bandido – Dashiell Hammett
Tiros na noite (volume 2) – Medo de tiro – Dashiell Hammett

Ross Macdonald

A PISCINA MORTAL

Tradução de IRENE HIRSCH

www.lpm.com.br

L&PM POCKET

Coleção **L&PM** POCKET, vol. 614

Primeira edição na Coleção **L&PM** Pocket: maio de 2007
Esta reimpressão: junho de 2011

Título original: *The Drowning Pool*

Tradução: Irene Hirsch
Capa: Ivan Pinheiro Machado sobre foto © Trent Parke / Magnum Photos
Revisão: Bianca Pasqualini e Jó Saldanha

CIP-Brasil. Catalogação-na-Fonte
Sindicato Nacional dos Editores de Livros, RJ.

M118p

Macdonald, Ross, 1915-1983
  A piscina mortal / Ross Macdonald; tradução de Irene Hirsch. – Porto Alegre, RS: L&PM, 2011.
  208p. – (L&PM POCKET; v. 614)

  Tradução de: *The Drowning Pool*
  Contém dados biográficos
  ISBN 978-85-254-1650-6

  1. Detetives particulares - Ficção. 2. Ficção americana. I. Hirsch, Irene, 1954-. II. Título. III. Série.

07-1800.   CDD: 813
                                        CDU: 821.111(73)-3

© Copyright © 1950 by Alfred A. Knopf., Inc. Copyright renovado em 1978 por Margareth Millar Charitable Remainder Unitrust u/a 4/12/82

Todos os direitos desta edição reservados a L&PM Editores
Rua Comendador Coruja, 314, loja 9 – Floresta – 90.220-180
Porto Alegre – RS – Brasil / Fone: 51.3225.5777 – Fax: 51.3221-5380

Pedidos & Depto. Comercial: vendas@lpm.com.br
Fale conosco: info@lpm.com.br
www.lpm.com.br

Impresso no Brasil
Outono de 2011

Para Tony

Um

Sem ver seu rosto, ela parecia ter menos de trinta anos e ser ágil e graciosa como uma garotinha. Suas roupas chamavam atenção para a realidade: um *tailleur* bem-cortado de algodão lustroso e sapatos de salto alto que enrijeciam suas pernas obscurecidas em meias de náilon. Mas havia um poço de preocupação em volta de seus olhos e esboçado em sua boca. Os olhos eram de um azul profundo, com uma espécie de visão dupla. Olhavam claramente para você, o prendiam por completo e, ao mesmo tempo, olhavam para além de si. Tinham anos de lembranças e muito mais coisas para ver do que os olhos de uma garotinha. Por volta de 35, em minha opinião, e ainda no páreo.

Ficou de pé à porta, sem falar nada, tempo bastante para que eu tivesse esses pensamentos. Seus dentes mordiscavam a parte interna do lábio superior e as duas mãos apertavam a bolsa de camurça preta à altura da cintura. Deixei que o silêncio se prolongasse. Ela bateu na porta e eu abri. Indecisa ou não, ela não poderia esperar que eu a carregasse para dentro. Ela já era bem crescidinha e viera por algum motivo. Seus modos eram estranhamente insistentes.

– Sr. Archer? – ela disse, por fim.

– Sim. Pode entrar.

– Obrigada. Desculpe por hesitar. Devo ter feito o senhor se sentir como um dentista.

– Todo mundo odeia os detetives e os dentistas. Nós também os odiamos.

– É mesmo? Na verdade, nunca fui a um dentista – ela sorriu, como se para ilustrar o assunto, e me estendeu a mão num gesto solto. Era firme e morena. – Nem a um detetive.

Ofereci-lhe a cadeira confortável perto da janela. A luz não a incomodava. Seu cabelo era castanho natural, sem nenhum fio grisalho que eu pudesse ver. Seu rosto era límpido e moreno. Imaginei se seria toda límpida e morena.

– Qual dente a está incomodando, senhora...?

— Desculpe. Meu nome é Maude Slocum. Sempre esqueço as boas maneiras quando estou perturbada.

Ela pedia desculpas demais para uma mulher com aquele corpo e aquelas roupas.

— Veja — eu disse. — Tenho a pele de um rinoceronte e um coração de pedra. Trabalho com divórcios em Los Angeles há dez anos. Se me contar alguma coisa que eu já não tenha ouvido, doarei os ganhos de uma semana em Santa Anita para uma casa de caridade.

— O senhor também dá conta das situações adversas?

— Elas não me assustam, só tenho medo das pessoas.

— Sei o que quer dizer. — Os belos dentes brancos se mexeram de novo na boca quente. — Quando eu era jovem, achava que as pessoas eram tolerantes... entende? Agora não tenho mais tanta certeza.

— A senhora não veio aqui, esta manhã, para teorizar sobre a moral. Teria um caso específico em mente?

Ela respondeu depois de uma pausa.

— Sim, tive um choque ontem — ela olhou direto para o meu rosto e depois para além dele. Seus olhos estavam mais profundos do que o mar perto de Catalina. — Alguém está tentando me destruir.

— Matar, é o que quer dizer?

— Destruir as coisas de que gosto. Meu marido, minha família, meu lar — sua voz tremeu e parou. — É terrivelmente difícil contar; a coisa toda é tão secreta.

Outra vez, eu disse a mim mesmo. Uma manhã de verdadeiras confissões, com Archer, o padre sem batina, no papel principal.

— Eu deveria ter estudado na universidade para ser dentista, e fazer coisas mais simples e menos dolorosas como arrancar dentes. Se a senhora precisa mesmo de minha ajuda, terá de me dizer para o quê. Alguém a mandou vir aqui?

— O senhor foi recomendado. Conheço um homem que trabalha na polícia. Ele disse que o senhor é honesto e discreto.

— Coisa rara para um tira dizer a meu respeito. A senhora poderia me dizer o nome dele?

– Não, não posso – a simples sugestão parecia deixá-la em pânico. Seus dedos apertaram a bolsa de camurça preta.
– Ele não sabe nada sobre isso.
– Nem eu. Nem acho que jamais saberei – deixei escapar um sorriso e ofereci a ela um cigarro. Ela deu uma tragada sem prazer, mas pareceu um pouco mais relaxada.
– Que droga! – ela tossiu por causa da fumaça. – Passei a noite inteira acordada, tentando decidir e ainda não consegui. Ninguém sabe disso, entendeu? É difícil contar para alguém. Cria-se o hábito de ficar em silêncio, depois de dezesseis anos.
– Dezesseis anos? Pensei que tivesse sido ontem.
Ela enrubesceu.
– Oh, sim. Eu só estava pensando no tempo em que estou casada. Isso tem muito a ver com meu casamento.
– Foi o que pensei. Sou bom em jogos de adivinhação.
– Desculpe. Não quis ofendê-lo nem insultá-lo – o arrependimento era inesperado, para uma mulher de sua classe. Não combinava com *tailleurs* de cem dólares. – Não que eu ache que o senhor vai contar para alguém ou fazer chantagem comigo...
– Alguém a está chantageando?
A pergunta a assustou tanto que ela pulou. Cruzou as pernas de novo e inclinou-se para frente na cadeira.
– Não sei. Não tenho a menor idéia.
– Então estamos quites – peguei um envelope da gaveta de cima da minha escrivaninha, abri e comecei a ler o documento mimeografado. Dizia que havia uma chance em três de eu ir para um hospital naquele ano, que não poderia me dar ao luxo de ficar sem a proteção de um seguro saúde e que quem vacila está perdido. – Quem vacila está perdido – eu disse em voz alta.
– Está rindo às minhas custas, sr. Archer. Mas qual será o nosso acordo? Se aceitar o caso, naturalmente cuidará dos meus interesses. Mas se não aceitar e eu tiver lhe contado tudo, como posso crer que vai esquecer o assunto?

Deixei que minha irritação transparecesse na voz e dessa vez não esbocei nenhum sorriso e nem fiz graça.

– Vamos esquecer isso. Está me fazendo perder tempo, sra. Slocum.

– Sei que estou – o tom dela era mais desgostoso do que deveria ser. – Esta coisa foi um golpe físico para mim. Um golpe pelas costas – disse com súbita determinação, e abriu a bolsa com os longos dedos alvos –, acho que devo mostrar ao senhor. Não posso ir para casa agora e ficar sentada, esperando por outra.

Olhei para a carta que ela me entregou. Era curta e objetiva, sem cabeçalho nem assinatura:

> Prezado sr. Slocum:
> Lírios apodrecidos cheiram pior do que ervas daninhas. É possível que goste de bancar o corno manso? Ou será que não sabe nada da vida amorosa de sua mulher?

A carta fora datilografada numa folha de papel branco comum, dobrada no tamanho de um envelope pequeno.

– Tem envelope?

– Sim – ela mexeu na bolsa e me entregou um envelope branco amassado endereçado a James Slocum, *Esq*[1]., Trail Street, Vale Nopal, Califórnia. O carimbo era claro: Quinto, Califórnia, 18 de julho.

– Hoje é quarta-feira – eu disse. – Foi colocada no correio na segunda-feira. Conhece alguém em Quinto?

– Todo mundo – ela deu um sorriso forçado. – Fica a poucos quilômetros de Vale Nopal, onde moramos. Mas não faço a menor idéia de quem a pudesse ter mandado.

– E por quê?

– Acho que tenho inimigos. A maioria das pessoas tem.

---
1. Abreviação de *Esquire*, título de cortesia geralmente usado após o nome masculino, sem correspondente em português. Originalmente designa um membro da nobreza inglesa abaixo do cavalheiro. Hoje, usado para designar uma pessoa ligada à aristocracia ou para denotar algum tipo de superioridade social. (N.E.)

– Acredito que seu marido não viu a carta. James Slocum é seu marido?

– Sim. Ele não a viu. Estava ocupado em Quinto quando a carta chegou. Em geral, vou de bicicleta até a caixa de correio.

– Ele tem negócios em Quinto?

– Não são negócios. Ele é ator do Quinto Players... um grupo de teatro semiprofissional. Eles estão ensaiando todos os dias nesta semana...

Eu a interrompi.

– A senhora sempre lê as cartas de seu marido?

– Sim. Nós lemos as cartas um do outro. Eu não esperava ser interrogada, sr. Archer.

– Mais uma pergunta. A alegação é verdadeira?

O sangue correu sob a pele clara de seu rosto, e seus olhos se iluminaram.

– Não espera que eu responda isso.

– Tudo bem. A senhora não estaria aqui, se não fosse verdade.

– Pelo contrário – ela disse.

– E a senhora quer que eu encontre a pessoa que enviou essa carta, e a processe?

– Oh, não – ela não era inteligente. – Só quero que isso acabe. Não posso ficar vigiando a caixa de correios para interceptar as cartas dele, e não suporto a tensão da espera e os pensamentos...

– Além disso, a próxima carta pode ser entregue pessoalmente para ele. Seria muito grave se ele a lesse?

– Seria gravíssimo.

– Por quê? Ele é muito ciumento e violento?

– Nem um pouco. Ele é um homem muito tranqüilo.

– E a senhora está apaixonada por ele?

– Eu me casei com ele – ela disse. – Não me arrependo disso.

– Se o seu casamento vai bem, não deve se preocupar com uma ou duas cartas maldosas – joguei a carta em cima da escrivaninha entre nós, e olhei para seu rosto. Sua boca e olhos pareciam atormentados.

– Seria a última gota. Tenho uma filha que ainda está na escola. Não vou permitir que isso aconteça.

– Isso o quê?

– O rompimento e o divórcio – ela respondeu, ríspida.

– É isso que vai acontecer, se o seu marido receber uma dessas? – apontei meu cigarro para o pedaço de papel branco.

– Receio que sim, sr. Archer. Talvez eu pudesse cuidar de James, mas ele mostraria a carta para a mãe, e *ela* contrataria um detetive.

– Eles encontrariam um motivo para o divórcio? Existem provas contra a senhora?

– Deve haver – ela disse, amargurada. – Alguém sabe. – Seu corpo todo se mexeu um pouco, contorcendo-se como uma minhoca no anzol. Naquele momento, ela odiou seu sexo. – Isso é muito doloroso para mim.

– Sei – eu disse. – Minha esposa divorciou-se de mim, no ano passado. Crueldade mental em excesso.

– Acho que o senhor seria bem capaz disso – havia certa malícia na sua voz. Depois sua expressão mudou de novo: – Por favor, não pense que não levo o divórcio a sério. É a última coisa que quero.

– Por causa de sua filha, não é?

Ela refletiu sobre isso.

– Em última análise, sim. Sou filha de um casal que se divorciou e sofri muito por isso. Há outros motivos, também. Minha sogra ficaria muito contente.

– Que tipo de mulher é ela? Poderia ter mandado a carta?

A pergunta a pegou de surpresa e ela teve de pensar de novo.

– Não. Tenho certeza que não. Ela seria muito mais direta. É uma mulher muito decidida. Como disse, não tenho a menor idéia de quem mandou a carta.

– Alguém de Quinto, então. Uma população de 25 mil pessoas, não é? Ou alguém que esteve em Quinto na segunda-feira. É um caso bem complicado.

– Mas, vai me ajudar? – ela não parecia uma senhora que se senta na cadeira de modo sedutor e dramatiza o pedido. Talvez não fosse mesmo uma senhora muito alinhada.

– Pode demorar e não prometo nenhum resultado. A senhora tem grana, sra. Slocum?

– Certamente seus serviços não são exclusivos para os ricos – ela olhou ao redor, observando o escritório simples, pequeno e bem arrumado.

– Não gasto dinheiro com aparências, mas cobro cinqüenta dólares por dia, mais as despesas. Vai custar quatrocentos ou quinhentos por semana. Com o que temos, pode demorar todo o verão.

Ela engoliu em seco.

– Para ser franca, não sou rica. Há o dinheiro de família, mas James e eu nada temos. Só temos uma renda de cem mil.

– Trezentos e cinqüenta.

– Menos. A mãe de James controla o dinheiro. Moramos com ela, entende? Tenho algum dinheiro que economizei para os estudos de Cathy. Posso pagar quinhentos dólares.

– Não posso garantir nada numa semana ou num mês, nesse caso.

– Tenho de fazer alguma coisa.

– Imagino que sim. É provável que a pessoa que escreveu a carta saiba algo mais concreto, e a senhora teme a próxima carta.

Ela não respondeu.

– Ajudaria muito se a senhora me contasse o que é.

Seus olhos encararam os meus friamente.

– Não vejo necessidade de confessar adultério, e nem o senhor deve supor que há algo a ser confessado.

– Que inferno! – eu disse. – Se tiver de trabalhar no escuro, só vou perder tempo.

– Será pago.

– A senhora estará desperdiçando seu dinheiro.

– Não me importa – ela abriu a bolsa de novo e contou dez notas de vinte, colocando-as na escrivaninha. – Aqui está. Quero que faça o que puder. Conhece o Vale Nopal?

– Já estive por lá, e conheço Quinto um pouco. O que seu marido faz no Quinto Players?

– Ele é ator, ou pensa que é. O senhor não deve falar com ele.

– Terá de me deixar fazer o trabalho do meu jeito, ou será melhor eu ficar no meu escritório lendo um livro. Como entro em contato com a senhora?

– Pode me telefonar em casa. Vale Nopal está na lista telefônica de Quinto. Em nome da sra. Olívia Slocum.

Ela se levantou e eu a segui até a porta. Percebi pela primeira vez que a parte de trás do elegante *tailleur* estava desbotada. Havia uma tênue marca na saia, no lugar onde a bainha tinha sido mudada. Senti pena daquela mulher e comecei a gostar dela.

– Vou para lá ainda esta manhã – eu disse. – Cuidado com a caixa de correio.

Depois que ela se foi, sentei-me atrás da escrivaninha e olhei para o tampo sem polimento. A carta e as notas de vinte estavam ali, lado a lado. Sexo e dinheiro: as raízes bifurcadas do mal. O cigarro esquecido da sra. Slocum queimava no cinzeiro, marcado de batom, como uma borda de sangue. Cheirava mal e eu o apaguei. Coloquei a carta no bolso do casaco e as notas de vinte na carteira.

Na rua, quando saí, o calor era intenso. No céu, o sol marcava meio-dia.

Dois

A uma hora ao norte de Santa Mônica uma placa informava: VOCÊ ESTÁ PERTO DE QUINTO, A JÓIA DO MAR, VELOCIDADE MÁXIMA 40 KM. Diminuí a velocidade e comecei a procurar uma pousada. Os chalés brancos do Hotel Del Mar pareciam limpos e arejados, e eu virei na direção do anteparo de cascalho em frente ao cercado oval. Uma mulher magra de avental de linho saiu da porta onde se lia ESCRITÓRIO, antes que eu tivesse parado o carro. Ela veio rebolando em minha direção, com um sorriso matreiro deslumbrante.

– O senhor queria hospedagem?

– Queria. E ainda quero.

Ela riu e mexeu nos cabelos desbotados, puxados para trás e presos num coque.

– Está viajando sozinho?

– Sim. Talvez fique alguns dias.

Ela piscou os olhos com atrevimento, abanando a cabeça.

– Não fique muito tempo, senão o charme de Quinto irá prendê-lo. É a Jóia do Mar, entende? Vai querer ficar para sempre. Temos um quarto de solteiro muito bom, o sete.

– Posso dar uma olhada?

– Claro. Acho que vai adorar.

Ela me mostrou um quarto revestido de pinho com uma cama, uma mesa e duas cadeiras. O chão e os móveis reluziam de tão encerados. Havia uma reprodução de Rivera na parede, e a cor de açafrão também aparecia no vaso de cravo-de-defunto sobre a lareira. Embaixo da janela esquerda, o mar cintilava.

Virou-se para mim, como um músico ao piano.

– Então?

– Muito agradável – eu disse.

– Por favor, me acompanhe para preencher a ficha de hóspedes, e Henry vai encher a garrafa de água gelada. Nós tentamos lhe oferecer *todo* o conforto.

Eu a segui até o escritório, sentindo certo incômodo por ela me deixar desconcertado, e escrevi meu nome completo no registro, Lew A. Archer, com o endereço de Los Angeles.

– Vejo que é de Los Angeles – ela disse, pegando meu dinheiro.

– Provisoriamente. Na verdade, gostaria de morar aqui.

– É mesmo? Ouviu isso, Henry? Este senhor gostaria de morar em Quinto...

Um homem de aspecto cansado virou-se na escrivaninha no fundo da sala, e resmungou.

– Ah, o senhor vai adorar – ela disse. – O mar. As montanhas. O ar puro e fresco. As noites. Henry e eu estamos muito felizes de ter decidido comprar este lugar. E fica cheio todas as noites no verão, com a placa "lotado" bem antes de escurecer. Henry e eu até fazemos troça disso, não é, Henry?

Henry resmungou de novo.

– Há muitas maneiras de se ganhar a vida por aqui?

– Bem, há as lojas, o mercado imobiliário, todos os tipos de coisas. Não temos indústrias, claro, o conselho não permite. Afinal, veja o que aconteceu com Vale Nopal, quando deixaram que os poços de petróleo entrassem.

– O que aconteceu com Vale Nopal?

– Foi destruído, totalmente destruído. Uma multidão de pessoas de classe baixa, os mexicanos e grupos sujos de óleo vieram de todas as partes e simplesmente tomaram conta da cidade. Não podemos permitir que isso aconteça aqui.

– De jeito nenhum – eu disse, com uma falsidade que ela não percebeu. – Quinto deve permanecer um lugar de belezas naturais e um centro cultural. A propósito, já ouvi falar muito dos Quinto Players.

– Ora, é mesmo, sr. Archer? – A voz dela se transformou num sussurro alegre. – O senhor não é um bacana de Hollywood?

– Não, exatamente – deixei a questão em aberto. – Já trabalhei bastante em Hollywood e arredores. – Vigiando quartos de espeluncas, desfazendo laços matrimoniais, chantageando chantagistas aposentados. Um trabalho sujo, pesado, tórrido, na época.

Ela estreitou os olhos e juntou os lábios, como se tivesse me entendido.

– Logo percebi que era de Hollywood. Claro que vai querer assistir à nova peça neste fim de semana. Quem escreveu foi o próprio sr. Marvell (um homem muito inteligente), que também é o diretor. Rita Tradwith, uma grande amiga minha, está ajudando com o figurino, e ela disse que a peça tem grandes possibilidades: o cinema, a Broadway, tudo.

– Sim – eu disse. – Ouvi relatos sobre isso. Onde fica o teatro onde estão ensaiando?

– Perto da rua principal no centro da cidade. É só virar à direita no Fórum e verá uma placa: Teatro Quinto.

– Obrigado – eu disse, e saí. A porta de tela bateu uma segunda vez antes que eu chegasse ao meu carro, e Henry veio se arrastando pelo cascalho em minha direção. Era magro, rijo, bronzeado e curtido por longos verões. Chegou tão perto de mim que pude sentir seu cheiro.

– Escute, amigo. Estava falando sério ao dizer que vai morar aqui? – olhou para trás para ter certeza de que sua esposa não estava por perto, e cuspiu no cascalho. – Tenho uma proposta de rendimentos, se estiver interessado. Dez mil de entrada e o resto a prazo. Cinqüenta mil pelo lugar, são doze chalés e a clientela.

– Quer vender este lugar? Para mim?

– Não vai encontrar lugar melhor por este preço.

– Pensei que adorasse Quinto.

Ele olhou com desprezo para a porta do escritório.

– Isso é o que *ela* pensa. Que pense, dane-se. Ela deixa que a Câmara de Comércio controle seu pensamento. Tenho uma oferta para vender bebidas em Nopal.

– Tem dinheiro em Nopal, ouvi dizer.

– Tem mesmo. O vale está cheio de dinheiro desde que encontraram petróleo, e não existe ninguém que gaste mais do que os homens do petróleo. Fácil de ganhar, fácil de gastar.

– Lamento – eu disse. – Não estou interessado.

– Tudo bem! Só perguntei por perguntar. Ela não me deixa nem colocar uma placa ou anúncio para este maldito lugar.

Ele se arrastou de volta para o escritório.

Os homens e as mulheres nas ruas tinham o aspecto enrugado dos idólatras do sol nas férias. Muitos eram bem jovens, outros muito velhos, e a maioria dos jovens usava trajes de banho. Os edifícios brancos, em estilo espanhol, pareciam irreais, um cenário pintado no céu azul. À esquerda, no final da travessa, o mar calmo surgia como uma parede azul chapada.

Estacionei o carro na frente de um restaurante perto do fórum e fui fazer uma refeição leve. A garçonete usava um avental xadrez vermelho que combinava com a toalha da mesa e tinha uma pele que combinava com o café. Deixei uma gorjeta e dei uma volta pelo quarteirão até o Teatro Quinto. Duas horas da tarde no meu relógio, deveriam estar ensaiando. Se a peça estava programada para o fim de semana, terminariam tudo até quarta-feira.

O teatro ficava um pouco afastado da rua, num terreno de grama amarela: o prédio era uma caixa maciça sem janelas com pedaços de estuque parecendo envelhecido. Duas colunas em mau estado sustentavam o telhado da porta principal. Em cada uma das pilastras um cartaz anunciava a "Estréia de *O Polemista*, a Nova Peça de Francis Marvell". Na parede ao lado da bilheteria havia uma exposição de fotografias colocadas sobre uma grande cartolina azul. Srta. Jeanette Dermott, como Clara: uma jovem loira com olhos brilhantes e sonhadores. Sra Leigh Galloway, como a esposa: uma mulher de rosto duro, com um sorriso profissional e os dentes alvos prontos para morder um público imaginário.

A terceira pessoa do resplandecente trio me interessou. Era um homem de quase quarenta anos, de cabelos claros que caíam sobre um rosto pálido e nobre. Os olhos eram grandes e tristes, a boca, pequena e delicada. A foto tinha sido tirada de lado, para mostrar o perfil, que era muito bonito. Sr. James Slocum, dizia a legenda, como "O polemista". Se é que se pode acreditar em fotografias, o retrato do sr. James Slocum era o sonho de todas as mocinhas. Não meu.

Um sedã Packard, anterior à guerra, parou em frente ao teatro, e um jovem desceu. Suas pernas compridas estavam apertadas em *jeans* desbotados, e seus largos ombros se avolumavam em uma camisa florida com estampa havaiana. A calça e a camisa não combinavam com o boné preto, de chofer, na cabeça. Deve ter se incomodado com o boné, pois o jogou no banco da frente do Packard antes de sair na calçada. O cabelo preto e sedoso se enrolava em pequenos cachos. Olhou para mim com seus olhos ainda mais claros por causa da pele bronzeada de seu rosto. Mais um sonho das mocinhas. Elas andavam em bandos nas praias da Califórnia.

O Sonho nº 2 abriu a porta pesada à minha esquerda, a qual se fechou atrás dele. Esperei um minuto e o segui. O saguão era pequeno e pouco iluminado pelo brilho das lâmpadas vermelhas que indicavam a saída. O jovem desapareceu, mas ouvia-se um murmúrio de vozes atrás de outra porta. Atravessei o saguão e entrei no auditório principal. Estava todo escuro, menos o palco, onde havia luzes e pessoas. Sentei na platéia, na última fila, e me perguntei que droga eu estava fazendo ali.

O cenário estava montado, uma sala de visitas inglesa, com mobília de época, mas os atores não usavam as roupas da peça. James Slocum, tão bonito quanto na foto, de suéter amarelo de gola alta, dividia o palco com a moça loura, de calça comprida. Conversavam no meio do palco.

– Roderick – a moça dizia –, é verdade que você sempre soube que eu o amava, e nunca me disse uma palavra?

– Por que deveria? – Slocum encolheu os ombros, fazendo pouco caso. – Você estava contente em amar e eu estava contente em ser amado. Claro, fiz tudo para encorajá-la.

– Você me encorajou? – ela exagerou na surpresa, e sua voz saiu um pouco estridente. – Eu não sabia.

– Tomei cuidado para que não soubesse, até que você ultrapassou a tênue linha que separa a admiração da paixão. Mas eu estava sempre pronto, com um fósforo para seus cigarros, um elogio para o seu vestido, um aperto de mão na partida. – Ele moveu a mão no ar e ficou piegas sem se dar conta.

– Mas e a sua esposa? E ela? Parece incrível que você quisesse me levar de propósito para as trevas do adultério.

– Trevas, minha querida? Pelo contrário, a paixão é radiante como o brilho de milhares de sóis, luminosa como um dia de primavera iluminado pelos esplendores do arco-íris! – ele falou aquelas palavras como se acreditasse nelas, com um timbre vibrante, mas um tanto rouco. – Além do amor que poderíamos sentir... podemos sentir... a união legal é como o acasalamento de coelhos amedrontados numa caixa.

– Roderick, eu odeio, temo e adoro você – a moça proclamou, atirando-se aos pés dele, como uma bailarina.

Ele estendeu as duas mãos e a levantou do chão.

– Adoro ser adorado – ele respondeu, depressa. Um abraço.

Um indivíduo magro andava nervoso no fosso da orquestra, a silhueta desenhada pelo reflexo das luzes inferiores. Então ele pulou para o palco com um salto único e andou em volta do casal amoroso como um árbitro.

– Muito bom – ele disse. – Muito bom mesmo. Os dois entenderam maravilhosamente bem o que eu queria. Mas seria possível, srta. Dermott, enfatizar um pouco mais o contraste entre *odiar* e *temer* primeiro, e *adorar* depois? Afinal, essa é a idéia fundamental do primeiro ato: a ambivalência da resposta de Clara ao Polemista, exteriorizando a ambivalência da sua atitude para o amor e a vida. Poderiam começar de novo desde "coelhos na caixa"?

– Claro, sr. Marvell.

Então era mesmo o autor da peça, como eu suspeitava. Era o tipo de peça que só uma mãe ou um ator poderia gostar, o tipo que faz paródia de si mesma. Sofisticação fingida com muito verniz e nenhum conteúdo.

Voltei minha atenção para o auditório escuro, que parecia ser maior do que era de fato, por estar quase vazio. Algumas poucas pessoas estavam aglomeradas nas primeiras fileiras, assistindo em silêncio os atores repetirem aquela droga. As outras cadeiras estavam vazias, exceto duas, poucas fileiras à minha frente. Quando meus olhos se acostumaram com a pouca luz, vi que era um rapaz e uma moça, de cabeças juntas. Ao menos o rapaz estava inclinado na direção dela e a moça estava sentada direito na cadeira. Quando ele levantou o braço e colocou no encosto, ela trocou de lugar.

Vi o rosto dele, quando se inclinou para falar com ela. Era o Sonho nº 2:

– Vai se danar – ele disse. – Você me trata como lixo. Pensei que tudo estava legal entre a gente, quando você entrou no seu iglu e bateu a porta na minha cara.

– Os iglus não têm portas, eu entro em túneis – a voz dela era calma e afetada.

– Isso é uma outra coisa – ele tentava falar baixo, mas a raiva saltava das suas cordas vocais, fazendo com que as palavras soassem desiguais. – Você se sente tão superior, o grande cérebro. Poderia lhe contar coisas sobre as quais você nunca ouviu falar.

– Não quero ouvir nada. Estou interessada na peça, sr. Reavis, e gostaria que me deixasse em paz.

– *Sr*. Reavis! Por que ficou tão formal de repente? Estava bem fogosa na noite passada, quando a levei para casa, mas agora me trata de "sr. Reavis"!

– Não estava! Não admito que me tratem assim.

– Isso é o que você pensa. Não pode ficar brincando comigo, entendeu? Não sou pouca coisa, tenho idéias, e posso ter várias mulheres, se eu quiser, entendeu?

– Sei que é irresistível, sr. Reavis. Minha incapacidade de achá-lo irresistível, sem dúvida, é patológica.

– Papo furado não significa nada – ele gritou de frustração e raiva. – Vou lhe mostrar algo que significa alguma coisa.

Antes que ela pudesse se mexer de novo, ele estava agachado à sua frente, prendendo-a na cadeira. Ela soltou um guincho abafado e bateu no rosto dele com a mão fechada. Mas ele encontrou seus lábios e a beijou, segurando a cabeça dela com as duas mãos. Pude ouvir os assobios da respiração, a poltrona estalando pelo peso de seus corpos lutando. Fiquei onde estava. Eles se conheciam melhor do que eu a eles, e nada poderia acontecer a ela naquele lugar.

Por fim, ele a soltou, mas ficou curvado sobre ela, com um pouco de esperança nos ombros arqueados.

– Sujo! – ela disse. – Você é sujo.

As palavras pegaram mal, como lama respingando no rosto.

– Não pode me chamar disso! – ele tinha esquecido de falar baixo. Suas mãos procuravam os ombros e o pescoço dela.

Eu já estava levantando da cadeira, quando as luzes se acenderam. O diálogo no palco tinha acabado e todos estavam vindo pelo corredor com Marvell à frente. Era um homem de cabelo louro, vestia roupa de *tweed* e estava agitado. Percebia-se um leve sotaque inglês na sua voz:

– Ora, vejam só! Que está acontecendo aqui? – parecia uma professora solteirona, que pegou os alunos em flagrante.

O rapaz levantou depressa e virou-se, apoiando-se no encosto da poltrona. Seus movimentos eram envergonhados e desajeitados, mas também perigosos. Seus músculos estavam tensos e seus olhos pareciam gelados.

Slocum deu um passo à frente e colocou a mão no ombro de Marvell.

– Deixe que eu cuido disso, Francis – virou-se para a moça, que estava tensa, sentada na poltrona. – Ora, Cathy, o que está acontecendo?

– Nada, pai – sua voz ficou séria de novo. – Estávamos sentados aqui, conversando, e Pat ficou bravo, é só isso.

– Ele estava beijando você – Slocum disse. – Eu vi vocês do palco. Vá lavar o rosto, converso com você depois.

A mão dela correu para os lábios.

– Sim, pai – ela disse, por entre os dedos. Era uma moça bonita, muito mais jovem do que eu pensei, pelas palavras que usou. O cabelo castanho formava cachos na nuca, que se mexia com brilho de cobre.

O rapaz olhou-a de frente e de novo para o pai.

– Não – ele disse. – Ela não tem nada a ver com isso. Tentei beijá-la, mas ela não deixou.

– Você admite, então, Reavis?

O rapaz aproximou-se de Slocum e este diminuiu de tamanho. Seus magros ombros sob o suéter amarelo fizeram com que Slocum parecesse ser o mais jovem. Ficou ali, inflexível e ofendido.

– Por que não deveria admitir? – Reavis disse. – Não existe lei proibindo beijar uma moça...

Slocum falou, com uma fúria gelada.

– No que diz respeito à minha filhinha, certas coisas são impossíveis e impensáveis e – procurou uma palavra e a encontrou – obscenas. Nenhum chofer estúpido...

– Não serei sempre um chofer...

– Você tem razão. Já não é mais.

– Acho que está me despedindo – o tom de sua voz era indiferente e desaforado.

– Sem dúvida nenhuma.

– Ora, seu palerma de meia-tigela, você não pode me despedir. Você nunca pagou meu salário mesmo. Não que eu faça questão desse empreguinho. Pode ficar com ele.

Os dois homens estavam frente a frente, tão perto que estavam quase se tocando. O resto das pessoas no corredor se juntou em volta deles. Marvell se insinuou entre eles, e pôs a mão no peito de Reavis.

– Já chega – ele omitiu a deixa "meu rapaz", mas estava implícita. – Aconselho você a sair daqui antes que eu chame a polícia.

– Por desmascarar um impostor? – Reavis tentou rir, e quase conseguiu. –Já teria ido embora há meses, se não fosse por Cathy. O velho sovina está me fazendo um favor.

A moça levantou da poltrona, com os olhos cheios de lágrimas.

– Vá embora, Pat. Não fale essas coisas horríveis para meu pai.

– Você ouviu a moça, Reavis.

Slocum estava vermelho até o pescoço e lívido em volta da boca.

– Saia daqui e não volte nunca mais. Mandarei levar suas coisas.

A tensão diminuiu quando Reavis, no centro da situação, relaxou aos poucos. Sabia que tinha sido derrotado e seus ombros mostravam isso. Voltou-se para Cathy, que não olhou para ele. Antes que o foco da atenção se voltasse para mim, levantei-me da minha poltrona de sete dólares e setenta centavos e fui para o saguão.

A foto do Polemista no pórtico olhava sem piscar para o sol da tarde. O drama dos bastidores de Quinto, eu disse a ele em silêncio, é melhor do que o drama ensaiado no palco. Ele não respondeu; estava perdido no sonho de sua própria beleza.

Três

Encontrei um telefone público numa farmácia no próximo quarteirão. Não tinha nenhum James Slocum na seção de Vale Nopal da lista telefônica, mas tinha uma sra. Olívia Slocum, provavelmente a mãe dele. Fiz a ligação com uma moeda de dez centavos e uma voz dissonante respondeu que tanto poderia ser de homem quanto de mulher.

– Residência dos Slocum.

– A sra. James Slocum, por favor.

Ouvi um clique na linha.

– Tudo bem, sra. Strang. Vou atender no meu telefone.

A sra. Strang resmungou e saiu da linha.

– Aqui é Archer – eu disse. – Estou em Quinto.

– Esperava a sua chamada. Sim?

– Veja bem, sra. Slocum. Estou de mãos atadas. Não posso fazer perguntas, ou vou começar a falar quando houver perguntas. Não tenho instruções e nem contatos. Não há um jeito de eu conhecer sua família... seu marido, ao menos?

– Mas ele não tem nada a ver com isso. O senhor apenas levantaria suspeitas.

– Não, necessariamente. Se eu ficar por aqui sem nenhuma explicação, é certo que vou levantar suspeitas. E não vou descobrir nada, se não puder falar com alguém.

– O senhor parece desanimado – ela disse.

– Não me entusiasmei muito, já lhe disse. Trabalhando no vazio, não tenho muitas chances de ajudá-la. Mesmo uma lista de suspeitos...

– Mas não há nenhum. Não consigo pensar em ninguém. O caso é tão sem esperança?

– A menos que eu tenha um golpe de sorte, como alguém me abordar na rua e confessar. Este é um assunto muito íntimo, não há nada público como num divórcio comum, e preciso ficar mais próximo de sua vida.

Muito meiga, ela disse:

– Está propondo me espionar, sr. Archer?

– Não. Eu trabalho para a senhora. Mas preciso de um ponto de partida para trabalhar e ele é a sua família. Dei uma olhada em seu marido e filha há pouco, mas uma olhada não é o suficiente.

– Dei-lhe instruções claras de não se aproximar de meu marido.

As mudanças de humor dela eram difíceis de acompanhar e entender. Mudei de tom.

– Se não me deixar cuidar das coisas ao meu modo, terei de abandonar o caso. Mandarei o dinheiro pelo correio.

No silêncio que se seguiu, ouvi o lápis dela batendo no telefone. – Não – ela disse, afinal. – Quero que faça o que puder. Se tiver alguma sugestão razoável...

– Não é muito razoável, mas pode ajudar. A senhora tem amigos em Hollywood? Pessoas do cinema?

Outro silêncio.

– Tem a Mildred Fleming, ela é secretária de um dos estúdios. Almocei com ela hoje.

– Qual estúdio?

– Da Warner, acho.

– Tudo bem. A senhora contou a ela como a peça é boa. Ela tem um namorado, que trabalha para um agente, que cuida de direitos autorais. Eu.

– Entendi – ela respondeu, devagar. – Sim, parece razoável. Na verdade, vai ser muito bom. Alguns amigos de James vêm para um aperitivo. Pode vir aqui às cinco horas?

– Chegarei cedo.

– Muito bem, sr. Archer – ela me deu o endereço e desligou.

Minha camisa estava úmida de tanto ficar sentado na cabine quente. Voltei para a pousada, vesti um calção e fui até a praia nadar. As ondas azuis esverdeadas quebravam devagar na praia. Mais além, viam-se alguns veleiros brancos no horizonte, inclinados como asas no vento, mas imóveis à distância. Mergulhei de cabeça numa onda que quebrava e senti o choque da água fria. Batendo os pés, nadei cerca de quinhentos metros para frente. Então, as algas me barraram, um obstáculo de sargaço com tubos e bulbos marrons e amarelos flutuando submersos na água. Detestei o contato com a vida submarina.

Fiquei flutuando de costas, olhando para o céu, com nada ao meu redor além do calmo e límpido oceano Pacífico, e nada à vista além do imenso espaço azul. Foi o mais próximo que estive da pureza e da liberdade, e o mais distante de toda gente. Tinham feito construções baratas nas praias, de San Diego até Golden Gate, cortado montanhas com máquinas para as estradas, derrubado sequóias de mil anos e construído um descampado urbano no deserto. Não podiam mexer com o oceano. Jogavam esgoto ali, mas não conseguiam estragá-lo.

Não havia mal no sul da Califórnia que não pudesse ser reparado por uma enchente do mar. A não ser o fato de existirem muitos Ararats e eu não ser Noé. O céu estava sem nuvens e monótono, e a água estava gelada. Atravessei as algas por debaixo da água, fria e pegajosa como as entranhas do medo. Emergi ofegante e nadei correndo em direção à praia, aterrorizado, como se uma barracuda estivesse mordiscando meus pés.

Uma onda me atirou para a areia, onde um vento frio de fim da tarde estava armado com agulhas de areia. Afinal, eu não era um bom selvagem.

Ainda sentia frio meia hora mais tarde, ao atravessar o desfiladeiro para o Vale Nopal. Mesmo os pontos mais altos da estrada eram amplos e novos, reconstruídos com o dinheiro de alguém. Senti o cheiro da fonte do dinheiro, quando desci o vale do outro lado. Fedia a ovos podres.

Os poços de petróleo, de onde saía o enxofre, espalhavam-se pelos dois lados da cidade. Pude vê-los da estrada, quando cheguei: os triângulos de treliça dos guindastes no lugar onde antes cresciam as árvores, as bombas vibrando e zunindo no lugar onde o gado costumava pastar. Desde 1939 ou 1940, quando vi a cidade pela última vez, ela tinha crescido demais, como um tumor. Tinha atirado seus apêndices para todos os lados: blocos de casas minúsculas em filas de novos loteamentos junto com casebres, quase um quilômetro de estrada com construções de um andar: veterinários, quiropráticos, cabeleireiros, mercados, restaurantes, bares, depósitos de bebidas. Havia um novo hotel de quatro andares, um templo branco de *gospel*, um boliche tão grande que poderia guardar um B-36. A rua principal tinha sido transformada pelos blocos de vidro, plástico e néon. Uma cidade tranqüila num vale ensolarado que tinha tirado a sorte grande e não sabia o que fazer.

Além das fachadas dos prédios, do número e da marca dos carros, outras coisas tinham mudado. As pessoas eram diferentes, e havia pessoas em excesso. Multidões de homens com rostos marcados pelo sol, trabalho e tédio andavam pelas ruas, entrando e saindo dos bares, procurando diversão ou briga. Viam-se poucas mulheres na rua principal. O tira de camisa azul na esquina usava o coldre na frente, com o estojo aberto e o cabo da arma aparecendo.

A rua Trail virava para direita no fim da cidade e subia pelos campos de petróleo até um chapadão ligeiramente inclinado que dava vista para o vale. Ao subir, tornava-se um asfalto estreito que dava voltas nas encostas do morro aquecido pelo sol. As montanhas se elevavam bem diante do meu carro, completamente escurecidas pela luz poente. Havia uma casa comprida e baixa, escondida pelos carvalhos gigantes, no meio do chapadão, como uma pedra local. Antes de chegar a ela, tive de parar e abrir um portão que bloqueava a estrada. Dos dois lados uma cerca de dois metros de altura com arame farpado em cima estendia-se a perder de vista.

A estrada a partir do portão era de cascalho novo, ladeada por duas fileiras iguais de palmeiras. Havia alguns carros estacionados no pátio circular em frente à casa. Um era o velho sedã Packard que eu tinha visto no Teatro Quinto. Deixei meu carro ao lado dele e atravessei uma plataforma com grama, evitando ser borrifado pelo esguicho.

A casa era de tijolos cor de terra, pressionada por um enorme telhado de tijolos vermelhos, sólida como uma fortaleza. Na frente havia uma imensa varanda. Subi os pequenos degraus de concreto. Uma mulher de calças e suéter vermelho estava enrolada como uma cobra escarlate no canto do balanço de lona verde. A cabeça estava inclinada sobre um livro, e os óculos coloridos faziam seu rosto sombrio parecer concentrado. A concentração era verdadeira; ela não pareceu ter me ouvido ou visto até que falei:

– Desculpe. Estou procurando a sra. Slocum.

– *Eu* peço desculpas.

Ela parecia mesmo surpresa e, tentando focalizar a vista como alguém que estava dormindo, tirou os óculos. Era Cathy Slocum; eu não a tinha reconhecido até então. Os óculos e a fisionomia acrescentaram dez anos à sua idade, e o formato do corpo era enganoso. Era um daqueles corpos femininos que se desenvolvem muito cedo. Seus olhos eram grandes e profundos, como os da mãe, mas ela tinha traços mais bonitos. Entendi a paixão do chofer por ela. Mas ela era muito nova.

– Meu nome é Archer – eu disse.

Ela me olhou friamente por algum tempo, mas não me reconheceu.

– Sou Cathy Slocum. É minha mãe ou minha avó que quer ver?

– Sua mãe. Ela me convidou para a festa.

– A festa não é dela – disse a meia-voz, para si mesma. Um ar de menininha mimada marcou duas rugas pretas verticais entre seus olhos. Então lembrou-se de mim, seu rosto ficou mais suave, e perguntou, meiga:

– É amigo de minha mãe, sr. Archer?

– Um amigo de um amigo. Quer ver minhas medidas Bertillon[2]?

Ela era inteligente o bastante para entender, e jovem bastante para corar.

---

2. Sistema de medidas antropométricas criado por Alphonse Bertillon (1853-1914) que visava identificar indivíduos – especialmente criminosos – com base na descrição do corpo humano. (N.E.)

— Desculpe. Não quis ser atrevida... vemos tão pouca gente de fora.

O que explicava o seu interesse pelo chofer panaca, chamado Reavis.

— Mamãe acaba de sair da piscina e está se vestindo, e papai ainda não voltou. Não quer sentar?

— Obrigado — segui o corpo alto e esbelto até o balanço, achando graça ser de uma adolescente que precisava ser lembrada de boas maneiras. Mas não era uma adolescente comum. Quando ela pôs o livro que tinha nas mãos na almofada entre nós, vi que era sobre psicanálise, escrito por Karen Horney.

Ela puxou a conversa, balançando os óculos para frente e para trás:

— Papai está ensaiando uma peça em Quinto, por isso vamos ter a festa. Ele é um ator muito bom, sabe? — ela disse, um pouco na defensiva.

— Sei. Muito melhor do que a peça.

— Viu a peça?

— Vi uma cena, esta tarde.

— E o que achou? Não está bem escrita?

— É boa — eu disse, sem nenhum entusiasmo.

— Mas o que achou, de verdade?

Parecia tão sincera e tão inocente que resolvi falar.

— Eles deveriam abandonar o título, escrever uma outra peça e arranjar outro título. Se o que eu vi serve de exemplo.

— Mas todos os que assistiram acharam que é uma obra-prima. O senhor se interessa por teatro, sr. Archer?

— Quer dizer, se sei do que estou falando? É provável que não. Eu trabalho para um sujeito em Hollywood que mexe com direitos autorais. Ele me mandou dar uma olhada.

— Oh! — ela disse. — Hollywood. Papai diz que a peça é muito literária para Hollywood, e não foi escrita com todos os ingredientes. O sr. Marvell planeja levá-la pra Broadway. Os padrões de lá são mais sutis, não acha?

— Muito mais. Quem é o sr. Marvell? Sei que é o autor-diretor da peça...

— É um poeta inglês. Estudou em Oxford e o tio dele é

um lorde. É um grande amigo de papai. Papai gosta das poesias dele, e eu tentei ler algumas, mas não entendi nada. São muito difíceis e simbólicas, como as de Dylan Thomas.

O nome dele não me dizia nada.

– Seu pai irá junto, quando Marvell levar a peça para Nova York?

– Oh, não! – os óculos em movimento fizeram um círculo completo e estalaram ao baterem no joelho. Ela pôs os óculos no nariz de novo. Faziam seu rosto parecer mais comprido e mais velho, e bastante atrevido.

– Papai só está ajudando Francis. Só está montando a peça para ver se consegue algum patrocínio. Papai não tem ambições teatrais, embora seja um ótimo ator, não acha?

Um amador medíocre, pensei. E disse:

– Sem dúvida nenhuma – quando a moça falava sobre o pai, o que era freqüente, seus lábios ficavam suaves e as mãos, imóveis.

Mas quando ele veio até a varanda, alguns minutos mais tarde, subindo os degraus com Marvell ao lado, ela olhou para James Slocum como se tivesse medo dele. Seus dedos se cruzaram e se torceram. Percebi que roía as unhas.

– Olá, papai – as palavras saíram de sua boca semicerrada, e a ponta da língua se movia pelo lábio superior.

Ele veio decidido em nossa direção, um homem de tamanho médio e tórax estreito, que deveria ter um torso grego para dar sustentação àquela cabeça magnífica.

– Quero falar com você, Cathy – a boca sensível estava séria. – Achei que você iria me esperar no teatro.

– Sim, papai – ela se virou para mim. – Conhece meu pai, sr. Archer?

Fiquei de pé e disse olá. Ele me olhou com seus olhos castanhos tristes e ofereceu-me a mão sem energia, depois de pensar um pouco.

– Francis – ele disse ao homem loiro, perto dele. – Veja se você e Archer encontram algo para beber. Eu queria ficar a sós com Cathy.

– Certo.

Marvell tocou de leve nas minhas costas, conduzindo-me para a entrada da casa. Cathy ficou olhando para nós. O pai olhava para ela, com uma mão na cintura e a outra no queixo, numa pose de ator.

Entramos na sala, que estava fria e escura como uma caverna. As poucas janelas que havia eram pequenas, cobertas por venezianas que formavam barras horizontais de luz. Estas apareciam no chão de carvalho preto, coberto em parte por tapetes persas desbotados. A mobília era pesada e antiga: um piano de cauda de jacarandá no fundo da sala, entalhado ao gosto do século XIX, cadeiras altas de mogno, um divã estofado em frente à lareira. As vigas de carvalho que sustentavam o teto envelhecido eram pretas como o chão. Um lustre de cristal amarelado pendia da viga central, como uma estalactite malformada.

– Um lugar velho e estranho, não acha? – Marvell disse.
– O que vai querer, meu chapa? Um uísque com soda?
– Ótimo.
– Acho que vou ter que procurar gelo para você.
– Não se preocupe.
– Não é problema. Sei onde estão as coisas – afastou-se, com seu cabelo loiro ondulando com seus movimentos. Para o sobrinho de um lorde, ele era prestativo demais. Eu era sobrinho do finado tio Jake, que tinha lutado quinze *rounds* com Gunboat Smith, sem ser derrotado.

Tentei lembrar de como era o tio Jake. Lembrava-me de seu cheiro, uma mistura de rum destilado com folhas de pimenta-da-jamaica, óleo para cabelo, suor masculino forte e fumo de boa qualidade, e do gosto dos cigarros de chocolate preto que ele comprou para mim no dia em que meu pai me levou para São Francisco pela primeira vez. Mas não conseguia lembrar do rosto dele. Minha mãe não tinha fotos dele porque tinha vergonha de ter um lutador profissional na família.

O murmúrio de vozes me levou para uma janela que se abria para a varanda. Sentei-me numa cadeira perto da parede, escondido das pessoas do lado de fora pelas cortinas pesadas e venezianas semifechadas. Cathy e o pai conversavam no balanço.

– Não o vi mais depois – ela disse, tensa. – Saí, peguei o carro e vim para casa. Ele não estava nem à vista.

– Mas eu sei que ele a trouxe para casa. Vi o boné dele no assento do carro, agora mesmo.

– Ele deve tê-lo deixado antes lá. Juro que não o vi mais.

– Como posso acreditar em você, Cathy? – a voz do homem deixava transparecer um verdadeiro tormento. – Você já mentiu antes, sobre ele. Você prometeu que não teria nada com ele, ou com qualquer outro homem, até ficar mais crescida.

– Mas não fiz nada errado.

– Você deixou que ele a beijasse.

– Ele me forçou. Tentei escapar – um tom de histeria apareceu na voz dela, como um metal cortante.

– Você deve ter encorajado o rapaz de algum jeito. Um homem não faz isso sem um motivo, é claro. Pense bem, Cathy, você não falou nada que pudesse tê-lo provocado? – ele tentava ser justo e calmo, um interrogador imparcial, mas a mágoa e a raiva ressoavam na sua voz como insetos incomodando.

– Provocado, papai! Que coisa horrível de dizer – um ataque de soluços tomou conta de suas palavras.

– Querida – ele disse. – Coitadinha – o balanço estalou, quando ele se debruçou, e os soluços se acalmaram. – Não queria magoá-la, Cathy, você sabe disso. É só porque eu a amo que estou tão preocupado... com essa coisa horrível.

– Eu amo você também, papai – as palavras saíram abafadas, possivelmente por causa do seu ombro.

– Gostaria de poder acreditar – ele disse, gentil.

– É verdade, papai, é verdade. Eu acho você o melhor homem do mundo.

Havia alguma coisa estranha naquela conversa, que ficava ainda mais estranha pela insistência da moça. Eles pareciam dois amantes da mesma idade.

– Oh, Cathy! – ele disse, desanimado. – O que vou fazer com você?

Uma terceira voz entrou na conversa.

– O que está tentando fazer com ela, James? – era a voz gelada de Maude Slocum, com raiva.

– Não é da sua conta – ele respondeu.

– Acho que é da minha conta. Ela é minha filha, sabe?

– Sei muito bem disso, minha querida. Isso não significa que ela não poderá ter uma vida boa e decente.

– Ela não a terá, se você insistir em deixá-la nervosa, atormentando-a.

– Pelo amor de Deus, mamãe – Cathy falou como se a mãe fosse a criança. – Do jeito que você fala sobre mim, pareço um osso pelo qual dois cachorros estão brigando. Por que você não pode me tratar como um ser humano?

– Eu tento, Cathy. Você não me escuta. Sei dessas coisas... – ela balbuciou.

– Se sabe tanta coisa, por que não as coloca em prática? Só há brigas nesta família, desde que me entendo por gente, e estou cheia disso.

A moça atravessou a varanda e os mais velhos ficaram em silêncio. Um minuto inteiro se passou antes que a mulher dissesse, num tom de voz que quase não reconheci:

– Deixe-a em paz, James. Já avisei.

Aquele sussurro rouco fez com que os cabelos da minha nuca se arrepiassem.

Quatro

Fui para o centro da sala e folheei uma revista, a *Theater Arts*, que estava sobre a mesa. Dentro em pouco Marvell voltou com um balde de gelo, copos, uísque e soda tilintando numa bandeja de madeira.

– Desculpe a demora, meu chapa. A empregada estava ocupada com os canapés e não me ajudou em nada. Você gosta com pouca soda?

– Eu me sirvo, obrigado – preparei um copo alto com muita soda. Ainda era cedo, pouco depois das cinco, pelo meu relógio.

Marvell serviu-se de um puro e bebeu tudo em dois goles, seu pomo-de-adão parecendo um ovo rolando na garganta.

– Os Slocums são hospitaleiros – ele disse –, mas quase sempre se atrasam. A gente tem que se virar. Cathy me disse que você é agente literário.

– De certo modo. Trabalho para um homem que compra histórias, se achar que podem ser filmadas. Depois ele tenta achar um produtor interessado, ou fecha um negócio com um astro.

– Entendi. Ele é conhecido?

– Não muito. De qualquer modo, não tenho permissão de usar o nome dele. Faz aumentar o preço – eu estava improvisando, mas conhecia alguns homens naquela atividade, e alguns trabalhavam assim.

Ele se recostou na cadeira e colocou um joelho sobre o outro. Suas pernas eram brancas e sem pêlos. Usava meias caídas. Seus olhos claros pareciam não ter cílios.

– É sério que você acha que a minha peça é boa para o cinema? Procurei um tipo de beleza difícil, entende?

Mergulhei meu constrangimento no uísque com soda e esperei que passasse. Estava ali mesmo, uma máscara com um sorriso na cara.

– Nunca tomo decisões rápidas. Sou pago para não perder nada do que se exibe nos teatros, é o meu trabalho. Há muitos atores jovens talentosos por aí. De qualquer modo, tenho de assistir à peça toda antes de fazer o relatório.

– Eu vi você esta tarde – ele disse. – O que aconteceu *de fato* antes daquela cena horrível de Cathy com o pai?

– Não sei. Estava assistindo à peça.

Ele se levantou para pegar outro drinque, andando de lado pela sala, como um cavalo arisco.

– Esta menina é um problema – ele disse, virando-se. – O pobre e querido James está sendo tiranizado por suas mulheres. Um homem menos responsável já teria ido embora.

– Por quê?

– Elas fazem extorsão emocional – ele deu um sorriso amarelo ao tomar o segundo drinque. – A mãe começou quando ele ainda era um menino e continuou por tanto tempo que ele já não sabe quando ela está sendo autoritária. A mulher e a filha também estão fazendo a sua parte. Elas acabam com o estofo emocional do meu querido amigo.

Ele percebeu que estava falando demais e mudou de assunto depressa.

– Sempre quis saber por que a mãe insiste em viver num penhasco tão árido quanto este. Ela poderia viver em qualquer lugar, entende? Qualquer lugar. Mas ela *escolheu* definhar sob este sol tórrido.

– Algumas pessoas gostam daqui – eu disse. – Eu mesmo sou da Califórnia.

– Mas você nunca se cansa da monotonia do clima, que destrói a alma?

Só dos impostores, pensei. A monotonia dos impostores que destroem a alma incomoda muito. Mas, pela centésima vez, expliquei que o sul da Califórnia tem duas estações, como todos os climas mediterrâneos, e quem não percebe a diferença não pode ser uma pessoa dotada de cinco sentidos.

– É mesmo – ele disse, servindo-se de mais um uísque puro, enquanto eu ainda tomava o resto do meu primeiro drinque. A bebida não parecia fazer efeito nele. Era um Peter Pan velho, despachado, afável e excêntrico, e tudo que eu tinha descoberto é que ele gostava muito de James Slocum. Tudo que ele dizia ou fazia era tão convencional que eu não conseguia chegar nele, nem um pouco.

Fiquei contente quando Maude Slocum entrou na sala, com seu sorriso branco e sincero brilhando na luz pálida das janelas. Ela tinha deixado as emoções na varanda, parecia estar controlada. Mas olhava para bem longe de mim e daquela sala.

– Olá, Francis – ele se levantou um pouco da poltrona e logo se deixou cair. – O senhor tem de me perdoar, sr. Archer, sou uma péssima anfitriã...

– Pelo contrário – estava vestida para chamar a atenção, com um vestido de linho listrado, preto e branco, bem decotado e justo na cintura. Eu lhe dei atenção.

– Francis – ela disse, amável –, você poderia procurar James, para mim? Ele deve estar lá fora.

– Claro, querida.

Marvell pareceu gostar da desculpa para ir embora e saiu da sala. Quase todas as famílias de classe têm pelo menos um agregado como ele, prestativo, inútil e sem laços. A menos que Maude Slocum e ele fossem muito bons atores, Marvell não era a outra ponta do triângulo.

Dispus-me a preparar um drinque, mas ela mesma se serviu de um uísque puro. Torceu o nariz sobre o copo.

– Detesto uísque, mas James gosta tanto de preparar coquetéis. Pois bem, sr. Archer, andou sondando os segredos da casa, vasculhando os esqueletos e outras coisas? – a pergunta foi feita com humor, mas ela queria uma resposta.

Olhei para a janela aberta e respondi, com voz baixa:

– Pouca coisa. Conversei um pouco com Marvell e um pouco com Cathy. Nenhuma luz. Nenhum esqueleto – mas tinha uma tensão elétrica na casa.

– Espero que não pense que Francis...?

– Não penso sobre ele, não o entendo.

– Ele é bem simples, acho... um ótimo rapaz. Sua renda foi cortada pelo governo britânico e ele tenta desesperadamente ficar nos Estados Unidos. Sua família é do tipo que caça raposas, ele não os suporta – a conversa parou de repente, e a voz dela ficou hesitante: – O que achou de Cathy?

– É uma garota inteligente. Tem quantos anos?

– Quase dezesseis. Não é encantadora?

– Encantadora – eu disse, sem entender o que afligia aquela mulher. Eu era quase um estranho, e ela queria que eu a aprovasse, e também à filha. Sua insegurança era anterior à carta que me entregara. A culpa ou o medo fazia com que se retraísse o tempo todo, de modo que tinha que se entusiasmar, ser dramática e receber elogios para ficar num mesmo lugar.

– A beleza é parte da família, não é? – eu disse. – Isso me faz lembrar de sua sogra.

– Não entendo por que...

— Estou tentando formar uma idéia, e ela é uma peça central, não é? Veja deste ponto de vista. A senhora não está tão preocupada sobre quem mandou a primeira carta (que está guardada no meu bolso), quanto sobre os possíveis efeitos de uma segunda carta. Se não posso impedir as cartas na fonte, poderia evitar seus efeitos.

— Como?

— Não sei. O importante é que seu marido, sua filha e sua sogra não levem as cartas a sério. Seu marido poderia pedir o divórcio, sua filha poderia desprezá-la...

— Não diga isso! — ela colocou os óculos na mesa entre nós, com firmeza.

Continuei, tranqüilamente.

— Sua sogra poderia cortar sua renda. Achei que se eu fizesse uma campanha difamatória contra a família toda e fizesse uma porção de acusações, quem tivesse culpa no cartório poderia se entregar, não é?

— Meu Deus, não! Eu não suportaria! Ninguém suportaria! — a violência da reação dela foi surpreendente. Seu corpo todo tremeu no vestido com listras de zebras, e seus seios pareciam dois punhos cerrados redondos no decote.

— Só estava brincando com a idéia. Precisa ser melhorada, mas aí tem coisa.

— Não! É horrível. Para esconder uma coisa, nos cobriria de sujeira a todos.

— Tudo bem — eu disse —, tudo bem. Voltando a sua sogra, é ela que acabaria com a senhora, não é? Quero dizer, é o dinheiro dela que paga as despesas da casa?

— Na verdade, também é de James. Ela vai cuidar do dinheiro enquanto viver, mas o testamento do pai exige que ela o sustente. E ela acha que sustentar é pagar trezentos dólares por mês, um pouco mais do que recebe a cozinheira.

— Ela poderia pagar mais?

— Se quisesse. Ela tem uma renda de meio milhão, e esta propriedade vale alguns milhões. Mas ela se recusa a vender um acre que seja.

— Alguns milhões? Não percebi que é tão grande.

– Tem petróleo nesta terra – ela disse, com desgosto.
– Para Olívia, o petróleo pode ficar debaixo da terra até que nós todos viremos pó.
– Percebo que não existe nenhum grande amor entre a senhora e sua sogra.

Ela deu de ombros.

– Já desisti há muito tempo. Ela nunca me perdoou por eu ter me casado com James. Ele era seu filhinho mimado, e nos casamos ainda jovens.

– Trezentos por mês não é um mimo exagerado, ainda mais se ela tem um capital de alguns milhões.

– O mesmo que ele recebia na época da faculdade – os detalhes de suas mágoas jorraram, como se ela estivesse esperando muito tempo por um alguém que a ouvisse. – Ela nunca deu um aumento, nem mesmo quando Cathy nasceu. Durante algum tempo, antes da guerra, conseguíamos viver na nossa própria casa. Depois os preços subiram, e viemos para casa de mamãe.

Fiz a pergunta fatídica da maneira mais delicada que pude:

– E no que James trabalha?

– Em nada. Nunca o incentivou a ganhar a vida. É seu único filho e ela o quer por perto. Por isso a mesada, claro. Assim ficou com ele.

Seus olhos se fixaram além de mim num tempo difícil, que ia de trás para frente, até onde ela podia ver. Pensei por um instante que lhe estaria fazendo um favor se mostrasse à sogra a carta no meu bolso e acabasse de uma vez por todas com aquela família. Talvez fosse seu desejo inconsciente, a razão oculta para sua indiscrição original. Mas eu não tinha certeza de ela ter cometido uma indiscrição, e ela jamais contaria. Depois de dezesseis anos esperando por sua parte, e planejando o futuro de sua filha, ela esperaria até o final.

Ela se levantou de repente.

– Vou apresentá-lo a Olívia, se acha necessário. Ela sempre está no jardim no fim da tarde.

O jardim tinha um muro de pedras mais alto do que eu. Lá dentro havia flores de todas as cores do arco-íris, que cintilavam. O sol estava se pondo nas montanhas e a luz estava desaparecendo, mas as flores da sra. Slocum brilhavam como se tivessem luz própria. Havia brincos-de-princesa, amores-perfeitos, magníficas begônias e grandes dálias desgrenhadas que pareciam sóis cor-de-rosa. Olívia Slocum estava trabalhando com a tosquiadeira quando chegamos ao portão. Usava um vestido de linho desbotado, sem forma nem tamanho exato, e um imenso chapéu de palha; estava curvada sobre as flores.

A nora a chamou, com um tom de censura na voz:

– Mamãe! Você não deveria estar se esforçando tanto. Sabe o que o médico disse.

– O que o médico disse? – perguntei, baixinho.

– Ela tem problema de coração... quando é conveniente.

Olívia Slocum levantou-se e veio em nossa direção, tirando as luvas sujas de terra. Seu rosto era bonito com um jeito meigo, vago e cheio de sardas, e ela parecia bem mais jovem do que eu imaginara. Pensei que ela era uma velha magra e amarga, perto dos setenta anos, com as mãos torcidas de tanto puxar as rédeas das vidas de outras pessoas. Mas deveria ter no máximo 55 anos, e parecia bem para a idade. As três gerações de mulheres da família Slocum eram próximas demais para se ajudarem.

– Não seja ridícula, minha querida – ela disse a Maude. – O médico disse que um pouco de exercício faria bem. De qualquer modo, eu adoro mexer no jardim, no fim do dia.

– Tudo bem, desde que não se canse – o tom da mulher mais jovem parecia ressentido, e suspeitei que as duas nunca concordavam em nada. – Este é o sr. Archer, mamãe. Ele veio de Hollywood para assistir à peça de Francis.

– Que bom! Já a assistiu, sr. Archer? Parece que James está muito bem no papel principal.

– Ele está perfeito – a mentira foi fácil, de tantas vezes que eu a repeti, mas deixou um gosto amargo na boca.

Com um olhar esquisito na minha direção, Maude pediu desculpas e voltou para a casa. A sra. Slocum levantou os dois braços para tirar o chapéu de palha trançada. Ficou naquela posição por algum tempo e virou a cabeça de lado para que eu visse seu perfil. Seu problema era vaidade; tinha fixação na sua beleza perdida, e não conseguia crescer nem deixar seu filho crescer. Tirou o chapéu com aquele movimento longo. Seu cabelo era tingido de ruivo forte, com uma franja lisa na testa.

– James é uma das pessoas mais versáteis no mundo – ela disse. – Eduquei-o para se interessar por tudo que é criativo, e tenho de admitir que a minha fé foi justificada. O senhor o conhece apenas como ator, mas ele pinta bem, e também tem uma linda voz de tenor. Recentemente, escreveu algumas poesias. Francis tem sido um grande estímulo para ele.

– Um homem brilhante – eu disse. Eu tinha de dizer alguma coisa para parar aquele fluxo de palavras.

– Francis? Oh, sim. Mas não tem um décimo da energia de James. Seria uma dádiva para ele, se pudesse contar com o interesse de Hollywood para a peça. Ele tem insistido que eu a financie, mas é claro que não posso me dar ao luxo de especular com esse tipo de negócio. Então o senhor tem ligações com os estúdios, sr. Archer?

– Indiretamente – eu não queria me envolver com explicações. Ela falava como um papagaio, mas seus olhos eram espertos. Para mudar de assunto, eu disse: – Na verdade, eu gostaria de ir embora de Hollywood. É o território das úlceras. Uma vida tranqüila no campo me agradaria, se eu tivesse uma propriedade num lugar como este.

– Um lugar como este, sr. Archer? – perguntou, cautelosa, e seus olhos verdes ficaram dissimulados como os de um papagaio.

Sua reação me surpreendeu, mas eu continuei:

– Nunca vi lugar melhor para viver.

– Entendo. Maude quer que o senhor me ataque – sua voz era dura e hostil. – Se o senhor é representante da Corepa, devo pedir-lhe que vá embora de minha propriedade imediatamente.

– Corepa?

Era o nome de uma marca de gasolina. Minha única ligação é quando eu a uso no meu carro, de vez em quando. Disse isso a ela.

Ela olhou bem no meu rosto e, aparentemente, decidiu que eu não estava mentindo.

– A Companhia Refinaria do Pacífico está tentando conseguir o controle de minha propriedade. Há anos estão me assediando, o que me faz suspeitar um pouco de pessoas estranhas, em especial quando manifestam interesse pela minha propriedade.

– Meu interesse é apenas pessoal – eu disse.

– Desculpe se desconfiei do senhor. Receio que os acontecimentos dos últimos anos fizeram de mim uma pessoa amarga. Eu adoro este vale. Quando meu marido e eu o vimos pela primeira vez, há trinta anos, parecia o paraíso na terra, nosso vale do sol. Assim que juntamos dinheiro, compramos esta linda casinha antiga e os morros ao redor, e quando ele se aposentou, viemos morar aqui. Meu marido está enterrado aqui – ele era mais velho do que eu –, e eu pretendo morrer aqui. Pareço muito sentimental?

– Não – o sentimento dela por aquele lugar era mais forte do que mero sentimentalismo, e um pouco assustador. Seu corpo pesado encostado no portão ficava imenso com a luz da noite.

– Posso entender sua ligação com um lugar como este.

– Faço parte daqui – ela continuou, com voz rouca. – Eles arruinaram a cidade e profanaram o resto do vale, mas não tocarão no meu planalto. Eu disse isso a eles, apesar de nunca aceitarem um não como resposta. Disse-lhes que as montanhas continuariam aqui, muito depois de eles partirem. Eles não entenderam nada do que eu estava falando – ela lançou um olhar verde frio em minha direção: – Acho que o senhor me entende, sr. Archer. É muito compreensivo.

Murmurei qualquer coisa positiva. Compreendia bem uma parte de seus sentimentos. Um amigo meu, que lecionava economia na UCLA, chamaria de *mistificação* da propriedade. O que não conseguia compreender era a força da sua obsessão. Pode ser que ela se sentisse assediada, com a nora como espiã na casa.

– Às vezes acho que as montanhas são minhas irmãs... – parou de falar quando percebeu que estava indo longe demais. Eu achei que ela tinha o ego igual ao de ditadores e déspotas. Talvez ela tivesse percebido a mudança na minha expressão.

– Sei que o senhor quer ir à festa – ela disse e, depressa, estendeu a mão. – É muita gentileza sua conversar com uma velha senhora como eu.

Voltei para a casa por uma vereda de ciprestes italianos. Dava num gramado, onde havia uma piscina, com os filtros escondidos por uma cerca viva de ciprestes. Na extremidade, o trampolim coberto de lona ficava acima da água. A água da piscina estava tão parada que parecia sólida, uma superfície polida que refletia as árvores, as montanhas distantes e o céu. Olhei para cima, para o céu no oeste, onde o sol tinha se afundado atrás das montanhas. As nuvens pareciam em chamas, como se o sol tivesse mergulhado no mar invisível e as tivesse incendiado. Só as montanhas se destacavam, escuras e firmes, naquela conflagração do céu.

Cinco

O barulho de um automóvel se aproximando fez com que eu parasse no canto da varanda. Havia vários outros carros no pátio: um Jaguar conversível, um Cadillac Fishtail e um antigo Rolls Royce com rodas metálicas e a frente comprida e quadrada, à moda britânica. Apareceu um outro carro entre as fileiras de palmeiras, uma máquina branca silenciosa com uma luz vermelha em cima. Fiquei olhando, enquanto estacionava. Um carro de polícia naquele lugar parecia tão deslocado quanto um tanque de guerra Sherman num desfile de cavalos.

Um homem saiu do carro preto e subiu pelo passeio que dava para a plataforma na entrada da casa. Era alto e gordo, um tronco ramificado de músculos, que se mexia com surpreendente velocidade e silêncio. Mesmo vestindo calças e paletó esportivos, com uma camisa de seda aberta no pescoço, ele tinha a autoridade do uniforme, a postura de um tira ou de um soldado veterano. Olhos sombrios, nariz protuberante, boca grande, queixo comprido; seu rosto era um mapa em relevo de todas as paixões masculinas. O cabelo curto cor de palha desbotada eriçava-se na cabeça e saltava da abertura da camisa na base do pescoço vermelho-escuro.

Dei um passo para mostrar que estava ali – e disse:

– Boa noite.

– Boa noite – ele grunhiu, mostrando seus dentes brancos perfeitos, com um sorriso automático, e subiu os degraus para a varanda.

Olhou ao redor, como se estivesse pouco à vontade, antes de bater na porta. Olhei para ele, no parapeito da varanda, e nossos olhos se encontraram por um instante. Eu ia falar de novo (alguma coisa sobre o clima), quando percebi que Cathy estava no balanço do pórtico, do mesmo modo que estivera há uma hora. Estava inclinada para frente, observando o homem com atenção.

Seus olhos se voltaram para ela, e deu um passo em sua direção.

– Cathy? Como vai, Cathy? – hesitante e desnorteado, era o tom de voz de um homem que conversa com uma criança desconhecida.

A única resposta que ela deu foi engolir em seco. Com uma audácia demorada, ela levantou do balanço e caminhou para ele em silêncio. Passou por ele, desceu os degraus e virou no canto da varanda, sem voltar a cabeça nenhuma vez. Ele deu meia-volta e levantou um pouco uma mão, que ficou perdida no ar até Cathy sumir de vista. A imensa mão, aberta e inútil, transformou-se num punho fechado. Ele virou para a porta e bateu duas vezes, como se batesse num rosto humano.

Subi os degraus atrás dele, enquanto ele esperava.

– Temos tido tempo muito bom – eu disse.

Ele me olhou, sem escutar o que eu tinha dito nem ver meu rosto.

– Sim.

Maude Slocum abriu a porta e convidou-nos a entrar com um único olhar breve.

– Ralph? – ela disse ao outro homem. – Não o esperava.

– Encontrei James na cidade hoje, e ele me convidou para um drinque – a voz pesada dele parecia pedir desculpas.

– Entre, então – ela disse, sem delicadeza. – Se James o convidou.

– Não, se não sou bem-vindo – ele respondeu mal-humorado.

– Ora, entre, Ralph. Seria estranho se você viesse até a porta e fosse embora de novo. O que James diria de mim?

– O que ele costuma dizer?

– Nada, nada mesmo – se era alguma espécie de brincadeira entre eles, eu não entendi. – Entre e *tome* seu drinque, Ralph.

– Você torceu meu braço – ele disse de modo estranho, e passou por ela na porta. Quase sem perceber, ela afastou seu corpo para longe dele. Ódio, ou qualquer outro sentimento, fizera com que ela ficasse tensa como a corda de um arco.

Ela ficou à porta e moveu os quadris de modo a bloquear a minha passagem.

– Por favor, vá embora, sr. Archer. Por favorzinho? – ela tentou parecer agradável e leve, mas não conseguiu.

– A senhora *não é* hospitaleira, sabe? Além disso, há o fato curioso de ter me contratado para vir aqui.

– Desculpe. Temo que a situação tenha mudado, e eu não suportaria nenhuma tensão a mais, tendo o senhor por perto.

– E eu pensei que era um agregado bem-vindo em qualquer reunião social. A senhora dilacerou meu ego, sra. Slocum.

– Não é um assunto engraçado – ela me disse, bruscamente. – Não sei mentir muito bem. Por isso evito situações em que as mentiras são necessárias.

– Então quem é o grandão com sede?

– Um amigo de James. Não vejo sentido nessas perguntas.

— James tem muitos amigos na polícia? Não achei que fizessem seu tipo.

— Conhece Ralph Knudson? — a surpresa fez seu rosto parecer mais comprido.

— Sei como eles são treinados — cinco anos na polícia de Long Beach é parte de meu currículo. — O que um tira durão está fazendo numa festa de artistas nas montanhas?

— Terá de perguntar a James... mas não agora. Ele tem um gosto estranho para pessoas — ela não sabia mesmo mentir bem. — Claro, o sr. Knudson não é um policial comum. É o chefe da polícia local, e imagino que ele tenha um currículo brilhante.

— Mas a senhora não o quer nas suas festas, não é isso? Eu já fui tira e, de certo modo, ainda sou. Já fui esnobado dessa maneira.

— Eu não sou esnobe! — ela disse, brava. Parece que eu tinha tocado em algum ponto fraco. — Meus pais eram pessoas comuns, e sempre detestei pessoas esnobes. Mas por que estou me justificando perante o senhor?

— Então, deixe-me entrar e tomar um drinque. Prometo ser cordial e afável.

— O senhor é tão terrivelmente insistente... como se eu já não tivesse problemas o bastante. O que faz com que seja tão insistente?

— A curiosidade, acho. Estou ficando interessado no caso. Há uma organização muito interessante aqui; nunca vi uma trama tão complicada.

— Imagino que saiba que posso dispensá-lo, se continuar a ser tão irritante.

— Não faria isso.

— Por que não faria isso?

— Acho que supõe que haverá encrenca. A senhora mesmo disse que alguma coisa estava se formando. Sinto no ar. E é possível que seu amigo da polícia não tenha vindo se divertir aqui.

— Não seja melodramático. E ele não é meu amigo. Francamente, sr. Archer, nunca lidei com um empregado mais difícil que o senhor.

Não gostei daquela palavra.

– Talvez a ajude – eu disse – se pensar em mim como um empreiteiro independente. Nesse caso, espera que eu construa uma casa sem conhecer o terreno – ou talvez espere que eu destrua uma casa, mas eu não disse isso.

Ela me encarou por vinte ou trinta segundos. Por fim, um sorriso apareceu nos seus lábios.

– Sabe, acho que eu gosto do senhor. Droga! Muito bem, entre e conheça essas pessoas maravilhosas. Vou lhe arranjar um drinque.

– A senhora me convenceu.

Recebi o meu drinque e perdi minha anfitriã no mesmo movimento, assim que entramos na sala. Ralph Knudson, o grandalhão que não era seu amigo, atraiu a atenção dela quando me entregou o copo. Aproximou-se dele. Seu marido e Francis Marvell estavam sentados no banco do piano de cabeças juntas, folheando um livro grosso de música. Olhei ao redor para as outras pessoas maravilhosas. A sra. Galway, a atriz amadora, com um sorriso profissional que se acendia e apagava, como um anúncio eletrônico. Um homem careca, de roupa de flanela branca que acentuava sua pele bronzeada, deleitava-se fumando uma cigarrilha fina marrom numa longa piteira verde com dourado. Um homem gordo de cabelos grisalhos curtos, num terno de *tweed* com ombreiras, que na verdade era uma mulher, quando mostrou as pernas com meias de náilon. Uma mulher apoiada de modo estranho no braço da poltrona ao lado dela, com um rosto comprido trágico e um corpo feio. Um jovem que andava graciosamente pelo salão, oferecendo drinques a todos e arrumando o cabelo que caía na testa. Uma mulherzinha redonda que tilintava o tempo todo, cujas pulseiras e brincos tilintavam quando sua voz cessava.

Escutei a conversa deles. Existencialismo, diziam. Henry Miller e Truman Capote e Henry Moore. André Gide e Anaïs Nin e Djuna Barnes. E sexo: cozido, assado, torrado e frito com manteiga cremosa fresca. Sexo em solo, em dueto, trio, quarteto, para um coral masculino, para coro e orquestra;

tocado com harpa em três quartos de tempo. E Albert Schweitzer e a dignidade de todas as coisas vivas.

O homem gordo que estava escutando a mulher que tilintava fechou a cara e concentrou-se no seu drinque. Ela olhou ao redor, alegre e feliz como um pássaro, na minha opinião, e pegou seu drinque. Era curto e verde. Sentou-se ao meu lado numa almofada, cruzou as pernas roliças para que eu visse seus pezinhos delicados e tilintou:

– Eu *adoro* creme de menta; é uma bebida tão bonita, sempre bebo quando uso minhas esmeraldas – mexeu sua cabeça de passarinho, e os brincos balançaram. Eles tinham a cor certa, mas eram grandes demais para serem verdadeiros.

– Eu sempre como ostras cozidas quando uso pérolas – eu disse.

Sua risada era igual à voz, apenas uma oitava mais alto. Decidi que não a faria rir, se possível.

– É o sr. Archer, não é? Ouvi tantas coisas interessantes a seu respeito. Minha filha trabalha no teatro em Nova York, sabe? O pai dela insiste que ela venha para casa, porque o curso é muito caro, mas eu digo a ela que, afinal, uma moça só é jovem uma vez. Não concorda?

– Algumas pessoas conseguem duas vezes. Se viverem tempo bastante.

Disse aquilo para insultá-la, mas ela achou engraçado e, curiosamente, presenteou-me com outra gargalhada.

– O senhor deve ter ouvido falar de Felice. Ela dança com o nome de Felicia France. Leonard Lyons a mencionou várias vezes. O sr. Marvell acha que ela também tem talento para o teatro; ele adoraria que ela fizesse o papel de ingênua na peça dele. Mas Felice se dedica de corpo e alma à dança. Ela tem um corpo muito, muito bonito, a minha querida filha. Meu corpo também foi muito bonito quando jovem; realmente maravilhoso – pensativa, ela tocou na sua pele, como um açougueiro mexendo numa carne velha demais.

Olhei para o outro lado, para qualquer lugar, e vi James Slocum de pé ao piano. Marvell tocou alguns acordes iniciais, e Slocum começou a cantar *A balada de Bárbara Allen*, com uma voz fina de tenor. Aos poucos a melodia tomou conta da sala, como água cristalina, e a conversa acalorada terminou. O rosto de Slocum estava calmo e radiante, um jovem tenor. Todos na sala estavam olhando para ele antes de a música acabar, e ele sabia disso, e era isso o que queria. Ele era um Peter Pan fora do tempo. Sua música matara o crocodilo com o relógio na barriga.

— Realmente maravilhoso! — os brincos de esmeralda tilintaram. — Faz-me lembrar da Escócia, por algum motivo. Edimburgo é realmente um dos meus lugares favoritos. Qual é o seu lugar favorito neste imenso mundo, sr. Archer?

— Três metros debaixo d'água em La Jolla, olhando os peixes com uma máscara de mergulho.

— Os peixes são assim tão terrivelmente fascinantes?

— Eles têm algumas qualidades. Não é preciso olhá-los, a não ser que se queira. E eles não falam.

Atrás da sua risada de cérebro de passarinho, e abafando-a, uma voz masculina forte disse claramente:

— Muito bonito, James. Agora, por que você e Marvell não cantam em dueto?

Era Ralph Knudson. A maioria dos olhos se voltou para ele, e depois se afastou. Seu rosto obtuso estava inchado de sangue e malícia. Maude Slocum estava de pé a seu lado, de frente para o marido. Slocum ficou onde estava com o rosto branco como a neve. Marvell ficou imóvel, os olhos fixados no teclado, de costas para a sala. Quase de violência homicida, o clima em volta do piano estava horrível.

Maude Slocum caminhou para lá, deixando Knudson, e, aproximando-se do marido com jeitinho, tocou no seu braço. Ele a afastou, mas ela insistiu.

— Seria bom, James — ela disse, simplesmente, em voz baixa —, se Francis tivesse uma voz como a sua. Mas por que não canta sozinho? Eu o acompanho.

Tomou o lugar de Marvell no banco e tocou enquanto o marido cantava. Knudson ficou observando, com um sorriso de tigre. Senti vontade de dar um longo passeio de carro, sozinho.

Seis

O incêndio no céu tinha se apagado, deixando longas nuvens de fogo-fátuo como restos de brasas na noite. Eu só conseguia ver as silhuetas gigantescas das montanhas espalhando-se pelo céu mal-iluminado. Viam-se poucas luzes nas encostas e os faróis de um carro que diminuiu de intensidade no outro lado do vale, perdendo-se na escuridão. Então a noite ficou tão parada que parecia impossível fazer qualquer movimento, todos nós insetos envoltos no âmbar final. Eu me mexi e quebrei o encanto, descendo pelas plataformas escorregadias ao lado da alameda de pedras.

Senti que havia alguém por perto quando ia abrir a porta esquerda do meu conversível. As luzes dianteiras e traseiras se acenderam com um clique. Minha mão direita foi para debaixo do casaco por reflexo, procurando por uma arma que não estava lá. Então vi a mão da moça na chave, o rosto dela como o de um fantasma inclinado em minha direção.

– Sou eu, sr. Archer. Cathy.

A noite estava presente em sua voz, em seus olhos, como o orvalho retido em seus cabelos. Com um casaco macio de lã, abotoado até o pescoço, ela parecia uma daquelas meninas que eu olhava à distância no colégio, mas que nunca podia tocar; daquelas meninas com petróleo, ou ouro, ou dinheiro das terras correndo livre em seu sangue, tornando-o azul. Também tinha idade para ser minha filha.

– O que você está fazendo?

– Nada – ela se endireitou no assento e eu sentei à direção. – Só acendi as luzes para o senhor. Desculpe se o assustei, não foi minha intenção.

– Por que escolheu meu carro? Você tem o seu.

– Dois. Mas papai pegou as chaves. Além disso, gostei do seu carro. O assento é muito confortável. Posso dar uma volta com o senhor? – deu à voz uma entonação fingida de criancinha.

– Para onde?

– Qualquer lugar que estiver indo. Quinto? Por favor, sr. Archer?

– Acho melhor não. Você é muito nova para andar à noite sozinha.

– É cedo, e estou com o senhor.

– Mesmo comigo – eu disse. – É melhor voltar para casa, Cathy.

– Não. Odeio essas pessoas. Vou ficar aqui fora a noite toda.

– Mas não comigo. Já estou indo embora.

– Não vai me levar junto? – bateu com o punho fechado no meu braço. Havia uma nota na sua voz que machucava meus ouvidos, como o barulho de giz no quadro-negro molhado. O cheiro de seu cabelo era limpo e estranho, como o da menina de cabelo ruivo que sentava à minha frente, no colegial.

– Não sou babá de ninguém – eu disse, agressivo. – E seus pais não gostariam disso. Se tiver alguma coisa que a incomoda, fale com sua mãe.

– Com *ela*! – afastou-se de mim e ficou sentada imóvel, com os olhos na direção da casa iluminada.

Saí do carro e abri a porta do lado dela.

– Boa noite.

Ela não se mexeu, nem mesmo para olhar para mim.

– Vai sair por bem, ou vou ter de arrancá-la?

Virou-se para mim como um gato, com os olhos arregalados:

– Não se atreveria a tocar em mim.

Ela tinha razão. Dei alguns passos na direção da casa, meus pés esmagando o cascalho com raiva, ela saiu do carro e veio atrás de mim.

– Por favor, não os chame. Tenho medo deles. Aquele Knudson... – ela estava de pé, ao lado da luz do carro, e, por isso, com o rosto embranquecido e os olhos negros escuros.

– O que tem ele?

– Mamãe sempre quer que eu me dê bem com ele. Não sei se ela quer que eu case com ele, ou o quê. Não posso contar para o papai, senão ele o mataria. Não sei o que fazer.

— Lamento, Cathy, mas você não é meu bebê — dei um passo para tocar seu ombro, mas ela se afastou como se eu tivesse alguma doença contagiosa. — Por que não pede à cozinheira que esquente um leite para você e a faça dormir? As coisas em geral parecem melhores de manhã.

— Melhores de manhã — ela repetiu, com ironia, num tom seco e fútil.

Ela ainda estava de pé, tensa e ereta, com os punhos fechados ao lado do corpo, quando eu voltei ao carro. O facho de luz branca acompanhou a curva que fiz, deixando-a no escuro.

Parei no portão, mas estava aberto e passei. Alguns metros adiante um homem alto apareceu na estrada, com o polegar levantado, pedindo carona. Passei por ele e vi seu rosto: Pat Reavis. Pisei no breque, parei o carro e ele veio correndo.

— Muito obrigado, senhor — ele tinha um cheiro forte de uísque, mas não parecia bêbado. — O relógio do painel está funcionando?

Comparei o mostrador iluminado com meu relógio. Ambos marcavam 8h23.

— Parece.

— Então é mais tarde do que pensei. Meu Deus, eu odeio caminhar. Caminhei tanto na marinha que foi o bastante até o fim da vida. Meu carro está na oficina; a parte da frente está amassada.

— Por onde andou?

— Vários lugares. Estive em Guadal com os *Carlson's Raiders*, por exemplo. Mas não vamos falar disso. Conhece os Slocums?

Para animá-lo a falar, eu disse:

— Se você é alguém, conhece os Slocums.

— Sim, claro — respondeu, no mesmo tom. — Toda aquela classe. O que os Slocum precisam é de um equalizador — mas disse isso de um jeito bem humorado. — Está tentando vender alguma coisa para eles?

— Seguros de vida — eu tinha me cansado da mentira de fingir interesse pela peça de Marvell.

– É mesmo? Isso é engraçado – ele riu, para provar que achou graça.

– As pessoas morrem – eu disse. – Isso é muito engraçado?

– Aposto dez contra um que você não vendeu nada, e que nunca venderá. A velha vale mais morta do que viva, e os outros não têm nem uma moeda para atirar uns nos outros.

– Não entendo. Ouvi falar que são possíveis clientes, que têm grana.

– Claro, a velha está sentada em cima de alguns milhões de dólares em petróleo, de uma terra que ela não quer vender nem arrendar. Slocum e a esposa não vêem a hora de ela bater as botas. Nesse dia, vão direto para uma agência de viagens comprar passagens para um cruzeiro ao redor do mundo. O petróleo sob a terra é o seguro de vida deles, por isso você não precisa perder mais tempo.

– Obrigado pela dica. Meu nome é Archer.

– Reavis – ele disse. – Pat Reavis.

– Você parece conhecer bem os Slocums.

– Bem demais, droga. Fui chofer deles nos últimos seis meses. Não sou mais. O filho da mãe me despediu.

– Por quê?

– Sei lá. Acho que ficou cheio da minha cara. Também fiquei cheio deles.

– Mas eles têm uma filha muito bonitinha. Qual é o nome dela?

– Cathy.

Mas ele me deu uma olhada rápida, e eu mudei de assunto.

– A esposa também tem qualidades – eu sugeri.

– Já teve, acho. Não tem mais. Está ficando chata como a velha. Muitas mulheres ficam azedas como leite, quando não têm um homem por perto para lhes dizer quando parar.

– Mas tem o Slocum, não é?

– Eu disse um homem – ele riu, fazendo pouco. – Droga, já falei demais.

O carro seguiu por aquela pequena estrada que marcava o limite do planalto. O farol afastava a escuridão e chegava até o vale. Havia algumas ilhas de iluminação dos dois lados da estrada, onde trabalhadores noturnos abriam novos poços. Mais além, os tanques de petróleo pintados de alumínio brilhavam sob as luzes, como uma fileira de imensas moedas de prata num cofrinho. No sopé da montanha começavam as luzes da cidade, brancas e espalhadas nos arredores, contínuas e coloridas na região do comércio, onde lançavam um brilho de fogo sobre os edifícios.

O trânsito na rua principal era intenso e imprevisível. Calhambeques sem pára-lamas eram uma ameaça para meus pára-lamas. Carros envenenados, rentes ao chão, sem silenciadores, com cambadas de *cowboys* saindo do bar cruzavam os caminhos de néon. Um homem num Buick feito por encomenda parou na minha frente, de repente, para beijar a mulher sentada ao seu lado e continuou a dirigir com os lábios dela presos no seu pescoço. Comida, bebida, cerveja, vinho, anúncios luminosos: Antônio's, Bill's, Helen's, The Boots e Saddle. Havia pequenas rodas de homens nas calçadas, conversando, rindo e gesticulando, que se diluíam por causa da atração dos bares.

Reavis sentiu-se atraído, seus olhos brilhavam com desejo.

– Qualquer lugar por aqui – disse, impaciente. – E muito obrigado mesmo.

Parei o carro na primeira vaga, desliguei o farol e o carro. Ele olhou para mim, com uma perna já do lado de fora do carro.

– Vai passar a noite na cidade?

– Tenho um quarto em Quinto. Uma bebida cairia bem agora.

– Para nós dois, amigo. Venha, vou lhe mostrar o melhor lugar da cidade. É melhor trancar o carro.

Andamos uma quadra para trás e entramos no Antônio's. Era um só salão, com pé direito alto e bem fundo, com mesas de restaurante de um lado e um bar de quinze metros do lado esquerdo. No fundo, um cozinheiro trabalhava sob uma nuvem de fumaça. Encontramos dois bancos vazios perto dele. Tudo parecia estar ali há muito tempo, mas muito bem conservado. As bitucas de cigarro no chão eram recentes, a superfície de mogno arranhada estava limpa e lustrosa. Reavis apoiou os braços com se fosse o dono. As mangas da sua camisa espalhafatosa estavam enroladas e seus braços pareciam pesados e fortes como a madeira que os sustentava.

– Belo lugar – eu disse. – O que vai tomar?

A resposta dele me surpreendeu.

– Nada disso. Eu convido. Você me trata como um cavalheiro, eu o trato como um cavalheiro, entendeu?

Ele se virou e abriu um enorme sorriso e eu pude, pela primeira vez, examiná-lo. Os dentes eram brancos, os olhos negros sinceros e infantis, os traços firmes e bem-feitos. Reavis tinha charme de sobra. Mas, no fundo, faltava-lhe algo. Eu poderia conversar a noite toda com ele e não chegar nunca na sua essência, pois nem ele sabia onde estava.

O sorriso foi longo demais, um pouco forçado. Pus um cigarro na boca.

– Puxa, você acabou de perder o emprego. Eu pago a bebida.

– Tem um bocado de emprego por aí – ele disse. – Mas pode pagar se quiser. Eu tomo uísque escocês, o Bushmill.

Eu estava procurando um fósforo, quando um isqueiro apareceu debaixo do meu nariz e acendeu meu cigarro. O *barman* tinha se aproximado de nós em silêncio, um homem de estatura mediana, com uma careca lisa e um rosto magro e sisudo.

– Boa noite, Pat – ele disse sem nenhuma expressão, colocando o isqueiro de volta no bolso de seu paletó branco. – O que vão tomar?

– Um Bushmill para ele. Um *sour* uísque para mim.

O garçom mexeu a cabeça e se afastou, com seus quadris estreitos e postura de dançarino.

– O Tony é um filho-da-puta – Reavis disse. – Ele é capaz de tomar grana emprestada de alguém durante seis meses e então deixar a pessoa na mão, se achar que ela está dura. Ora, não sou Jesus...

– Desculpe.

— Você é um cara legal, Lew — ele abriu outro sorriso enorme, mas tratava as pessoas pelo primeiro nome depressa demais. — Que tal fazermos uma farra? Tem uma loira maravilhosa me esperando no Helen's. A Gretchen pode arranjar uma amiga para você. A noite está começando.

— Mas não eu.

— Qual é o problema? Você é casado ou amarrado?

— Não no momento. Tenho de pegar a estrada amanhã cedo.

— Pára com isso, cara. Tome uns tragos e vai se sentir melhor. Esta é uma cidade animada.

Quando nossos drinques chegaram, ele bebeu depressa e foi para uma porta de vaivém onde estava escrito "Cavalheiros". O *barman* ficou me olhando, enquanto eu bebia meu *sour* uísque devagar.

— Bom?

— Muito bom. Você não aprendeu isso em Nopal.

Ele deu um sorriso triste, como um monge que sorri por causa da lembrança de um momento de enlevo.

— Não. Comecei quando tinha catorze anos nos grandes hotéis de Milão. Formei-me antes dos 21 na Linha Italiana.

O sotaque dele era francês, atenuado por um leve italiano nativo.

— Tanto treinamento para servir uma gangue de bêbados do petróleo.

— Vale Nopal é um bom lugar para ganhar dinheiro. Comprei este lugar por 35 mil e paguei a hipoteca em um ano. Mais cinco anos e me aposento.

— Na Itália.

— Onde mais? Você é amigo de Pat Reavis?

— Nunca o vi antes.

— Então, tome cuidado — disse, seco e em voz baixa. — É um sujeito agradável, a maior parte do tempo, mas pode ser muito desagradável — deu um tapinha na sua careca. — Tem alguma coisa errada com ele: ele não tem limites. Faz qualquer coisa quando está bêbado ou bravo. E é um mentiroso.

— Já teve problemas com ele?

– Eu não. Não tenho problemas com ninguém.

Eu podia ver isso no seu rosto. Ele tinha a autoridade do homem que já viu tudo e não mudou nada por causa disso.

– Eu também não tenho problemas com ninguém – eu disse –, mas agradeço.

– Não há de quê.

Reavis voltou e colocou o braço pesado sobre meu ombro.

– Que tal, Lew, meu garoto? Está se sentindo mais jovem agora?

– Não jovem bastante que possa carregar mais peso – afastei-me e seu braço caiu.

– Qual é o problema, Lew? – olhou para o *barman*, que olhava para nós. – Tony andou falando mal de mim, como sempre? Não acredite em latinos, Lew. Não permitiria que um latino estragasse uma bela amizade.

– Gosto muito dos italianos – eu disse.

– Eu disse ao cavalheiro que você é um mentiroso, Pat – o *barman* disse, devagar e claramente.

Reavis sentou-se e engoliu. O sorriso sumiu do seu rosto, mas não disse nem uma palavra. Pus um cigarro na boca. O isqueiro apareceu debaixo do meu nariz antes que eu pegasse o fósforo.

Em geral, não gosto de ser servido. Mas, quando alguém desempenha bem um papel, é um prazer assistir.

– Mais dois – eu disse a ele, enquanto se afastava, dando as costas.

Reavis olhou para mim como um cachorro agradecido. De quem eu esperava raiva.

Sete

Mais dois drinques, pagos por mim, devolveram a confiança de Reavis em si mesmo e o fizeram soltar a língua. Contou que foi promovido em Guadalcanal, tornando-se o capitão mais jovem de todo o Pacífico. Que a Secretaria de

Serviços Estratégicos ouviu falar de sua coragem e lhe deu a missão secreta de capturar espiões e sabotadores. Que o *Saturday Evening Post* lhe ofereceu milhares de dólares por um artigo sobre suas experiências, mas ele tinha jurado segredo e, além disso, tinha outras fontes de renda. Contou que podia andar um quarteirão inteiro de cabeça para baixo, o que fazia com freqüência. Estava falando sobre uma lista interminável de mulheres que fizera feliz, quando alguém veio por trás e deu um tapinha no meu ombro.

Um chapéu de feltro cinza-escuro, olhos cinza-escuros, um nariz comprido e protuberante, com a ponta bulbosa, uma boca sem lábios, como se fosse uma cicatriz. Seu rosto estava torto no espelho do bar e continuava torto quando me virei. Os cantos da boca tinham manchas de fumo.

– Lewis Archer?

– Sim.

– Vi seu carro na rua e achei que estivesse por aqui. Sou o sargento detetive Franks.

– Algum problema com estacionamento? Não vi nenhuma placa.

A cicatriz se abriu, mostrando dentes amarelos. Parece que era assim que o sargento detetive Franks reportava diversão.

– Problema com morte, sr. Archer. O chefe ligou e disse para encontrá-lo.

– A sra. Slocum – eu disse, e percebi que gostava muito dela. Em geral, são os mais humanos que dançam.

– Mas como pode saber que a velha...

– Então não foi a jovem sra. Slocum... a esposa de James Slocum?

– Não, a velha – ele disse, com muita certeza.

– O que aconteceu com ela?

– Não sabe? Pensei que soubesse. O chefe disse que você foi o último a vê-la com vida – virou o rosto, com vergonha, e cuspiu no chão.

Levantei-me depressa. Sua mão foi para o lado direito do quadril e ficou ali.

– O que aconteceu com ela? – eu disse.

– A velha se afogou. Foi encontrada na piscina, há poucos minutos. Talvez tenha pulado para se divertir, talvez alguém a tenha empurrado. Não é costume de ninguém nadar à noite, com roupa. Muito menos, sem saber nadar e, ainda por cima, com um coração fraco. O chefe disse que parece crime.

Olhei para Reavis e vi que seu banco estava vazio. A porta onde estava escrito "cavalheiros" se mexia um pouco. Fui até lá e a abri por completo. No fundo, a sombra de um homem grande se moveu para a passagem aberta e desapareceu. Ao mesmo tempo, uma arma surgiu atrás de mim, e algo fez a porta estremecer. Um cartucho vazio caiu no chão, aos meus pés, em meio a uma chuvarada de estilhaços. Peguei-o e olhei para Franks, jogando o cartucho de uma mão para outra, porque estava quente. Andou como um caranguejo, com uma 45 firme nas mãos.

– Vem por bem, ou atiro para acertar desta vez?

As pessoas na sala tinham se juntado num grupo atrás dele, vinte cabeças arfando e olhando. Antônio, imóvel e provocador, assistia tudo atrás do bar.

– Rápido no gatilho, sargento? Quem lhe deu uma arma de verdade?

– Mãos ao alto, você, e cuidado com o que fala.

Joguei o cartucho e coloquei as mãos na cabeça. Meu cabelo estava cada vez mais fino. Ele o pegou com a mão esquerda e pôs no bolso do paletó de seu terno azul brilhante.

– Agora, ande, você.

Ele me rodeou com cuidado, e as pessoas abriram caminho para passarmos. Quando abri a porta, um objeto pequeno brilhante passou zunindo pela minha cabeça e caiu na calçada. Demorei um pouco para entender o que era: a moeda de cinqüenta centavos que eu tinha deixado no bar, de gorjeta para Antônio. Aí comecei a ficar bravo.

Quando Franks tirou as algemas do cinto, eu estava pronto para brigar. Ele percebeu e não insistiu. Em vez das algemas, colocou-me no assento da frente do carro de polícia, ao lado do motorista uniformizado, e sentou-se atrás, onde podia me ver.

– A sirene, Kenny – ele disse. – O chefe quer que ele vá logo para lá.

Um idiota com um cargo oficial, armas e brinquedinhos pode provocar muita confusão. A sirene ronronou, gemeu, berrou, ganiu e uivou como um leão quando subimos o morro. Eu não abri a boca. O sargento detetive Franks não entenderia nada que eu explicasse, nem se eu o tratasse como amigo.

O chefe era uma outra história. Tinha feito um escritório improvisado na cozinha dos Slocums e estava interrogando as testemunhas, uma por uma, enquanto um policial uniformizado tomava notas em taquigrafia. Quando o sargento me levou a ele, Knudson estava conversando com Francis Marvell. A autoridade que eu vira nele estava a todo vapor pela urgência do caso, como um fogo alimentado por gasolina. Os olhos opacos e o rosto grosseiro estavam cheios de vida e energia. Ele gostava de homicídios.

– Archer? – a voz grossa estava firme.

– É ele, chefe – o sargento Franks ficou perto de mim, com a arma na mão.

– Gostaria de lhe dar os parabéns, sargento – eu disse. – Ele só precisou de um tiro para me prender. E eu sou a testemunha de um crime, e você sabe como isso é sério.

– Crime? – Marvell estendeu as mãos na toalha de plástico vermelho em cima da mesa e ficou de pé. Seu maxilar se movia em silêncio de cima para baixo, antes que as palavras saíssem de sua boca. – Entendi que foi um acidente.

– É o que estamos tentando descobrir – Knudson interrompeu. – Sente-se.

Usou o mesmo tom de voz com Franks:

– Que história é essa de tiros?

– Ele tentou fugir, então atirei para avisar.

– É mesmo – eu disse. – Fiz um movimento impetuoso para a liberdade.

Ele se virou para mim.

– Se não queria fugir, por que foi para a porta?

– Precisava de ar fresco, sargento. Agora preciso de mais um pouco.

— Vamos parar com isso — Knudson cortou. — Franks, vá para fora ajudar Winowsky com o equipamento fotográfico. Você, Archer, sente-se, que eu já venho.

Sentei-me na cadeira alta da cozinha, do outro lado da sala, e acendi um cigarro. Estava amargo. Uma grande bandeja de madeira com restos de *hors-d'oeuvres* estava na pia ao meu lado: vestígios de anchovas, uma tigela de cerâmica com um pouco de caviar. Servi-me de caviar com bolacha. A sra. Slocum sabia viver bem. Marvell disse:

— Você não me disse que ela foi assassinada. Deixou que eu pensasse que foi um acidente — ele parecia muito abalado. Seu cabelo amarelo estava molhado, mas a água que brilhava na sua fronte saía dos poros.

— Não são mortos em dobro, quando assassinados. De qualquer modo, não sabemos se foi mesmo assassinada.

— Crime é uma idéia tão perfeitamente terrível — o olhar sombrio dele vagou pela sala e passou por mim. — Já foi tão ruim encontrar o corpo da pobre mulher. Sei que não vou pregar o olho esta noite.

— Fique calmo, sr. Marvell. O senhor fez a coisa certa e deve estar se sentindo muito satisfeito consigo mesmo — a voz baixa de Knudson soou gentil e afável. — Mas uma coisa que não entendo é por que o senhor decidiu nadar sozinho, à noite.

— Nem eu entendo — Marvell respondeu, devagar. — Foi por uma daquelas razões meio inconscientes, acho. Saí para sentir o cheiro dos jasmins e estava passeando pela *loggia* quando ouvi um barulho na piscina. Não pensei em nada sinistro, entende, nada de ruim; devo ter pensado que alguém estava dando um mergulho e decidi ir também. Sempre gostei muito de farra e diversão, sabe...

— Sei.

— Bem, antes fui até a piscina para ver quem era...

— Logo depois de ter ouvido o barulho?

— Não. Não, imediatamente. A idéia demorou um pouco para tomar forma...

— E, enquanto isso, o barulho continuou?

— Acredito que sim. Sim, acho que sim. Mas quando cheguei lá... fica um pouco afastada da casa...

— Quase cem metros. Quando chegou lá?

— Estava tudo em silêncio de novo e em total escuridão. Claro que fiquei um pouco surpreso ao ver que as luzes estavam apagadas. Fiquei na beira da piscina por um instante, pensando no que teria acontecido, quando vi um objeto redondo escuro. Era o enorme chapéu de palha flutuando de cabeça para baixo. Quando percebi o que era, fiquei aterrorizado. Acendi as luzes submersas na piscina e a vi. Ela estava de bruços no fundo da piscina, o cabelo ondulando em volta da cabeça, a saia se encrespando e os braços esticados. Foi horrível — o suor dos poros fez marcas luminosas na sua face, formando uma única gota na ponta de seu queixo. Limpou-a com uma mão nervosa.

— Então, foi atrás dela — Knudson disse.

— Sim. Tirei a roupa, menos a roupa de baixo, e a trouxe para a superfície. Percebi que não poderia levantá-la pela lateral, então a empurrei para a parte rasa e consegui tirá-la de lá. Foi difícil carregá-la. Pensava que os mortos eram duros, mas ela parecia toda solta. Como borracha macia — uma segunda gota se formou.

— Foi quando o senhor deu o alarme?

— Sim. Deveria ter dado o alarme antes, mas só consegui pensar em tirar a pobre senhora da água fria.

— O senhor fez bem, sr. Marvell. Um minuto ou dois não faz muita diferença, de qualquer modo. Agora, quero que pense bem antes de responder: quanto tempo passou entre o primeiro barulho e o alarme? Eram 8h40, quando pediu ajuda. Entenda, estou tentando determinar a hora da morte.

— Posso compreender. É muito difícil dizer quanto tempo se passou; impossível, na verdade. Fiquei enlevado pela beleza da noite, sabe, e não prestei atenção no tempo, nem no que ouvia. Podem ter sido dez minutos ou podem ter sido vinte. Não saberia dizer.

— Bem, pense mais um pouco e avise-me se puder ser mais preciso. A propósito, o senhor tem certeza absoluta de que não viu mais ninguém na piscina, nem quando voltou para casa?

– Sim, tenho certeza. Agora, com licença...

– Claro. E muito obrigado.

Marvell saiu da sala com um movimento nervoso, de lado, mexendo no cabelo com a mão.

– Meu Deus! – Knudson disse, ao se levantar. – Ele nunca viu um defunto antes, nem tocou num, e ficou arrasado. Mas é preciso muita coragem para mergulhar atrás de um cadáver à noite. Anotou tudo isso, Eddie?

– Tudo, menos os gestos – o homem de uniforme mexeu na cabeça toda até a nuca.

– Está bem, vá passear enquanto converso com o Archer.

Ele atravessou a sala e ficou perto de mim com as mãos nos quadris até a porta se fechar. Pus mais caviar na bolacha e comi com duas mordidas.

– Quer um pouco?

Ele não respondeu.

– Mas, afinal, quem é você?

Peguei minha carteira e mostrei um xerox de minha licença.

– Agora, pergunte o que estou fazendo aqui, afinal. Infelizmente minha afasia crônica piorou de vez. Isso sempre acontece quando um tira imbecil dispara uma arma em minha direção.

Ele sacudiu a cabeça descabelada, de bom humor.

– Esqueça o Franks, sim? Não posso fazer nada se ele é cabo eleitoral do prefeito, e o prefeito era da polícia. Posso?

– Você poderia colocá-lo numa escrivaninha, ou dar-lhe alguns formulários.

– Sim. Você fala depressa, Archer, mas não precisa ficar na defensiva. Maude Slocum falou-me de você.

– Quanto?

– O bastante. Quanto menos se falar sobre aquilo, melhor. Certo? – Sua mente era rápida e fria, fora de lugar naquele corpo enorme, cheio de sangue. Eu já podia vê-lo virando a página e escrevendo um novo cabeçalho no topo de uma folha em branco. – Segundo ela, você foi o último a falar com a velha senhora antes de ela morrer. Quando, exatamente, você a viu?

– Um pouco antes do pôr do sol. Isto é, alguns minutos depois das sete.

– Alguns minutos antes. Aqui escurece mais cedo por causa das montanhas. Você falou com ela no jardim, não é? Se puder me dizer sobre o que conversaram...

Ele foi até a porta e chamou o taquígrafo, que voltou ao seu posto na mesa da cozinha. Contei a ele a nossa conversa.

– Não foi grande coisa, hein? – ele parecia desapontado. – Nenhum sinal de impulso suicida? Ou doença? Ela tinha um coração fraco, segundo o médico.

– Nada que eu pudesse perceber. Parecia um pouco excêntrica, mas quase todos parecem. Quais são os indícios físicos?

– Todas as provas aparentes indicam afogamento. É o que se presume, quando se encontra um cadáver na água. Mas como ela foi parar lá, não tenho a menor idéia. Quanto ao corpo, saberemos mais amanhã. O chefe pediu uma autópsia e uma investigação.

– Qual é a hipótese, por enquanto? Caiu ou foi empurrada?

– Caiu. Mas estou tratando como homicídio até ter certeza. As senhoras de idade podem cair em piscinas, acho.

– Ela não era tão velha assim.

– Eu sei disso. E não havia nenhum motivo para ela se aproximar da piscina, muito menos de mergulhar nela. Ela não tinha esse costume. A piscina foi construída por causa da artrite do marido, há muitos anos. Ela foi proibida de nadar, por causa do coração, e, de qualquer modo, tinha medo.

– Com toda razão.

– Sim – seus dedos quadrados tamborilavam no tampo da mesa. – Tentei fazer uma reconstrução a partir do gramado em volta da piscina. O problema é que quando Marvell pediu socorro todos saíram correndo. Pisaram em qualquer prova que pudesse haver.

– Tem uma coisa. Se for crime, você sabe quem são os suspeitos. As pessoas da festa.

– Não é tão simples assim – e para o homem das anotações disse: – Não escreva isso – e virou-se para mim: – O bufê estava na sala de jantar, e na hora em que tudo aconteceu os convidados entravam e saíam. Mesmo Marvell poderia tê-la empurrado e depois tirado da piscina.

– Por que escolheu Marvell?

– Imagine só. Ele quer dinheiro para levar sua peça para o leste. Ele é muito ligado a Slocum. Agora Slocum tem dinheiro.

– Não esqueceu de Slocum?

Seu rosto se contorceu com amargura.

– James é um filhinho-da-mamãe. Não tocaria em nenhum fio de cabelo de sua mãe.

– E Maude Slocum?

– Também vou deixá-la de lado – sua mente virou mais uma página e começou um novo cabeçalho: – supondo que ela foi assassinada, há uma possibilidade de que tenha sido alguém de fora. Uma mulher como ela tem muitos inimigos.

– Como a Corepa – eu disse.

Ele resmungou:

– Humm?

– A Companhia de Refinação do Pacífico.

– Ah, sim. Só que as companhias de petróleo não saem mais por aí matando. Não por causa de um negócio de arrendamento de terras. Eu já quis perguntar antes, você não viu nenhuma pessoa estranha por perto?

Era a pergunta que eu estava esperando e que não sabia como iria responder. Reavis era o suspeito lógico: no local, bêbado e ressentido. O único problema é que, quando eu lhe dei carona, ele não parecia, não falava e nem agia como alguém que acabou de cometer um crime. E a hora estava errada. Mas, se a polícia estivesse procurando por uma solução rápida e fácil, poderiam mandá-lo para a câmara de gás, baseando-se em provas circunstanciais. Já tinha visto isso acontecer antes, na selva de Los Angeles, e tinha de me certificar sobre a polícia de Vale Nopal. Decidi confiar em Knudson, mas guardei uma carta do baralho embaixo da manga. Não lhe contei que quando apanhei Reavis, perto da casa, eram exatamente 8h23, pelo relógio do painel do carro e também pelo meu relógio de pulso. Foi Reavis quem chamou atenção para a hora, e isso poderia significar que estava tentando me usar como álibi falso. Eu detestava ser usado.

Knudson não gostou da demora, mas controlou-se.

– Tudo bem. Então você deu carona a esse rapaz, que pegou fora do portão, um pouco depois das oito. Você compreendeu que não sabemos quando ela foi assassinada e provavelmente nunca saberemos. A prova de Marvell é refutável. Em seu primeiro relato nem mencionou o barulho que ouviu, ou que pensou ter ouvido. Acha que Reavis tinha um crime em mente?

– Não, a não ser por gosto. Estava de bom humor.

– Que tipo de rapaz é? Já o vi, mas nunca conversei com ele.

– Não há nada de errado com ele que uma lobotomia pré-frontal não pudesse resolver. Ele roubaria o dinheiro do aluguel de uma viúva, sua própria mãe, para apostar nos cavalos, mas não acredito que pudesse jogar a mulher na água. Um psicopata, talvez, mas não é um caso extremo. Ele gosta de conversar.

Inclinou-se na minha direção, por toda extensão da mesa.

– Você gostou do rapaz? Por isso deixou que fugisse de Franks?

– Fico sem equilíbrio quando uma bala quase acerta meu rim. Não gosto nada de Reavis, mas tem gente que gosta – fiz um movimento curvado, para o lado de fora: – Cathy Slocum gosta muito dele.

O sangue lhe subiu à cabeça, e ele se aproximou mais um pouco.

– Você é um mentiroso. Cathy não se mistura com uma escória dessas.

– Calma, Knudson – levantei-me. – Pergunte ao pai dela, se preferir.

Ele empalideceu e ficou com cara de bobo.
– O que está acontecendo aqui? – disse a si mesmo.
Então se lembrou de mim e do taquígrafo. Tirou o caderno das mãos do homem e arrancou a última página escrita a lápis.
– Tudo bem, Eddie, descanse um pouco – e, para mim:
– O que vai fazer? Vai nos ajudar a encontrar Reavis?
– Vou falar com a sra. Slocum.
– Faça isso. Ela está na sala da frente com o marido. É do outro lado do *hall*.
– Não sou mentiroso – eu disse.
– O quê? – levantou-se devagar. Ele não era mais alto do que eu, mas era grande e forte. Seu corpo vigoroso dominava a sala, mesmo que a mente por detrás daqueles olhos azuis estivesse voltada para outro lugar.
– Não sou mentiroso – eu disse.
Seus olhos se fixaram em mim, com uma frieza hostil.
– Tudo bem – disse, depois de algum tempo. – Você não é mentiroso – sentou-se à mesa de novo, com os ombros caídos, como um paletó pendurado num cabide pequeno demais.

Oito

Ao passar pela porta aberta da sala de estar, vi as pessoas que estavam esperando lá dentro. As vozes eram fracas, os rostos, lívidos e tensos. Ninguém parecia estar bebendo e toda conversa animada tinha terminado. A festa se tornara um grupo de ressaca, a velha sala sombria, uma caverna ancestral da morte. Um policial de camisa azul estava sentado na cadeira perto da porta, examinando a pala do boné no joelho, como se fosse o rosto de um amigo querido.

A porta da sala em frente ao *hall* estava trancada. Eu ia bater à porta, quando um homem do outro lado soltou um palavrão. Parecia não combinar com sua voz de tenor. Uma voz de mulher respondeu, rápida e baixa, baixa demais para ultrapassar a porta pesada e permitir que eu entendesse as palavras. Os únicos ruídos que consegui distinguir foram os soluços que intercalavam as sentenças.

Fui para a porta ao lado e entrei na sala escura. As luzes do *hall* formavam sombras curvas nas cadeiras ao longo da parede e brilhavam entre a prataria e a louça amontoada no bufê. Ainda tinha um pouco de luz na sala quando fechei a porta: um brilho tênue embaixo das antigas portas corrediças que separavam a sala de jantar da de estar. Cruzei a sala em silêncio e me prostrei junto às portas corrediças. A voz de Maude Slocum passou por debaixo das portas:

– Parei de tentar. Durante anos fiz o melhor que pude, por você. De nada adiantou. Agora, desisto.

– Você nunca tentou – respondeu o marido, seco e rancoroso. – Você viveu na minha casa, comeu do meu pão e nunca tentou me ajudar. Se, como você diz, sou um fracassado, o fracasso certamente é tão seu quanto meu.

– Na casa de sua mãe – ela zombou. – O pão da sua mãe... um pão ázimo.

– Deixe minha mãe fora disso!

– Como posso deixá-la fora disso? – sua voz era afável, sob controle. – Ela é uma figura central na minha vida de casada. Você teve a oportunidade de se separar dela quando nos casamos, mas não teve a coragem de fazê-lo.

– Eu não tive uma oportunidade real, Maude – a voz de ator tremia de tanta pena de si. – Eu era jovem demais para me casar. Eu dependia dela... não tinha nem terminado a escola. Não havia muitos empregos naquela época, e você estava com pressa de se casar...

– *Eu* estava com pressa? Você implorou com lágrimas nos olhos para me casar com você. Você disse que a sua alma imortal dependia disso.

– Eu sei, acho que sim – as poucas palavras ecoavam desespero. – Você também queria se casar comigo. Você tinha suas razões.

– É claro que eu tinha minhas razões, com um bebê na barriga e ninguém para me ajudar. Acha que eu deveria ter sido uma mulherzinha honesta, ter engolido meu orgulho e ter ido embora? – sua voz transformou-se num sussurro ácido. – É o que a sua mãe queria, não é?

– Você nunca foi uma mulherzinha, Maude.

Ela riu de modo desagradável.

– Nem sua mãe, não é? O colo dela sempre foi grande o bastante para você.

– Sei o que você sente por mim, Maude.

– Não é possível. Não sinto nada. Você é um perfeito nada para mim.

– Muito bem – ele se esforçou para manter a voz calma. – Mas agora que mamãe morreu, achei que você seria um pouco mais gentil, em respeito à sua memória. Ela sempre foi boa para Cathy. Ela teve de se privar de coisas para mandar Cathy para a escola e vesti-la direito...

– Concordo com isso. O que você não entende é que estou pensando em mim. Claro, Cathy vem em primeiro lugar. Eu a amo e quero o melhor de tudo para ela. Mas isso não quer dizer que estou pronta para ser posta de escanteio. Além de mãe, também sou uma mulher. Só tenho 35 anos.

– É um pouco tarde para começar tudo de novo.

– Sinto-me como se não tivesse nem começado... como se estivesse me guardando durante quinze anos. Não vou agüentar muito tempo. Vou apodrecer por dentro.

– Sua versão, agora. É a oportunidade pela qual você estava esperando. Se mamãe não tivesse morrido, você continuaria tudo como sempre foi.

– Acho que você não sabe do que está falando.

– Mais ou menos como sempre, então. Sei que alguma coisa está acontecendo com você, desde que viajou para Chicago.

– O que tem a viagem para Chicago? – uma ameaça forçou sua voz, como um músculo sem exercício.

– Não lhe perguntei nada sobre a viagem. Nem pretendo. Mas sei que você estava diferente quando voltou naquela primavera. Tinha mais vida...

Ela o interrompeu, desaforada:

– Você foi aconselhado a não fazer perguntas, James. Eu também poderia fazer perguntas, por exemplo, sobre Francis. Só que sei as respostas.

Ele ficou em silêncio por uns instantes. Ouvi a respiração de um deles. Por fim, ele suspirou.

– Bem, não vamos chegar a lugar algum. O que você quer?

– Vou lhe dizer o que eu quero. A metade de tudo o que é seu, inclusive a metade desta propriedade. Já.

– *Já*? A morte de mamãe foi muito conveniente para você, não é? Se eu não a conhecesse, Maude, pensaria que foi você quem matou mamãe.

– Não vou fingir que estou triste com isso. Assim que terminar essa situação desagradável e você fizer um acordo, vou ao tribunal.

– Eu vou fazer um acordo – ele disse, baixinho. – Você esperou muito tempo por sua parte da propriedade. Agora poderá tê-la.

– E Cathy – ela insistiu. – Não se esqueça de Cathy.

– Não me esqueci dela. Cathy fica comigo.

– Para viver *à trois*, com você e Francis? Acho melhor não.

Ele falou com muito esforço:

– Francis não está na cena.

– Francis ou alguém como ele. Sei de suas preferências, James.

– Não – a palavra explodiu na sua boca. – A Cathy é tudo o que quero.

– Eu sei o que você quer. Quer uma vida saudável, para se enrolar todo. Você tentou comigo, mas eu me livrei disso, e você não vai confundir Cathy. Vou embora daqui e levá-la comigo.

– Não. Não – a segunda palavra saiu como um lamento doloroso. – Não pode me deixar sozinho.

– Você tem amigos – ela disse, com ironia.

– Não me deixe, Maude. Tenho medo de ficar sozinho. Eu preciso de vocês duas, muito mais do que pensa – a voz dele estava fina, como a de um menino histérico.

– Você me negligenciou durante quinze anos – ela disse. – Quando eu finalmente tenho uma chance de ir embora, você insiste que eu fique.

– Você tem de ficar. É sua obrigação ficar comigo. Não posso ficar sozinho.

– Seja um homem – ela disse. – Não sinto afeto nenhum por um palerma choramingão.

– Você me amava...

– Eu?

– Você queria ser minha esposa e cuidar de mim.

– Isso foi há muito tempo. Não me lembro mais.

Ouvi sua respiração ficar presa e passos rápidos no chão.

– Puta! – ele gritou, com a voz engasgada. – Você é uma mulher horrível e frígida, e eu a odeio.

– Qualquer mulher fica frígida – ela disse, clara e firmemente – se estiver casada com um homossexual.

– Horrível. Mulher – o intervalo entre as palavras foi marcado por uma bofetada. Então, alguns ossos (seus joelhos, talvez) bateram no chão. – Perdoe-me, perdoe-me – ele disse.

– Você bateu em mim – a voz dela era de perplexidade, pelo choque. – Você me machucou.

– Eu não queria. Perdoe-me. Eu a amo, Maude. Fique comigo, por favor – um soluço apertado cortou seus lamentos e repetiu-se prolongado. Durante algum tempo só se ouviu o homem chorando.

Então ela começou a confortá-lo, com uma voz gentil e acalentadora.

– Fique calmo, Jimmie. Querido Jimmie. Vou ficar com você. Nós ainda vamos ter uma vida boa, não é, meu querido?

Cambaleei ao me levantar. Sentia-me como se tivesse escutado um microfone escondido na parede do inferno. Passei pela porta fechada da sala sem mudar meu passo e saí para o gramado. O céu estava escuro e em movimento. Grandes nuvens cinza corriam das montanhas para o mar, rápidas como um rio na borda recortada do mundo.

Estava entre o gramado e a estrada, quando me lembrei que meu carro estava estacionado na rua, em Vale Nopal. Dei a volta pelos fundos da casa e vi que a cozinha estava vazia. Só a governanta estava lá. A sra. Strang era uma senhora de idade com um rosto comprido e suave e o cabelo desbotado. Estava cozinhando algo numa panela no fogo.

Ele deu um pulo de lado ao ouvir meus passos.

– Meu Deus! O senhor me assustou.

– Desculpe. Sou Archer, amigo da sra. Slocum.

– Ah, sim! O senhor telefonou, eu me lembro – seus lábios estavam trêmulos e azulados.

– Cathy está bem? – perguntei.

– Sim, ela está bem. Estou esquentando leite para que ela durma. A pobre criança precisa descansar depois desses terríveis acontecimentos.

De certo modo, senti-me responsável por Cathy, já que não havia ninguém mais que se sentisse responsável por ela. Os pais dela estavam totalmente envolvidos numa guerra particular, negociando pequenos armistícios. É provável que tenha sempre sido assim.

– Vai tomar conta de Cathy? – perguntei a sra. Strang.

Ela respondeu com muito orgulho:

– Sempre tomei conta dela, sr. Archer. Ela vale todos os cuidados. Alguns de seus professores acham que ela é um gênio.

– Este lugar está cheio de gênios, não é?

Fui embora antes de começar uma discussão. Da porta da cozinha vi uma claridade na escuridão das garagens, como uma pincelada de cal. Ainda estavam tirando fotos em volta da piscina.

Knudson estava lá com três membros de seu departamento, tirando uma série de medidas. Perto deles, estava o corpo sob um cobertor, esperando pacientemente para ser levado embora. As luzes submersas da piscina estavam acesas, de modo que a água parecia um abismo verde-claro com uma película na superfície luminosa e agitada.

Quando me viu, Knudson afastou-se do grupo e ergueu o queixo. Quando me aproximei, escutei sua voz baixa:

– O que ela disse? Vai colaborar conosco?

– Eu não a vi. Está trancada com o marido na sala.

Suas narinas se incendiaram com um sorriso de escárnio, que não foi dirigido para mim.

– A rádio patrulha já está procurando por Reavis. Você poderia ajudar, já que o conhece de vista.

– É um pouco fora da minha alçada, não acha?

– Você é quem sabe – levantou e abaixou os ombros, demonstrando indiferença em câmara lenta. – Parece-me que há certa responsabilidade...?

– Talvez. Pode me dar uma carona para cidade? *Não* com Franks.

– Claro – virou-se para o fotógrafo, que estava ajoelhado perto do corpo –, já acabou, Winowsky?

– Sim – tirou o cobertor. – Mais algumas fotos do cadáver. Quero fazer justiça a ela, a minha honra profissional exige isso.

– Leve o sr. Archer para a cidade com você.

– Sim.

Ficou de pé curvado sobre o corpo e explodiu o *flash*, colocado em cima de sua máquina fotográfica. A luz de magnésio branco tirou o rosto morto das trevas e projetou-o contra a noite. As sardas pareciam acne na pele branca. Bulbosa e branca, como a vida submarina, a espuma nas narinas e na boca aberta se avolumava. Os olhos verdes abertos olhavam para cima numa perplexidade vazia para o céu escuro que se movia entre as montanhas ainda mais escuras.

– Mais uma – disse o fotógrafo, colocando-se sobre o corpo. – Olha o passarinho!

A luz branca do *flash* explodiu outra vez no rosto imóvel.

Nove

O edifício era de cimento cor-de-rosa, grande, novo e feio. Tinha uma entrada lateral, sobre a qual se lia "Sala de Travessuras", em néon vermelho. A parede era cega, salvo pela porta e dois ventiladores redondos com tela. Ouvi o barulho das travessuras do lado de fora: a batida ritmada de uma banda, os passos de muita gente. Quando abri a pesada porta, o barulho estourou meus tímpanos.

Grande parte do barulho vinha da plataforma no fundo do salão, onde uma banda de rapazes, vestindo roupas de flanela branca, maltratava o piano, o violão, o trombone, a corneta e a bateria. O piano tinia e ribombava, o trombone zunia, a corneta guinchava e gania. O violão engolia trechos da escala cromática e os cuspia depressa sem mastigar. O baterista tocava em tudo que tinha direito, bateria, tambor, prato, pisava no chão, batia nas pernas da cadeira, golpeava o apoio de cromo do microfone. Quinteto Furioso, estava escrito na bateria maior.

O resto do barulho vinha das mesas e cadeiras ao longo das três paredes e da pista de dança no centro, onde vinte ou trinta casais rodopiavam na fumaça. A risada alta e abafada das mulheres bêbadas e cortejadas e os ruídos animais dos homens bêbados e ansiosos. Uma babel com um selvagem *jazz obbligato*.

Uma ruiva tingida de hena, alta, com uma blusa de seda, preparava as bebidas num bar perto da porta. Seu torso se movia na blusa como um imenso ovo cozido sem casca. As garçonetes iam e vinham, como uma fila de formigas, e todos os uísques vinham da mesma garrafa. Num intervalo sem garçonetes, fui até o bar. A mulher alta quebrou uma garrafa embaixo do bar e, respirando com dificuldade, endireitou-se.

– Sou Helen – disse com um sorriso plástico para o público. – Se quiser uma bebida, sente-se em algum lugar e eu chamo a garçonete.

– Obrigado. Estou procurando por Pat.

– Qual Pat? Ela trabalha aqui?

– É um homem. Jovem, grande, com cabelo escuro encaracolado.

– Amigo, já tenho problemas suficientes. Mas não vá embora zangado comigo. Tente as garçonetes – ela respirou fundo quando terminou, e o ovo foi quase até o seu pescoço.

– Duas pragas, bebuns de cerveja – disse uma garçonete atrás de mim.

Perguntei:

– Gretchen está aqui?

– Está falando de Gretchen Keck? – a garçonete apontou pra uma moça alta na pista de dança. – É aquela, a loira de vestido azul.

Esperei a música acabar e fui até uma mesa vazia. Alguns casais ficavam parados no meio do salão, abraçados, de rosto colado. Um menino mexicano de *jeans* e camisa branca ficou ali com a loira alta. Gretchen era tão clara quanto o rapaz era moreno, com uma pele branca e um penteado à Pompadour, como algodão doce, que a fazia parecer mais alta do que ele. Eles não conseguiam ficar parados. Seus quadris colados se moviam fazendo círculos até que a música começou e acelerou o ritmo deles.

Enquanto ela dançava sozinha numa pequena área, ele rodopiava em sua volta, pavoneando-se, agitando os braços como um galo, pulando e batendo os pés. Ele mexia a cabeça e o pescoço num plano horizontal, num estilo de Bali, dançava sobre os calcanhares como um cossaco, inventava novos giros com os quadris, o corpo e os pés se movendo em ritmos diferentes. Ela ficou onde estava, seus movimentos imitando um pouco os dele, e o círculo em volta dela foi ficando cada vez mais apertado. Juntaram-se de novo, seus corpos sacudindo e ondulando durante um *shimmy* insuportável. Então ela ficou parada no peito arqueado dele e seus braços se soltaram. Ele a tomou nos braços e a música continuou sem eles.

Na mesa atrás de mim, uma mulher chamou a mãe de Deus, em espanhol grosseiro, para testemunhar seu ato justificável de violência. Levantou-se num ímpeto, uma jovem mexicana abatida, com o cabelo parecendo alcatrão fresco. De seu punho direito cerrado projetava-se a lâmina de uma faca de três centímetros. Eu saí dali, apoiando a mão no assento e dando uma volta. Meu pé esquerdo se prendeu no pé dela e ela caiu de rosto no chão. A faca ficou fora de seu alcance. Ao vê-la, o rapaz moreno e a loira se separaram tão depressa que a moça quase perdeu o equilíbrio. O rapaz olhou para a faca no chão e para a mulher tentando ficar de joelhos. Seus olhos encheram-se de água e seu rosto bronzeado ficou esverdeado.

Curvado e triste, sem olhar para trás, foi até a mulher e tentou, desajeitado, ajudá-la a se levantar. Ela cuspiu palavras em espanhol que pareciam bombinhas explodindo. O surrado vestido de cetim preto estava coberto de poeira. O rosto marcado e amarelado estava triste. Ela começou a chorar. Ele passou o braço em volta dela e disse:

– Desculpe, por favor.

Saíram juntos. A música parou.

Um homem de meia-idade, pesado, usando um uniforme da polícia falso apareceu de repente. Pegou a faca, quebrou-a com o joelho e pôs a lâmina e o punho no bolso de sua jaqueta azul. Veio em direção à minha mesa, andando de mansinho, como se pisando em ovos. Seus sapatos estavam estragados e deformados perto dos dedos.

– Bom trabalho, filho – ele disse. – Eles se incendeiam tão depressa que às vezes não dou conta.

– Travessuras com facas atrapalham meus drinques.

Seus olhos vermelhos me olharam de um rosto sulcado pelo tempo.

– Você é novo por aqui, não é?

– Sou – respondi, embora me sentisse como se morasse em Vale Nopal há muito tempo. – Por falar em drinques, ainda não tomei nenhum.

Ele fez um sinal para a garçonete.

– Vamos dar um jeito nisso.

Ela chegou com uma bandeja de copos vazios, sujos de espuma.

– O que vão querer?

– Uma garrafa de cerveja – eu não confio em uísque de bar. – Pergunte a Gretchen o que ela está bebendo e se ela não quer beber comigo.

A bebida e Gretchen chegaram ao mesmo tempo.

– Helen disse que é grátis – disse a garçonete. – Sua bebida é por conta da casa. Ou qualquer coisa.

— Comida?
— Não a esta hora. A cozinha fechou.
— O que, então?

A garçonete colocou a cerveja na mesa com tanta força que fez espuma e foi embora sem responder.

Gretchen riu de um jeito gostoso quando escorregou para a cadeira em frente à minha.

— Helen tem quartos lá em cima. Ela acha que tem homem demais neste lugarejo, e alguém tem de fazer alguma coisa para aliviar a pressão.

Tomou seu drinque, rum com coca-cola, e piscou de modo ordinário por cima do copo. Seus olhos eram ingênuos e claros, da cor da espiga de milho. Nem mesmo a boca vermelha sensual desenhada com batom estragava sua ingenuidade.

— Sou do tipo que tem pressão baixa.

Ela me olhou com atenção, para tudo menos para a textura do material do meu casaco.

— Talvez. Você não parece ser do tipo de lá de cima, devo admitir. Mas sabe se mexer, cara.

— Esqueça.

— Queria esquecer. Nunca sinto medo quando acontece alguma coisa, só percebo depois. Acordo no meio da noite histérica. Que aquela gata vá para o inferno.

— Já está lá.

— Sei o que você quer dizer. Essas espanholas levam as coisas muito à série. A gente não pode nem se divertir mais.

— Você parece se divertir bem — eu disse. — Se é que Pat falou a verdade.

Ela corou e seus olhos brilharam.

— Conhece Pat?

— Foi meu colega na Marinha — eu disse, quase engasgando.

— Então ele esteve *mesmo* na Marinha? — ela parecia surpresa e contente, mais inteligente do que pensei.

— Claro. Estivemos juntos em Guadal — eu me senti meio cafetão.

— Talvez possa me dizer — ela mordeu o lábio inferior e ficou com batom nos dentes. Mesmo os dentes da frente estavam em mau estado. – É verdade que ele é um agente secreto ou coisa parecida?

– Na guerra?

– Agora. Ele disse que motorista é apenas um disfarce, que ele é um tipo de agente secreto.

– Não sei.

– Ele conta tanta história. Metade do tempo não sei no que acreditar. Mas Pat é um cara legal – ela acrescentou, na defensiva. – Tem uma cabeça boa e vai longe.

Concordei, procurando parecer sincero.

– Grande sujeito. Achei que iria encontrá-lo esta noite. Tem uma oportunidade de trabalho em nossa companhia e ele poderia ser admitido.

– Oportunidade de trabalho? – as palavras tinham a qualidade mágica de uma propaganda em quatro cores, e ela as repetiu com respeito. Os olhos cor de espiga de milho viram Gretchen usando um avental saído da máquina de lavar Bendix, cozinhando para Reavis, numa cozinha de azulejos, numa casa nova, no subúrbio... de qual cidade? Los Angeles?

– Sim.

– Talvez ele esteja em minha casa. Ele me espera no *trailer* às vezes.

– Você pode sair agora?

– Por que não? Sou *free-lancer* – a conversa continuou como um disco que ela tivesse esquecido de tirar da vitrola, mas seus pensamentos voavam longe, com Gretchen numa fase nova: a jovem e atraente esposa do jovem executivo emergente Reavis.

Afaguei o pára-choque de meu carro, como se fosse um bichinho que pudesse sentir afeição. Eu quis dizer: esqueça Reavis, ele nunca vai ficar muito tempo com uma mulher nem pagar suas dívidas com os homens. Eu disse:

– Estamos fazendo grandes negócios. Um sujeito como Pat pode ser útil.

– Se eu pudesse ajudá-lo a conseguir um bom emprego de verdade... – ela disse. O resto foi em silêncio, mas sem dúvida: ele se casaria comigo. Talvez.

A poucas quadras da rua principal, eu entrei no caminho que ela indicou, uma estrada de casas grandes e velhas. O asfalto estava esburacado e as ferramentas do carro faziam barulho no porta-malas. Era uma daquelas ruas que haviam sido das melhores da cidade. Eram mansões vitorianas, com empenas e cornijas entalhadas projetadas contra o céu. Agora eram pequenos apartamentos e pensões, com resquícios de grandiosidade.

Subimos por um beco entre duas delas e fomos parar num gramado assolado pela sombra escura dos carvalhos. Tinha um *trailer* embaixo das árvores, bem no fim do gramado. Com a luz dos faróis vi que a parte de metal estava descascada e enferrujando como um cartaz abandonado. O gramado estava cheio de sujeira e cheirava a lixo.

– Aquele é o nosso *trailer* ali – a moça tentou parecer animada, mas tinha uma leve ansiedade na sua voz. – Não tem luz – acrescentou, quando apaguei o farol e desliguei o motor.

– Ele não a esperaria no escuro?

– Ele pode estar dormindo. Às vezes vem dormir aqui – ela estava na defensiva de novo, descrevendo os hábitos de um bicho de estimação grande e problemático que ela amava.

– Você disse "nosso *trailer*". É seu e de Pat?

– Não, senhor, ele só vem me visitar. Tenho uma companheira chamada Jane, mas ela nunca fica em casa à noite. Ela trabalha numa lanchonete que fica aberta a noite toda, lá perto da linha do trem.

Mal se via seu rosto, devido à sombra dos carvalhos. As folhas secas pontiagudas estalavam quando pisávamos. A porta do *trailer* não estava trancada. Ela entrou e acendeu a luz de cima.

– Ele não está aqui – ela parecia desapontada. – Quer entrar?

– Obrigado.

Pisei no bloco de concreto que servia de entrada. A porta era tão baixa que tive de abaixar a cabeça.

A pequena sala tinha uma pia e um fogão a gás perto da porta, dois armários embutidos cobertos com panos idênticos de chita vermelha, uma cômoda embutida de madeira compensada coberta de cosméticos, *bobies* e fotonovelas, e sobre a cômoda um espelho sujo e torto refletia uma versão distorcida e borrada da sala, da moça e de mim.

O homem no espelho era grande e achatado, com um rosto magro. Um de seus olhos cinza era maior do que o outro e estava aumentado e trêmulo, como o olho da consciência. O outro era pequeno, insensível e astuto. Fiquei parado por um momento, impressionado por meu rosto distorcido e pela sala ao contrário, como um desenho de um teste psicológico. Por um momento eu era o homem do espelho, uma sombra sem vida própria que observava com um olho grande e um olho pequeno através do espelho sujo as vidas sujas num mundo muito sujo.

– É um pouco apertado – ela disse, procurando demonstrar alegria –, mas nós chamamos de "lar doce lar".

Passou por mim e fechou a porta. No ambiente fechado, o cheiro de gordura rançosa derramada e o odor enjoativo do perfume barato da cômoda me incomodaram. Não achei nenhum deles bom.

– Aconchegante – eu disse.

– Sente-se, senhor – ela disse, forçando alegria. – O rum e os refrigerantes acabaram, mas tenho uma garrafa de vinho.

– Não, obrigado. Não depois da cerveja.

Sentei-me na beira de um dos armários vermelhos. Os movimentos do homem do espelho tinham a rapidez e a precisão de um jovem, mas nenhum entusiasmo. Agora sua testa estava inchada como um intelectual de história em quadrinhos, e a boca pequena, empertigada e cruel. Que se dane!

– Poderíamos fazer uma festinha, se quiser – ela disse, sem ter certeza. De pé, naquela luz, ela parecia uma boneca de borracha pintada, com cabelo humano verdadeiro, não muito jovem.

– Não quero.

– Tudo bem. Mas não precisa ofender, não é? – ela quis falar em tom de brincadeira, mas não deu certo. Ela ficou envergonhada e preocupada.

Tentou de novo:

– Acho que você está muito ansioso em ver Pat, não é? Ele pode estar na casa dele em Los Angeles, sabe. Em geral ele não vai lá durante a semana, mas já foi algumas vezes.

– Não sabia que ele tem uma casa em Los Angeles.

– Um lugar pequeno, um apartamento de um quarto. Ele me levou lá num fim de semana para conhecer. Puxa, não seria engraçado você vir todo esse caminho para encontrá-lo e ele estar em Los Angeles enquanto isso?

– Seria hilário. Você sabe onde é? Para que eu possa ir procurá-lo amanhã?

– Ele não vai estar lá amanhã. Ele tem de voltar ao trabalho, na casa dos Slocum.

Deixei que acreditasse nisso.

– Que chato! Tenho de voltar para Los Angeles esta noite. Talvez você possa me dar o endereço.

– Não sei o número, mas posso achá-lo.

Seus olhos piscaram, como se ela quisesse causar uma impressão. Sentou-se no armário a minha frente, tão perto que nossos joelhos se tocaram. Um par de meias de náilon penduradas num suporte de toalhas em cima da cama fez cócegas na minha nuca.

– Faria tudo para ajudar – ela disse.

– Sim, eu agradeço. O prédio tem nome?

– Graham Court, qualquer coisa assim. Fica numa das pequenas ruas laterais perto de North Madison, entre Hollywood e Los Angeles.

– E não tem telefone?

– Não que eu saiba.

– Mais uma vez, obrigado – levantei-me. Ela se levantou como a minha sombra e ficamos juntos no pequeno corredor entre as camas. Passei por ela em direção à porta e senti o toque de suas coxas roliças.

– Gostei do senhor. Se eu puder fazer alguma coisa?

Seus seios estavam apontados como um dilema. Continuei. O homem do espelho me olhava com um olhar frio como a morte.

— Quantos anos você tem, Gretchen? — perguntei, à porta.

Ela não me seguiu até a porta.

— Não é da sua conta. Mais ou menos cem anos. Pelo calendário, dezessete.

Dezessete. Um ou dois anos a mais do que Cathy. E tinham Reavis em comum.

— Por que não volta para a casa de sua mãe?

Ela riu: papel rasgado numa sala com eco.

— De volta para Hamtramck? Ela me largou num asilo quando se divorciou pela primeira vez. Estou sozinha desde 1946.

— Como você está, Gretchen?

— Como você disse, estou bem.

— Quer uma carona de volta para Helen?

— Não obrigada, senhor. Tenho dinheiro suficiente para uma semana. Agora já sabe onde moro: venha visitar-me às vezes.

As velhas palavras ecoaram durante vários quilômetros. A noite estava cheia dos murmúrios das vozes das meninas que jogaram fora sua juventude e acordaram gritando histéricas no meio da noite.

Dez

Parei num bar, a leste do cemitério, no Santa Monica Boulevard, comi um sanduíche, tomei um café e dei uma olhada na lista telefônica. Estava pendurada na corrente de um telefone público na parede ao lado da janela da frente. Graham Court existia em Laredo Lane. Disquei o número e fiquei observando os pedestres. A moçada doida por música ou fumo, os homens de meia-idade da cidade, os turistas procurando alguma coisa para realizar suas fantasias, as piranhas cheias de esperança e as desesperadas, os trambiqueiros ágeis, leves e sem idade passeavam pela longa rota de Hollywood, do outro lado da vitrine. O letreiro acima da janela era vermelho de um lado e verde do outro, de modo que eles passavam da juventude rósea para velhice enferma quando atravessavam para o meu lado da calçada. Da juventude para a apoplexia.

Uma voz pouco clara atendeu na décima segunda tentativa. Pat Reavis não mora em Graham Court, nunca morou, boa noite.

O atendente do bar empurrou um sanduíche fino e branco e uma xícara de café preto forte sobre o balcão de resina preta. Tinha orelhas rosadas, parecendo borboletas. O resto dele parecia ser ainda uma larva.

– Não pude deixar de ouvir – disse, com a boca cheia de saliva. – Está procurando um contato e eu sei de um número bom para chamar.

– Escreva com sangue em pedaço de papel higiênico e coma no café-da-manhã.

– Hein? – ele disse. – Sangue?

– Por que acha que sexo é a coisa mais importante na vida?

Ele riu pelo nariz:

– Diga outra.

– Dinheiro.

– Claro, mas para que um cara quer ter dinheiro, responda.

– Para se aposentar num monastério no Tibete – mostrei a ele uma credencial de agente especial que tinha guardado de uma mala da guerra nas docas de Pedro. – A cafetinagem pode lhe render alguns anos no norte.

– Meu Deus – seu rosto sofreu uma mudança repentina e chocante. Seu rosto ficou distorcido pela velhice. – Só estava brincando, não era sério. Não sei de nenhum número. Juro por Deus.

Seus lamentos me seguiram até a calçada. Só pararam quando fechei a porta. Eu estava de mau humor.

Laredo Lane era uma daquelas ruazinhas de estuque perdidas entre duas grandes avenidas. Só tinha um poste de luz por quadra, deixando longos trechos na escuridão. Havia algumas casas iluminadas, com festas depois da meia-noite. Ouvi um pouco de música e risadas, vi casais dançando perto da janela quando passei de carro. Alguns dançarinos eram negros, outros, brancos; alguns tinham rostos morenos, de índios. A maior parte das casinhas marginais estava escura, com janelas fechadas. Um quarteirão inteiro estava vazio, com as fundações de concreto arruinadas à mostra por causa de um incêndio.

Senti-me como um gato solitário, um macho velho dominado por uma raiva obscura, procurando encrenca. Cortei essa idéia depressa e joguei fora. As ruas à noite eram meu território e continuariam sendo até que eu me visse na sarjeta.

As letras *Graham Court* surgiram numa caixa de metal retangular iluminada por uma lâmpada elétrica interna. Pregado no poste do letreiro, havia uma tábua pintada de branco onde alguém tinha escrito a palavra *Vagas,* com uma letra irregular. O *Não há* estava escondido por um pedaço de cartolina desbotada. Estacionei o carro a poucos metros do letreiro e deixei o motor ligado. O escapamento expelia uma fumaça azul como um cachimbo no ar frio.

Graham Court era uma fileira de barracões deteriorados, curvados em volta de uma faixa de grama murcha. Um caminho velho de cascalho levava as pessoas às soleiras das portas quebradas, se as pessoas quisessem. Uns poucos barracões tinham luz, que se via pelas frestas das paredes laterais empenadas. A construção onde estava escrito *Escritório*, que era a mais próxima da rua, estava fechada e escura. Parecia abandonada, como se o proprietário tivesse ido embora para sempre. Sobre minha cabeça um eucalipto com flores vermelhas balançou com o vento, tranqüilo como a respiração do sono, e deixou cair pétalas delicadas no chão. Peguei uma do chão, sem nenhum motivo, e esmaguei-a com os dedos até virar pó vermelho.

Estava decidindo se ia direto ao assunto ou esperava entediado dentro do carro, quando a porta de um bangalô no meio da fileira se abriu. Uma faixa de luz amarela apareceu na grama. A sombra de um homem se movendo ali e depois a luz se apagou. Subi a rua a pé, para longe do meu carro. Dali a pouco, passos apressados me seguiram.

Entrei pelo caminho de uma casa sem luz, informalmente, um pouco relutante, para dar a impressão que eu era daquele lugar. Minha longa sombra se fundiu com as sombras dos arbustos, e eu sabia que meu perfil não podia mais ser visto pelo homem atrás de mim. Um carro estava estacionado no pátio ao lado da casa e eu me escondi atrás dele. Os passos na calçada continuaram sem parar.

Na esquina, o homem atravessou a rua sob o poste de luz. Era Reavis, andando com uma postura arrogante, queixo para cima e ombros para trás, como se estivesse paquerando um bando de meninas ao meio-dia. Quando virou a esquina, corri de volta para o meu carro e dei a volta no quarteirão em tempo de apagar os faróis e ver o desfile do rapaz no outro cruzamento.

Não quis arriscar. Porque ele conhecia meu carro, tranquei-o e deixei-o estacionado onde estava. O rapaz caminhava um quarteirão à frente, e usei todos os disfarces possíveis: árvores, arbustos, carros parados. Ele não olhou para trás; movia-se como alguém que tem a consciência limpa, ou que não tem consciência nenhuma. Quando chegou a Sunset Boulevard, virou à esquerda. Atravessei a avenida e diminuí a distância entre nós. Ele usava um terno xadrez preto e bege de mau gosto. De tão berrante, eu praticamente podia ouvir o terno no meio do barulho do tráfego.

Reavis andou em direção ao ponto de táxi, onde havia vários carros parados em fila no meio-fio. Esperei até ele entrar num e estava preparado para segui-lo com outro. Mas, em vez disso, ele se sentou no banco da parada de ônibus, cruzou as pernas e acendeu um cigarro. Andei alguns metros na travessa e fiquei observando da sombra do prédio da esquina. À minha esquerda, os altos prédios dos hotéis erguiam-se contra o céu, cuja cor avermelhada em movimento parecia a parte interna dos olhos. O tráfego da madrugada passava por entre Reavis e mim a cinqüenta ou sessenta por hora.

Um carro preto comprido saiu do fluxo, aproximou-se do meio-fio onde Reavis estava sentado. Ele se levantou e jogou o cigarro fora. Um homem de uniforme cinza-escuro saiu do assento do motorista e abriu a porta de trás para ele. Eu estava a meio caminho entre a rua e uma ilha para pedestres, entre as avenidas, quando a limusine se pôs em movimento de novo. Abri a porta do primeiro táxi da fila e disse ao motorista para seguir o carro.

– Bandeira dois? – ele disse, ao mesmo tempo em que ligava o carro.

– Claro. E um dólar a mais, pela placa do carro.

O táxi saiu do meio-fio com uma arrancada que me jogou para trás e subiu a toda. Cortando vários carros, chegou na limusine preta.

– Não chegue tão perto. Fique para trás, quando conseguir o número da placa.

Ele desacelerou um pouco, mas a distância entre os dois carros diminuiu aos poucos.

– A placa é 23P708 – ele disse, depois de algum tempo. – Está seguindo o cara, ou o quê?

– É um jogo de que gosto.

– Está bem, só fiz uma pergunta normal.

– Não sei a resposta – com isso, nossa conversa acabou. Escrevi o número numa caixa de fósforos e enfiei no bolso da calça.

O carro preto aproximou-se do meio-fio de repente, deixou Reavis lá e foi embora de novo. Ele desfilou pela calçada sob um letreiro onde se lia Hunt Club. A porta de couro forrada ficou balançando, depois que ele entrou.

– Deixe-me sair – eu disse ao motorista. – Estacione o mais perto que puder e espere por mim.

Ele levantou a mão direita e esfregou os dedos.

– Mostre-me umas verdinhas antes, tá?

Dei-lhe cinco dólares.

Ele olhou para a nota e voltou a olhar para mim no banco de trás do carro. Seu rosto era de um siciliano, de olhos negros, nariz pronunciado.

– Isso não é um assalto ou coisa parecida?

Eu disse a ele:

– Sou um detetive particular. Não haverá encrenca – eu esperava que não houvesse mesmo.

O Hunt Club de Dennis estava escuro, frio e lotado. Luzes indiretas brilhavam discretas nas superfícies lustrosas de madeira e bronze, nos pratos lustrosos e nos rostos extremamente lustrosos. As fotografias que cobriam as paredes revestidas tinham as assinaturas de nomes de gente famosa e de gente que não era mais famosa. Dennis estava em pessoa perto da porta, um homem grisalho com roupa de agente funerário, nariz de palhaço e boca de financista. Conversava com um elegante ar condescendente de uma pessoa que já não é famosa. O astro decadente olhou para mim debaixo de suas sobrancelhas bem-delineadas. Sem competição. Mostrou-se aliviado e condescendente.

O lugar tinha sido construído em dois níveis, de modo que do bar via-se o restaurante. Eram quase duas horas. O bar estava lotado antes que fosse dado o toque de recolher. Achei um banquinho vazio, pedi uma Guinness, para juntar energia, e olhei à minha volta.

O terno xadrez ainda fazia um alvoroço visual no meio do salão. Reavis, de costas para mim, estava à mesa com uma mulher e um homem. O homem debruçou-se sobre seu filé de dez centímetros, na direção de Reavis, com uma jaqueta azul que ficava apertada nos seus ombros largos. O grande pescoço que saía do colarinho branco sustentava uma enorme cabeça coberta com uma pele tão rosada e macia quanto a de um bebê. Alguns fios rosados formavam pequenos círculos no imenso escalpo. Os olhos estavam quase fechados, escutando: frestas de inteligência naquele grande rosto macio que mastigava.

A terceira pessoa na mesa era uma loura acinzentada, usando um vestido branco preguedo de *chiffon*, de uma beleza ofuscante. Quando inclinou a cabeça, seu cabelo curto balançou para frente, emoldurando como uma touca seus traços inocentes. Tinha traços lindos.

Ela tentava escutar o que os homens diziam. O rosto grande olhou para ela e abriu os olhos um pouco mais e não gostou do que viu. Uma petulância infantil apareceu entre as sobrancelhas invisíveis e instalou-se na boca que mastigava e foi falar com ela. A moça levantou-se e foi em direção ao bar.

As pessoas olharam para ela. Ela sentou num banquinho, ao meu lado, e foi servida antes de mim. O *barman* chamou-a de "sra. Kilbourne" e teria arrancado seus cabelos, se os tivesse. Ela tomou um *bourbon* puro.

Por fim, o *barman* trouxe minha cerveja com espuma numa caneca de cobre.

– Último pedido.

– Está bem.

Dei uma olhada na mulher para confirmar minha primeira impressão. Era como oxigênio puro: se você respira profundamente fica tonto e alegre, ou pode envenená-lo. Seus olhos eram tristes sob os grandes cílios, o rosto ligeiramente encovado, como se estivesse se alimentando apenas de sua beleza. A pele tinha aquela qualidade de beleza excessiva, que faz os homens na rua olhar.

As mãos mexiam no fecho de diamante da bolsa de lamê dourado e tateavam em seu interior.

– Desgraçado! Diabos o carreguem! – ela disse. Sua voz estava baixa e controlada.

– Encrenca? – eu disse, sem esperar muita coisa.

Ela não se virou, nem mexeu os olhos. Achei que era um fora e não me importei, já que eu tinha pedido. Mas dali a pouco ela respondeu, no mesmo tom controlado.

– Noite após noite após noite, a delinqüência. Se eu tivesse grana para o táxi, iria embora.

– Ficaria contente em ajudá-la.

Ela se virou e olhou para mim: o tipo de olhar que me fez desejar ser mais jovem e bonito, com um milhão a mais, e me fez ter certeza de que eu não era.

– Quem é você?

– Um admirador desconhecido. Ou seja, nos últimos cinco minutos.

– Obrigada, Admirador Desconhecido – ela sorriu e levantou as sobrancelhas. Seu sorriso era como uma flecha. – Tem certeza de que não é pai de cinco filhos?

– *Vox populi* – eu disse –, *vox Dei*. Também tenho uma frota de táxis à minha disposição.

– É engraçado, mas tenho uma mesmo. Ou melhor, meu marido tem. E não tenho dinheiro para a corrida.

– E eu tenho um táxi me esperando. Pode usá-lo.

– Quanta gentileza e, além disso, abnegação. Tantos admiradores desconhecidos querem ser conhecidos.

– Está falando sério?

– Esqueça, é bobagem. Não tenho coragem de fazer nada além de falar.

Ela olhou para sua mesa e o cabeção fez um movimento brusco decisivo, acenando para ela. Engolindo seu drinque, ela deixou o balcão e voltou à mesa. O cabeção pediu a conta com uma voz cheia e carregada.

O *barman* abriu os braços e falou às pessoas do bar:

– Lamento, gente fina, está na hora de fechar, vocês sabem.

– Quem é Palomino? – perguntei, baixinho.

– Está falando da sra. Kilbourne?

– Sim, quem é ela?

– Sra. *Walter* Kilbourne – ele afirmou, decidido. – Aquele que está com ela é Walter Kilbourne – o nome ligava-se a dinheiro, mas eu não conseguia situá-lo com certeza.

Eu esperava pelo táxi do outro lado da rua, quando eles apareceram na calçada. Ao mesmo tempo, a limusine aproximou-se da calçada. As pernas de Kilbourne eram pequenas para o seu torso gigante. Quando atravessaram a calçada, sua cabeça estava na mesma altura da de sua esposa. Dessa vez Reavis sentou-se na frente com o motorista.

Meu motorista perguntou:

– Vai querer brincar mais um pouco de seguir carros?

– Pode ser, ainda não são duas horas.

– Tem gente – ele murmurou – com senso de humor muito esquisito.

Deu uma volta na esquina e voltou depressa. O tráfego tinha diminuído e era fácil seguir as grandes lanternas traseiras vermelhas. No meio do Strip, o carro preto foi para o meio-fio de novo. A loira e o marido saíram e entraram no Flamenco. Reavis ficou onde estava, ao lado do motorista. O carro preto fez a volta de repente e passou por nós, indo na direção contrária.

Meu motorista tinha estacionado em fila dupla a poucos metros do Flamenco. Ele trocou a marcha com violência e debateu-se com o volante.

– Quanto tempo isso vai levar?
– Temos de esperar e ver.
– Em geral, faço um lanche às duas horas.
– É um inferno mesmo. Os assassinatos atrapalham os horários das pessoas.

O velocímetro pulou para frente, como se estivesse ligado direto às batidas de seu coração.

– Você disse assassinato?
– Certo.
– Já aconteceu ou vai acontecer?
– Já aconteceu.
– Não gosto de me envolver com assassinatos.
– Ninguém gosta. Fique de olho naquele carro e mantenha certa distância.

O carro preto parou com a luz intensa do breque no farol de Cahuenga, quando meu motorista cometeu um erro. Antes de virar à esquerda, aproximou-se demais de Reavis. Este olhou para trás, seus olhos grandes e pretos diante de nossos faróis, e falou com o motorista. Xinguei em voz baixa, na esperança de que ele estivesse discutindo a beleza da noite.

Não estava. Quando a limusine chegou à via expressa, correu com a velocidade para a qual tinha sido feita. O nosso velocímetro chegou a 120 e ali ficou como o ponteiro de um relógio quebrado. As lanternas traseiras sumiram na curva e tinham desaparecido quando fizemos a volta.

– Lamento – disse o motorista, com a cabeça e o corpo preso ao volante. – Aquele carro pode ir em poucos minutos daqui para São Francisco. Mas acho que saiu em Lankershim.

Onze

Graham Court tinha mudado desde que eu estivera lá pela última vez, uma hora e pouco antes. O lugar tinha a mesma feiúra do abandono, o mesmo clima de imundície das pessoas que viviam desesperadas na miséria, mas essas coisas tinham perdido a realidade. Ao entrar na limusine que o levou para junto da sra. Kilbourne, Reavis tinha conseguido uma nova dimensão: a possibilidade de haver mais coisas atrás daquelas paredes finas empenadas do que bebida e pobreza, cópula e desespero. Para Reavis, pelo menos, Graham Court era o lugar onde tudo poderia acontecer: o cenário onde os atores fazem o papel de pobre por mil dólares ao dia; a favela onde o príncipe encantado vive incógnito.

No primeiro bangalô, uma mulher soltou um gemido durante o sono, e o rosnado indistinto de um homem mandou-a calar a boca. Um rádio piava como um grilo enlouquecido no barracão da frente, onde alguém tinha ouvido o mesmo DJ a noite toda ou tinha esquecido de desligar. Reavis morava no terceiro, à esquerda. A porta se abriu na primeira tentativa com uma chave mestra comum. Fechei-a atrás de mim e vi o interruptor da luz ao lado.

O quarto saiu da escuridão e encontrei-me num cubo de material prensado encardido. A luz era uma lâmpada pendurada protegida por papel, com o fio puxado de lado preso à parede com um prego, descendo até uma chapa elétrica com duas bocas. Havia algumas migalhas escuras na toalha gordurosa de mesa ao lado do aquecedor, e algumas se mexiam. Um gaveteiro estava inclinado contra a parede, descascado como craquelê. A parte de cima, marcada por bitucas de cigarro, tinha uma garrafa de óleo para cabelos de barbearia e dois pincéis de militares e uma mala de pele de porco, com as iniciais P.M.R.

Olhei as gavetas e encontrei duas camisas limpas, dois pares de meias de algodão com desenhos coloridos, uma muda de cuecas, uma caixa de papelão com a etiqueta Sheik e uma foto colorida do Sheik, uma fita de seda azul, que era de segundo lugar na corrida de crianças em Camp Mackenzie, seja lá onde for, em 1931, e outra caixa de cartolina de pastas. A caixa estava quase cheia e em todas as pastas havia letras douradas gravadas sobre o preto: "Com os cumprimentos de Patrick 'Pat' Reavis". A gaveta de baixo tinha roupa suja, inclusive a camisa havaiana.

Uma cama de ferro no lado esquerdo, em frente à porta, ocupava um quarto do espaço do chão. Estava coberta com uma manta da marinha norte-americana. Os quadros na parede sobre a cama pareciam combinar com a manta. Eram fotografias de mulheres peladas, impressas ou recortadas, talvez uma dúzia. Gretchen Keck era uma delas, o rosto sobre um corpo jovem macio tirada num espasmo feliz de constrangimento. As fotos na gaveta da mesa ao lado da cama eram mais extraordinárias. Tinham os murais de Herculaneum, o que não queria dizer que Reavis fosse um arqueólogo amador. Não havia lá ninguém que eu conhecesse. Em frente à cama uma cortina verde desbotada, pendurada em um cano de ferro, fazia a volta em uma pia, uma privada e um chuveiro portátil enferrujado. Uma poça de água suja sobre o linóleo estragado escurecia a barra da cortina.

Sem ficar de joelhos, enfiei a mão embaixo da cama e peguei uma mala de cartolina com cantoneiras de couro surradas. Estava trancada, mas o fecho barato se soltou quando dei um chute na tampa com meu calcanhar. Arrastei-a para debaixo da luz e dei um safanão para abrir. Embaixo de uma confusão de camisas e meias sujas e fedidas, o fundo da mala estava coberto de papéis desordenados. A maioria era de cartas pessoais, escritas com letras irregulares e assinadas por meninas ou apelidos de meninas; cartas muito pessoais. Escolhi uma que começava assim: "Meu querido amado: você me deixou louca ontem à noite" e terminava: "Agora que conheci o amor, meu querido amado, você não vai embora e me abandonar – escreva e diga que não". Outra, com uma letra diferente, começava assim: "Querido sr. Reavis" e terminava "Te amo apaichonadamente, de todo corassão".

Havia papéis com a dispensa oficial, dizendo que Patrick Murphy Ryan, nascido em Bear Lake Country, Kentucky, em 12 de fevereiro de 1921, tinha se alistado na marinha dos Estados Unidos em 23 de junho de 1942, em San Antônio, Texas, e tinha sido dispensado em San Diego em dezembro do mesmo ano, sem honras. A experiência civil de Ryan estava listada como agricultor, mecânico e aprendiz de manutenção de poços de petróleo, e sua ocupação preferida era de piloto de avião comercial. Havia uma cópia do formulário do Serviço Nacional de Seguros de Vida no valor de dois mil dólares, feito pelo mesmo Patrick Ryan, com a data de 2 de julho de 1942. Pedia-se que a apólice fosse enviada para Elaine Ryan Cassidy, Estrada rural 2, Bear Lake, Kentucky. Podia ser sua mãe, irmã ou esposa.

O nome de Elaine apareceu de novo, desta vez com um sobrenome diferente, num envelope vazio e rasgado, amassado num canto da mala. O envelope estava endereçado para o sr. Patrick Ryan, Graham Court, Los Angeles e selado em Las Vegas, em 10 de julho daquele ano. O endereço do remetente estava rabiscado na parte rasgada: sra. Elaine Schneider, Rush apts., Las Vegas, Nevada. Se fosse a mesma Elaine que tinha recebido a apólice do seguro de Pat, era ela a mulher em quem ele confiava. E Las Vegas não ficava longe dali, como dizem. Decorei o endereço.

Estava examinando as cartas, olhando para uma que combinava com o envelope vazio, quando senti uma brisa leve e fria na nuca. Peguei uma das cartas, ajeitei o corpo devagar sem virar, como se procurasse luz para ler; então, virei devagar com a carta nas mãos. A porta estava um pouco aberta, só escuridão atrás.

Procurei o interruptor. O passo que dei me tirou um pouco do equilíbrio. Uma mão apareceu pela abertura, abrindo-a mais e agarrando meu pulso: dedos como salsichas brancas enroladas, pontilhadas por cabelos esparsos. Empurrou-me mais e minha cabeça bateu contra a parede. O compensado ficou esmagado. Uma outra mão agarrou meu braço e começou a apertá-lo contra a beira da porta. Coloquei o pé na soleira e trouxe as mãos para dentro do quarto. As mãos, depois os braços, depois os ombros. Quando o homem todo entrou, trouxe a porta junto. Que caiu contra a cortina verde com pouco barulho.

Seu nariz e sobrancelhas pareciam fungos marrons crescendo num rosto grosso. Olhos pequenos como se ali morassem besouros negros brilhantes. Eles desapareceram quando dei um soco com minha mão livre, e reapareceram. Machuquei minha mão naquele queixo duro. A cabeça foi para trás com o soco e voltou arreganhando os dentes.

Ele se virou de repente, levantou os braços e perdi o equilíbrio. Seus dedos agarraram meu pulso. Seus ombros pesados labutaram. Eu resisti. Seu casaco rasgou com um tiro certeiro. Virei minha mão livre, coloquei as duas mãos sob o queixo dele e lhe dei uma joelhada nas costas. Aos poucos ele se endireitou e caiu de costas. O cão estalou sob a nuca dele, e então o teto caiu sobre a minha.

Acordei no escuro, com o rosto no chão. A superfície sob meu rosto parecia estar vibrando, e a mesma vibração batia violenta na base da minha cabeça. Quando abri a boca, senti gosto de pano sujo. Alguma coisa pesada e dura pressionava minhas costas. Tentei me mexer e percebi que meus ombros e quadris estavam presos dos dois lados. Minhas mãos estavam amarradas, pressionadas contra a barriga. O medo chegou pela nuca e me sacudiu. Quando a tremedeira passou, minha cabeça estava mais clara e mais dolorida. Eu estava no chão de um carro em movimento, com o rosto apertado entre o assento da frente e o de trás.

As rodas pularam e escorregaram entre grupos de buracos. Levantei a cabeça do chão.

– Calma, cara – disse uma voz de homem. Um objeto pesado foi retirado das costas e colocado na minha nuca.

Eu disse:

– Tire os pés de mim.

O pé no meu pescoço se moveu, pressionando meu rosto contra o chão.

– O que vai fazer, cara? Nada? Foi o que pensei.

Fiquei parado, tentando lembrar a altura, o tom, a inflexão da voz para que eu não me enganasse, caso a ouvisse de novo. A voz era macia e líquida do mesmo jeito que o melado é líquido, com um tremor saboroso de vaidade. Uma voz como aquela coisa que os barbeiros baratos colocam no cabelo antes que se possa impedir.

Disse:

– É isso aí, cara, pode falar mais tarde. E vai mesmo.

Mais buracos. Uma virada à esquerda. Pavimento esburacado de cidade. Outra virada. O sangue jorrava nervoso de meus ouvidos. Não havia outro barulho além de meu sangue jorrando. Meus pés foram levantados, a porta do carro abriu. Tentei ficar de joelhos e tentei rasgar a corda dos pulsos com os dentes. Estavam amarrados com arame.

– Quieto. Isto é uma arma nas suas costas. Não está sentindo?

Senti. Fiquei quieto.

– De costas para fora do carro, cara. Não tente nada ou vai dar outro passeio e não vai voltar. Agora pode ficar de pé e deixe-me olhá-lo. Francamente, você está um lixo.

Olhei para ele, primeiro para a arma preta. Ele era magro e alto, com a cintura marcada por um terno chique, com muito enchimento nos ombros. O cabelo no topo da cabeça era grosso, preto e lustroso, mas não combinava com o cinza dos pêlos da orelha. Eu disse:

– Você também está bem velhinho.

Ele levantou meu queixo com o cano da arma. Minha cabeça caiu para trás contra a porta aberta do carro, fazendo com que se fechasse com violência. O barulho ecoou na rua deserta. Eu não sabia onde estava, mas tinha um pressentimento: no fim da linha. Não tinha nenhuma luz nas casas escuras. Não acontecia nada além daquele homem pressionando a arma contra o meu peito e fazendo ameaças na minha cara como se fosse música.

O outro homem se inclinou para fora, pela janela da frente. Um fio de sangue escorria de uma ferida da sua pata dianteira.

– Tem certeza que sabe cuidar desse miserável?

– Será um prazer – disse o homem alto para nós dois.

– Não deixe marcas, a menos que ele queira. Nós só queremos saber qual é a história e deixá-lo de gelo por algum tempo.

– Quanto tempo?

– Você vai saber de manhã.

– Não sou babá de ninguém – o homem alto resmungou. – E a sua casa, Mell?

– Vou viajar. Boa noite, querido.

O carro foi embora.

– Depressa – disse o homem alto.

– Marchando ou passo normal?

Ele pôs um calcanhar no meu pé e todo seu peso em cima dele. Seus olhos eram escuros e pequenos. Refletiam uma luz distante como se fosse um gato. Eu disse:

– Você é muito ativo para um velhinho.

– Sem gracinhas – ele disse, com a voz rouca. – Nunca matei ninguém, mas pelo amor de Deus...

– Eu já, Amy. Alguém que me chutou na cabeça, quando eu estava caído.

– Pare de me chamar de Amy – ele foi para trás e levantou a arma. Sem a arma, ele não era ninguém. Mas ele a tinha.

Eu marchei depressa sobre o concreto rachado e fendido até a varanda. Era oco e afundado, um lugar de sombras. Ele mantinha os olhos e a arma apontados para mim enquanto procurava o chaveiro e tentava abrir o cadeado. Uma voz de mulher surgiu das sombras:

– É você, Rico? Estava esperando você.

Ele se afastou da porta como um gato, desviando a arma da minha direção para a escuridão atrás de mim.

– Quem é? – sua voz estava trêmula.

Eu me apoiei na base do pé, pronto para me mexer. A arma voltou para mim. O chaveiro ficou esquecido no cadeado.

– Sou eu, Rico – a voz das sombras disse. – Mavis.

– Sra. Kilbourne! – a surpresa tomou conta de seu rosto e sua voz embargou. – O que está fazendo aqui?

— Mavis, para você, bonitão. Não saio sozinha há muito tempo. Mas não me esqueci de como você me olhou.

Ela saiu das sombras, passou por mim como se eu não estivesse lá, com um impecável casaco de pele. Sua mão esquerda estava para trás com o dedo indicador esticado. Este se dobrava e esticava, apontado para o chão.

— Cuidado, sra. Kilbourne — a voz do homem estava em estado deplorável, fazendo esforço para reprimir uma esperança impossível. — Por favor, vá para casa, sra. Kilbourne.

— Por que não me chama de Mavis? — ela passou a mão com luva branca no rosto. — Eu chamo você de Rico. Penso em você sempre que me deito, à noite. Não vai me dar uma chance?

— Claro, querida, apenas tome cuidado. Estou com uma arma...

— Bem, coloque-a de lado — ela disse, flertando com petulância. Empurrou a arma de lado e apoiou-se nele, com os braços em volta dos ombros dele, e os lábios nos dele.

Por um instante a arma tremeu. Ele estava imóvel, envolvido por ela num sonho branco e perfumado. Levantei meus dois punhos e os trouxe para baixo. Alguma coisa estalou na mão dele. A arma rolou pelo chão. A mulher se abaixou para pegá-la, de joelhos, e Rico foi atrás dela. Meus braços caíram sobre a cabeça dele, abraçaram-no e eu o levantei. Deixei-o suspenso pelo pescoço, até que suas mãos pararam de me arranhar e caíram no chão. Então, deixei-o cair com o rosto no chão.

Doze

A mulher levantou-se, com a arma na mão. Ela a segurava com cuidado, como se fosse um réptil.

— Você é rápido, Archer. É esse o seu nome, não é?

— Admirador Desconhecido — eu disse. — Não sabia que eu tinha um poder tão fantástico sobre as mulheres.

– Não? Assim que o vi, sabia que era para mim. Depois ouvi meu marido dizer a eles que o trouxessem para cá. Eu vim. O que mais poderia fazer? – as mãos dela fizeram um gesto delicado, atrapalhado pela arma.

– Ao contrário de Rico – eu disse –, sou alérgico a presunto – olhei para baixo, para o homem aos meus pés. Sua peruca estava virada de lado, de tal modo que a linha reta branca ia de orelha a orelha. Estava engraçado e eu ri.

Ela achou que eu estava rindo dela.

– Não se atreva a rir de mim – ela disse, furiosa. – Vou matá-lo, se rir de novo.

– Não vai conseguir, se continuar a segurar a arma deste jeito. Vai torcer o pulso e fazer um buraco no teto. Agora, largue a arma, dê um beijo de boa-noite no seu amigo e vou levá-la para casa. Acho que devo lhe agradecer, Mavis, não é?

– Vai fazer o que eu mandar – mas ela não estava convencida do que disse.

– Vou fazer o que achar melhor. Você não teve coragem para cuidar de Rico sozinha, e eu sou barra mais pesada do que o Rico.

Ela deixou cair a arma no bolso do casaco e apertou as mãos brancas sedosas em baixo do peito.

– Tem razão. Preciso de sua ajuda. Como sabia?

– Você não fez tudo isso por diversão. Solte minhas mãos.

Ela tirou as luvas. Seus dedos desamarraram o arame fino. O homem no chão rolou de lado, a respiração assobiando baixinho na garganta.

– O que faremos com ele? – ela disse.

– O que quer fazer com ele? Mantê-lo fora da travessura, ou incluí-lo?

Um sorriso apareceu em seus lábios.

– Mantê-lo fora, é claro.

– Dê-me o arame – meus dedos estavam adormecidos, com pontadas de dor da circulação que voltava, mas estavam ativos. Coloquei o homem de costas, dobrei seus joelhos e amarrei seus pulsos juntos atrás do quadril.

A moça abriu a porta e eu o arrastei para fora pelos ombros.

— E agora?

— Tem um armário ali — ela fechou a porta da entrada e acendeu a luz.

— É seguro?

— Ele mora aqui sozinho.

— Você parece ter tudo encaixado.

Ela colocou o dedo na boca e olhou para o homem no chão. Seus olhos estavam abertos, olhando para ela. A parte branca estava banhada de sangue. Seu cabelo tinha caído por completo, de modo que sua cabeça estava careca. A peruca estava no chão como um animalzinho preto, um filhote de gambá. A voz do dono surgiu baixinha, por entre os lábios roxos:

— Vou causar muita encrenca para a senhora.

— Você já está encrencado. — Virou-se para mim: — Coloque o bonitão no armário.

Coloquei-o debaixo de uma capa de chuva suja, com um par de botas enlameadas sob a cabeça.

— Se fizer barulho, eu mando bala na porta — ele ficou quieto.

Fechei a porta do armário e olhei ao redor. O saguão alto era de uma casa antiga que tinha sido reformada para ser um escritório. O chão de parquete estava coberto com um tapete de borracha, salvo nos cantos, onde os tacos apareciam. As paredes estavam pintadas de cinza sobre o papel de parede. Uma escada entalhada aparecia no fundo do saguão, como a espinha de um réptil extinto. À minha esquerda, um painel de vidro fosco com letras pretas dizia: "Henry Murat, Laboratório de Material Eletrônico e Plástico".

A mulher estava curvada sobre o cadeado da porta, tentando abrir com todas as chaves do chaveiro. De repente, a porta abriu. Ela entrou e apertou o botão da luz. Luzes florescentes se acenderam. Eu a segui até um escritório pequeno, mobiliado com móveis cromados verdes. Uma mesa, algumas cadeiras, um arquivo, um cofre pequeno com um fecho falso que abria com chave. Um diploma emoldurado na parede, acima da mesa, mostrava que Henry Murat tinha recebido o título de Mestre em Ciências Eletrônicas. Eu nunca tinha ouvido falar naquela escola.

Ela se ajoelhou diante do cofre, mexendo nas chaves. Depois de umas poucas tentativas ela olhou para mim. Seu rosto estava lívido naquela luz cruel, quase tão branco quanto o seu casaco.

– Não consigo, minhas mãos estão tremendo. Pode abrir?
– Isso é roubo. Odeio fazer dois assaltos na mesma noite.

Ela se levantou e veio na minha direção, mostrando as chaves.

– Por favor. Precisa fazê-lo. Tem uma coisa que é minha aí dentro. Faço qualquer coisa.
– Não é preciso: já lhe disse que não sou Rico. Mas gostaria de saber o que estou fazendo. O que tem ali dentro?
– Minha vida – ela disse.
– Mais teatro, Mavis?
– Por favor, é verdade. Nunca mais terei outra chance.
– De quê?
– Fotos minhas – ela se esforçou para falar. – Não as autorizei. Foram tiradas sem que eu soubesse.
– Chantagem.
– Chame como quiser, mas é pior. Não posso nem me matar, Archer.

Ela parecia meio morta, naquele momento. Peguei as chaves com uma mão e dei-lhe um tapinha no ombro com a outra.

– Por que faria isso, gatinha? Você está com tudo.
– Nada – ela disse.

A chave do cofre era fácil de identificar. Era de bronze, comprida e chata. Virei-a na fechadura, pressionei o puxador cromado e abri a porta pesada, puxando-a. Abri algumas gavetas cheias de contas, cartas velhas e faturas.

– O que estou procurando?
– Um rolo de filme. Acho que está numa lata.

Tinha uma lata chata de alumínio na prateleira de cima, daquelas usadas às vezes em filmes de dezesseis milímetros.

a fita adesiva dos lados e abri a tampa. Tinha poucos ,ros de filme enrolados num cilindro. Segurei uma ponta ,ontra a luz: era Mavis, deitada de costas, um sol brilhante e uma toalha sobre o quadril.

– Não se atreva – ela arrancou o filme da minha mão e apertou-o contra seus braços.

– Não fique brava – eu disse. – Já vi um corpo humano antes.

Ela não me escutou. Atirou o filme no chão e desenrolou-o. Por um momento não entendi o que ela estava fazendo. Então vi o isqueiro dourado na mão dela. Ele abriu e soltou faíscas, mas não acendeu.

Chutei o filme para longe dela, apanhei-o e coloquei de volta na lata. Ela gritou e atirou-se contra mim. Suas mãos com luvas bateram no meu peito.

Soltei a lata no meu bolso e peguei-a pelos pulsos.

– Essa coisa pode explodir. Você vai queimar a casa e se queimar.

– Não me importo, solte-me.

– Se ficar calminha. Além disso, você precisa das fotos. Enquanto as tivermos, Rico ficará com a boca calada.

– Nós? – ela disse.

– Vou guardá-las.

– Não!

– Você me pediu ajuda. É isso aí. Posso manter Rico quieto, e você não.

– Mas quem vai manter você quieto?

– Você. Sendo boazinha e me obedecendo.

– Não confio em você. Não confio em nenhum homem.

– As mulheres, ao contrário, são muito confiáveis.

– Tudo bem – ela disse –, você venceu.

– Boa menina – soltei as mãos dela. – Quem é esse tal de Rico?

– Não sei muita coisa sobre ele. Seu nome verdadeiro é Enrico Murratti, acho que é de Chicago. Trabalhou para meu marido, quando colocaram rádios nos táxis.

– E seu marido?

– Vamos falar apenas de seres humanos, por enquanto.
– Tem algumas coisas que quero saber sobre ele.
– Não sou eu quem vai falar – a boca dela fechou.
– Reavis, então.
– Quem é esse?
– Você esteve com ele no Hunt Club.
– Ah, Pat Ryan – ela disse, mordendo os lábios.
– Sabe para onde ele foi?
– Não. Mas sei onde ele vai acabar, e vou dançar no seu funeral.
– Você é discreta, para uma mulher.
– Tenho de ficar de boca fechada sobre certas coisas.
– Mais uma pergunta. Onde estamos? Parece Glendale.
– É Glendale – ela esboçou um sorriso. – Gosto de você, sabe. É inteligente.
– Sim – eu disse. – Sempre uso a cabeça para salvar o corpo. Foi assim que consegui este galo.

Os longos minutos na escuridão tinham envelhecido e amolecido Rico. A juventude das articulações sumiu de seu rosto. Ele parecia o que era: um homem de meia-idade inseguro, suando de medo e desconforto.

Levei-o para debaixo da luz do saguão e falei com ele:
– Você disse uma coisa há pouco sobre armar encrenca para minha cliente – apontei a mulher à porta. – Se armar encrenca, será para você. Vai esquecer que a viu esta noite. Não vai contar ao marido dela, nem a qualquer outra pessoa que ela esteve aqui. Para ninguém. E ela não quer ver sua cara nunca mais.

– Corta essa – ele disse, cansado. – Sei qual é meu lugar.

Tirei a lata de filme do bolso, joguei-a para cima e a agarrei várias vezes. Seus olhos acompanhavam, de cima para baixo. Molhou os lábios e suspirou.

– De costas – eu disse. – Vou lhe dar um tempo. Não vou lhe dar uma surra, apesar de que me daria muito prazer. Não vou entregar você e o filme para a polícia, apesar de ser isso o que merecia.

– Não seria muito bom para a sra. Kilbourne.

– Preocupe-se com você, Rico. O filme é uma prova contundente de chantagem. A sra. Kilbourne não precisaria depor.

– Chantagem coisa nenhuma! Nunca recebi dinheiro da sra. Kilbourne – seus olhos viraram, procurando o rosto da mulher, mas ela olhava fixamente o filme na minha mão. Coloquei-o de volta no bolso.

– Nenhum júri nem juiz jamais acreditariam – eu disse. – Você não tem saída. Quer que eu pregue a porta?

Ele ficou parado uns quinze ou vinte segundos, seu rosto moreno franzido pelo pensamento.

– Sem saída, é verdade – admitiu, por fim. – O que quer que eu faça?

– Nada. Nada mesmo. Apenas limpe o nariz e fique longe de minha cliente. Afinal, um jovem como você merece uma segunda chance.

Ele mostrou dentes de várias cores, num sorriso amarelo: já estava sorrindo com minhas gracinhas. Soltei o arame de seus pulsos e deixei-o ficar em pé. Todas suas articulações estavam tesas.

– Você o está tratando bem demais – a mulher disse.

– O que quer fazer com ele?

Ela olhou para ele, com seus olhos cinzentos e fatais sob a cortina de cílios. Instintivamente, ele se afastou, ficando de costas para a parede. Ele parecia querer voltar para o armário.

– Nada – ela disse, por fim.

Era uma de suas palavras favoritas. Mas no caminho para a porta, ela tropeçou na peruca preta e esmagou-a no chão com seu salto dourado. A última vez em que vi Rico, ele estava com a mão direita sobre a careca e o rosto humilhado.

Andamos em silêncio até o bulevar mais próximo e pegamos um táxi que passava. Ela ordenou ao motorista que a levasse ao Flamenco.

– Por que lá? – eu disse, quando o táxi estava em caminho. – Já deve estar fechado.

– Não para mim. Tenho de voltar de qualquer jeito para

lá. Emprestei dinheiro para o táxi da moça do banheiro e deixei minha bolsa como garantia.

— Que situação mais esquisita! Você com uma bolsa cravejada de diamantes e nada dentro.

— Diga isso ao meu marido.

— Com prazer.

— Ah, não! — ela se afastou de mim. — Não faria isso?

— Você morre de medo dele. Por quê?

— Não vai me fazer perguntas, não é? Estou tão cansada. Essa história me cansou mais do que imagina.

Sua cabeça tocou meus ombros, devagar e ali ficou. Inclinei-me, olhando para seu rosto. Seus olhos cinza pareciam com o crepúsculo. Os cílios os cobriram, como se anoitecesse de repente. Sua boca era escura e brilhante. Beijei-a, senti seus pés pressionando os meus, sua mão percorrer meu corpo. Afastei-me daquele turbilhão que se formou, a piscina mortal. Ela se retorceu, suspirou e dormiu nos meus braços.

Deixei-a no meio do quarteirão do Flamenco e pedi ao motorista que me levasse para Graham Court. Pediu-me que mostrasse o caminho. Fiz o melhor que pude. Meu cérebro e corpo pareciam estar de ressaca de champanhe. Durante todo caminho de volta, a história cansativa de pegar meu carro, dirigir para casa, abrir e fechar a garagem, destrancar e trancar a porta de minha casa; fiquei acordado com dificuldade. Disse a meu cérebro que dissesse ao meu corpo o que deveria fazer, e vi meu corpo obedecer.

Eram 4h20 no despertador do meu criado-mudo. Tirei o casaco, procurei a lata de filme no bolso. Não estava lá. Sentei na beira da cama e tremi durante dois minutos inteiros. Eram 4h22.

Eu disse:

— Boa noite para você, Mavis — virei de lado, vestido, e dormi.

Treze

O alarme fez um barulho que me fez lembrar dos dentistas, que me fez lembrar dos oculistas, que me fez lembrar de óculos de lentes grossas, que me fez lembrar de Morris Cramm: de quem estava querendo me lembrar quando acordei.

Hilda veio ao meu encontro no terceiro andar, com os dedos nos lábios.

– Quieto, Morris está dormindo e teve uma noite complicada.

Ela era loira, gorda, com olhos de corça, usava um roupão que irradiava o calor e a doçura das mulheres judias bem-casadas.

– Acorde-o para mim, por favor. Só um minuto?

– Não. Não posso fazer isso – ela olhou para mim com atenção. A única luz vinha de uma porta dupla com cortina de estopa que dava para a escada de incêndio no fim do corredor.

– O que aconteceu com você, Lew? Você está horrível.

– Você está ótima. É bom ver gente boa de novo.

– Onde esteve?

– Fui até o inferno e voltei. Ou seja, Glendale. Mas não vou deixar você nunca mais – beijei-a no rosto, que cheirava a sabonete Palmolive.

Ela me deu um empurrão amistoso, que quase me jogou para cima do corrimão.

– Não faça isso. Morris pode ouvir. Ele é muito ciumento. De qualquer modo, não sou gente boa. Sou uma dona de casa desleixada e não faço as unhas há duas semanas. Por quê? Tenho preguiça.

– Sou louco por suas unhas. Nunca arranham.

– Vão lhe arranhar, se você não ficar quieto. E não pense que vai me convencer a acordá-lo. Morris precisa dormir.

Morris Cramm era um informante noturno de um colunista e trabalhava no submundo. Conhecia todas as pessoas que valia a pena conhecer na área metropolitana e sabia o suficiente sobre elas para criar um sindicato de chantagem maior do que a Sears Roebuck. Mas essa idéia nunca lhe ocorreu.

— Pense o seguinte, Hilda. Estou procurando pelo filho perdido de um nobre inglês muito rico. O pai entristecido está oferecendo uma recompensa fantástica pelo endereço do filho pródigo, em Los Angeles. Eu divido com Morris. Se ele me der o endereço, terá direito a esse valioso certificado, com um retrato de Alexander Hamilton e autografado pelo próprio Secretário da Fazenda – tirei uma nota de dez dólares da carteira.

— Você parece um programa de rádio. *Dois* programas de rádio ao mesmo tempo.

— Por cinco minutos do sono dele ofereço dez dólares. Dois dólares por minuto, 120 dólares por hora. Mostre-me uma estrela de cinema que recebe 960 dólares por um dia de trabalho de oito horas.

— Bem – ela disse, em dúvida –, se tem dinheiro na parada. Estão vendendo os quartetos de Beethovem com cinqüenta por cento de desconto na loja de discos... Mas e se Morris não souber a resposta?

— Ele sabe todas as respostas, não é?

Ela se virou, com a mão na maçaneta, e disse, séria:

— Às vezes ele acha que sim. Ele sabe demais e isso acaba com a energia dele.

Hilda mexeu na cortina e deixou um pouco de luz entrar no quarto-sala. O chão estava coberto de jornais, as paredes, com prateleiras de livros e discos. Um grande Capehart dominava o cômodo e as vidas das pessoas que lá viviam. Morris dormia, descoberto, numa cama em frente à janela, um homem moreno pequeno, de pijama listado. Virou-se de lado e sentou, piscando. Seus olhos pareciam grandes e emotivos sem os óculos.

Olhou para mim, sem ver direito.

— Que horas são? Quem é?

— Quase nove horas, querido. Lew quer fazer uma pergunta – ela lhe deu os óculos da prateleira em cima da cama.

— Meu Deus, a esta hora? – ele se recusou a olhar para mim. Colocou as mãos nos ombros, balançou e resmungou.

— Desculpe, Morris. É rápido. Pode me dar o endereço de Walter Kilbourne? Não está na lista. Tenho a placa de seu carro, mas é um assunto pessoal.

— Nunca ouvi falar.

— Dez dólares, querido – Hilda disse, gentilmente.

— Se não sabe onde Kilbourne mora, diga logo. Parece que é rico e casado com a mulher mais bonita da cidade.

— Dez milhões de dólares, mais ou menos – ele disse, ressentido. – Quanto a sra. Kilbourne, não gosto de loiras platinadas. Meu senso estético exige uma cor mais vermelha – sorriu com verdadeira admiração pela esposa.

— Bobo – ela se sentou ao seu lado e acariciou seu cabelo negro crespo.

— Se Mavis Kilbourne fosse tão bonita assim, estaria no cinema, não é? Mas casou-se com Kilbourne.

— Com Kilbourne ou com dez milhões?

— Mais de dez milhões, pensando bem. Cinqüenta e um por cento da Companhia de Refinação do Pacífico, cuja cotação atual é 26-7/8. Faça as contas.

— Companhia de Refinação do Pacífico – eu disse, devagar e claro, pensando na mulher que tinha morrido afogada. – Pensei que ele tivesse uma frota de táxis.

— Ele tem uma em Glendale. Faz parte de vários negócios, mas a Corepa é o principal. Eles chegaram cedo em Vale Nopal – ele bocejou e encostou a cabeça no ombro macio de sua esposa. – Estou ficando aborrecido, Lew.

— Continue. Você está esquentando. Onde ele mora?

— Em Nopal – seus olhos estavam fechados e Hilda acariciou com cuidado materno a cabeça que envolvia o cérebro-arquivo. – Em Straffordshire Estates, um dos loteamentos particulares onde é necessário ter uma permissão especial para entrar. Estive lá na festa de 4 de julho. O senador era o convidado de honra.

— Federal ou estadual?

— Federal, o que acha? Os políticos estaduais são muitos.

— Democráticos ou republicanos?

— Qual é a diferença? Não mereço meus dez dólares, sugador de cérebros?

— Mais uma pergunta, intelectual do asfalto. De onde veio o dinheiro?

– Por acaso sou fiscal do Imposto de Renda? – ele começou a dar de ombros, mas achou muito trabalhoso. – Não sou.

– Você sabe coisas que eles ignoram.

– Não sei nada. Só boatos. Você está me induzindo a caluniar.

– Desembucha – eu disse.

– Nazista.

– Não é legal chamar as pessoas de nazista – Hilda disse, calma.

Lembrei-o da pergunta:

– O dinheiro. De onde veio o dinheiro?

– Não cresceu em árvores – ele disse e bocejou. – Ouvi dizer que Kilbourne fez bons negócios com carros no mercado negro em Detroit durante a guerra. Depois correu para lá, para investir seu dinheiro legalmente antes que alguém o tirasse dele. Agora os investidores e políticos importantes da Califórnia vão às festas dele. Não passe adiante, são só boatos. Ele mesmo pode ter espalhado isso para encobrir algo pior, pensando bem.

Morris olhou ao redor do quarto com um sorriso sonhador e dormiu sentado. Tirando seus óculos, Hilda esticou o corpo infantilizado dele na cama. Eu lhe dei a nota de dez dólares e fui para a porta.

Ela me seguiu.

– Venha durante o dia, Lew. Temos o novo Strauss de Paris.

– Virei, quando tiver tempo. Estou a caminho de Nevada agora.

– Sério?

– Parece.

– É onde Sue está morando, não é? – seu rosto redondo se iluminou. – Vocês vão fazer as pazes?

– Sem chances. São negócios.

– Eu sei que um dia vocês vão voltar a ficar juntos.

– Acabou mesmo. Nada faria com que voltássemos.

– Oh, Lew – ela parecia que ia chorar. – Vocês formavam um casal tão bonito.

Dei-lhe um tapinha no ombro.
– Você é adorável e generosa, Hilda.
Morris resmungou em seu sono. Fui embora.

Quatorze

Na estrada, a propriedade de Staffordshire era uma placa de latão presa a um arco de pedra, através do qual o novo asfalto levava à estrada secundária. Uma placa de metal na lateral do arco informava: "PROTEGIDO POR PATRULHA PARTICULAR". Os portões rústicos de madeira vermelha estavam abertos e eu os atravessei de carro. A névoa da manhã desaparecia no desfiladeiro mais adiante, uma cortina translúcida entre o mundo exterior e o mundo com patrulha particular no qual eu estava entrando. Havia árvores ao longo da estrada, grandes ciprestes e olmos e pequenos pássaros cantando. Atrás dos muros de barro e cercas vivas espessas e quadradas, os esguichos faziam laços de água. As casas, imponentes, térreas e iluminadas entre canteiros de flores colocados em gramados como mesas de bilhar, estavam separadas umas das outras, de tal modo que apenas seus proprietários pudessem usufruí-las. Naquela região do Vale San Fernando, a propriedade se tornara uma obra de arte. Não havia pessoas à vista, e tive a estranha sensação de que as maravilhosas casas dominavam o desfiladeiro sozinhas.

Valmy, Arbuthnot, Romanovsky anunciavam as caixas de correio, enquanto eu dirigia: Lewisohn, Tappingham, Wood, Farrington, Von Esch. WALTER J. KILBOURNE estava escrito de modo claro na nona caixa de correio, e eu virei no passeio ao lado. A casa era feita de tijolo rosado e vidro, com um telhado achatado de madeira vermelha, que se destacava. O passeio tinha uma fileira de vinte tipos de begônias diferentes. Estacionei na curva de cascalho que ficava na porta de entrada e apertei o botão na lateral. Os sinos ecoaram pela casa. O lugar era tão barulhento quanto uma sala de velório à meia-noite, e eu achei que se tratava da mesma coisa.

Um pequeno japonês abriu a porta silenciosamente, sem que seus passos fizessem um som sequer.

— Deseja alguma coisa, senhor?

Seus lábios preocupavam-se com as sibilantes. Sobre seu ombro pude ver a entrada do salão, que tinha um grande piano branco e um sofá estofado Hepplewhite. Uma piscina atrás das janelas de colunas brancas jogava sombras onduladas da cor de safira nas paredes brancas.

— Sr. Kilbourne — eu disse. — Ele me disse que estaria em casa.

— Mas não está. Lamento, senhor.

— É um assunto ligado com uma propriedade de petróleo. Preciso da assinatura dele.

— Ele não está em casa, senhor. Quer deixar um recado?

Não havia meio de saber se ele estava mentindo. Seus olhos negros não piscavam e estavam opacos.

— Se puder me dizer onde ele se encontra?

— Não sei, senhor. Foi a um cruzeiro. Talvez devesse tentar o escritório. Eles têm comunicação direta por telefone com o iate.

— Obrigado. Posso ligar para o escritório daqui?

— Lamento, senhor. Mas o sr. Kilbourne não me autorizou a deixar pessoas desconhecidas entrar em sua casa — abaixou-se depressa numa mesura e bateu a porta na minha cara.

Voltei para o carro, fechando a porta bem devagar para não dar início a uma avalanche de dinheiro. A curva do passeio fez com que eu passasse pela garagem. Tinha um Austin, um jipe, um carro de dois lugares, mas nenhuma limusine preta.

A limusine veio ao meu encontro na metade do caminho de volta na estrada. Parei no meio da estrada e mostrei três dedos da minha mão esquerda. O carro preto parou a poucos metros do meu pára-lama e o motorista saiu. Seus olhos manchados piscaram com a luminosidade do sol.

— Qual é o problema, cara? Você me fez um sinal.

Saquei o revólver do coldre quando saí do carro e mostrei-o a ele. Ele levantou as mãos até a altura dos ombros e sorriu.

– Você não seria louco de fazer isso, desgraçado. Não tenho nada de valor. Também sou um ex-marginal, mas fiquei esperto. Fique esperto como eu e guarde essa arma – o sorriso ficou estranho no rosto cansado, como uma máscara de Papai Noel estragada.

– Guarde para o encontro de quarta-feira à noite – aproximei-me dele, mas não demais. Ele era velho, mas forte e rápido, e eu não queria atirar nele.

Então ele me reconheceu. Seu rosto era tão expressivo quanto um bloco de concreto.

– Pensei que você estivesse na geladeira – suas mãos grandes se abriam e fechavam.

– Mãos para cima. O que fez com Reavis? Colocou-o na geladeira também?

– Reavis? – ele disse, com ar de raposa. – Quem é Reavis? Não conheço nenhum Reavis.

– Vai conhecer quando eu levá-lo para o necrotério para vê-lo – e improvisei: –, a patrulha rodoviária encontrou-o na estrada perto de Quinto esta manhã, com o pescoço cortado.

– Humm? – o ar saiu de sua boca e narinas como se eu tivesse lhe dado um soco.

– Deixe-me ver sua faca – eu disse, para manter seu baixo QI ocupado.

– Não tenho faca. Não tenho nada a ver com isso. Dei-lhe uma carona até o trem de Nevada. Ele não poderia ter voltado tão depressa.

– Você voltou tão depressa.

Seu rosto parecia fazer um esforço tremendo para pensar.

– Você está me enrolando – ele disse. – Ele não voltou para Quinto, não foi encontrado.

– Onde ele está então?

– Não vou dizer – anunciou o bloco de concreto. – Você pode guardar essa arma e bater em mim.

Estávamos no vale verde-escuro, cercado por louros espessos dos dois lados. O único barulho era o zunido de nossos carros parados.

– Você tem cara de miserável – eu disse. – Se eu não soubesse, pensaria que está vivo. Parece que quer levar uma surra com a arma.

– Tente – ele disse, impassível. – Vai ver o que vai lhe acontecer.

Eu queria machucá-lo, mas a lembrança da noite anterior ainda estava presente. Deveria haver uma diferença entre mim e os inimigos, senão eu teria que dispensar o espelho do banheiro. Era o único espelho da casa e eu precisava dele para fazer a barba.

– Vai embora, espertinho – apontei a arma para a estrada. Ele voltou para o carro.

– Louco – ele gritou com sua voz grossa e inexpressiva, quando fez a curva na vala e passou por mim. Seu pára-lama raspou o lado esquerdo da parte traseira do meu carro e ele estourou meus tímpanos com a buzina para mostrar que tinha sido de propósito. O barulho do acelerador do carro aumentou, como uma música de vitória.

Dei a partida no meu carro. Durante todo o caminho no deserto, examinei cuidadosamente a estrada procurando aleijados e velhinhas a quem eu pudesse ajudar a atravessar a rua e oferecer chá de camomila.

Quinze

Era fim da tarde quando cruzei a grande passagem de nível. A sombra do meu carro ia à frente, em silêncio, sempre liderando. O sol coloriu de amarelo as áridas encostas, o ar estava tão limpo que as montanhas pareciam não ter perspectiva. Lembravam símbolos surrealistas pintados no banco de areia do céu do deserto. O calor, que chegou a 45 graus à tarde, diminuiu um pouco, mas o teto do meu carro ainda estava quente o bastante para fritar os insetos que nele caíam.

Os apartamentos Rush ficavam num prédio de dois andares, no lado leste de Las Vegas. Pintado de amarelo, ele surgia cansado entre o estacionamento e um supermercado. Uma escada externa de madeira com um só corrimão inclinado levava a um pequeno terraço onde se encontravam os apartamentos do segundo andar. Um velho estava sentado numa cadeira de cozinha, encostada numa parede embaixo da escada. Usava uma bandana desbotada em volta do pescoço esquelético e fumava um cachimbo. A barba de uma semana crescia no rosto enrugado como musgo seco empoeirado nos velhos vagões de trem.

Perguntei onde morava a sra. Schneider.

– Ela mora ali – murmurou.

– Ela está em casa agora?

Tirou o cachimbo vazio da boca e cuspiu no chão de cimento.

– Por que acha que eu sei? Não fico controlando as chegadas e saídas das mulheres.

Coloquei uma moeda de cinqüenta centavos no seu joelho ossudo.

– Para comprar um pouco de fumo.

Ele pegou o dinheiro depressa e colocou no bolso do colete cheio de migalhas.

– Foi o marido dela que o mandou aqui? Bem, ela *diz* que é marido dela, mas parece mais um cafetão. De qualquer modo, está sem sorte, espertalhão. Ela saiu há pouco.

– Não sabe onde foi?

– Para o antro da iniqüidade, o que acha? Onde ela passa todo o seu tempo – balançou a cadeira para frente e apontou para o fim da rua. – Está vendo aquele sinal verde? Não dá para ler daqui, mas está escrito "Green Dragon". Lá é o antro das iniqüidade. E quer saber o nome desta cidade? Sodoma e Gomorra – ele soltou uma risada de homem velho, alta e sem alegria.

– Ela se chama Elaine Schneider?

– Não conheço nenhuma outra sra. Schneider.

– Como é ela? – eu disse. – Nunca a vi.

– Parece Jezebel – seus olhos cheios de água brilharam como gelo derretido. – Ela parece o que é, a prostituta da Babilônia, virando os olhos e mexendo os quadris para jovens cristão. Você é cristão, filho?

Agradeci e fui embora. Atravessei a rua, deixando meu carro estacionado. Andei duas quadras até o Green Dragon e tirei a dormência das pernas. Era mais um bar desolado. Letreiros nas janelas sujas meio fechadas anunciavam BEBIDAS, CERVEJA, SANDUÍCHES FRIOS E QUENTES, LANCHES. Abri a porta e entrei. Um balcão semicircular, com a porta da cozinha atrás, ocupava o fundo do salão insípido. As outras três paredes estavam tomadas por máquinas de jogo. O cheiro da cozinha, o cheiro de cerveja velha no chão e o cheiro azedo do suor dos jogadores misturavam-se no ventilador de quatro pás suspenso no teto coberto de moscas.

Só havia um freguês no bar, um rapaz magro, de cabelos ruivos despenteados, debruçado triste sobre sua cerveja. O *barman* estava sentado num banco no canto, o mais longe possível do jovem triste. Sua cabeça preta engordurada estava encostada no rádio de mesa.

– O três, nada – anunciou, como se tivesse alguém interessado. – Ganhou o dezessete.

Nenhum sinal de Jezebel.

Sentei-me ao lado do rapaz ruivo, pedi um misto e uma cerveja. O *barman* passou relutante pela porta para a cozinha.

– Olhe para mim – disse o homem ao meu lado. As palavras saíram de sua boca como se machucassem. – O que acha de mim?

Seu rosto magro e barbado parecia sujo. Seus olhos tinham bolsas azuis embaixo e círculos vermelhos à sua volta. Uma de suas orelhas tinha sangue coagulado.

– Gostei muito de você – eu disse. – Você tem aquele ar de derrota que todo mundo admira.

Seu estado de autopiedade melhorou um pouco. Conseguiu até esboçar um sorriso, que o fez parecer cinco anos mais jovem, pouco mais do que uma criança.

– Bem, eu mereço.

– Sempre – eu disse –, sempre.

– Acho que fiz por merecer mais de uma vez. Devia saber o que ia acontecer ao cair na farra em Los Angeles, mas acho que não vou aprender nunca.

– Ainda tem alguns anos pela frente. O que aconteceu com a orelha?

Pareceu envergonhado.

– Nem sei. Encontrei um cara no bar ontem à noite e ele me convidou para um jogo num salão de pôquer no outro lado da cidade. Só lembro que perdi meu dinheiro e meu carro. Eu tinha três ases, quando perdi meu carro e alguém começou uma briga: acho que fui eu. Acordei no estacionamento.

– Está com fome?

– Não. Obrigado. Tenho uns trocados. O diabo é que tenho de voltar para Los Angeles e não tenho carro.

O *barman* trouxe a comida e a bebida.

– Fique por aqui – eu disse ao jovem Dostoiévski. – Se puder, eu lhe dou uma carona.

Enquanto eu comia, uma mulher entrou pela porta no fundo do bar. Era alta, de ossos grandes, com carne bastante para cobri-los todos. A saia de seu *tailleur* preto, barato, estava amassada, e seus quadris e cadeiras eram protuberantes. Seus pés e calcanhares transbordavam em cima dos sapatos altos e pretos. Sua parte de cima estava decorada com uma raposa cinza, uma fileira dupla de imitação de pérolas quase da mesma cor e tinta suficiente para fazer a manutenção de um navio de guerra. Seu peito era como a proa do navio, grande, brilhante e pouco convidativa. Ela me deu um olhar comprido, parecendo um farol, a pesada boca solta, pronta para sorrir. Mordi o sanduíche e mastiguei, olhando para ela. Os faróis se apagaram, quase fazendo barulho.

Ela se virou para o balcão e abriu uma bolsa de plástico preta e brilhante. O cabelo loiro que ela usava num coque trançado estava escuro nas pontas, obviamente tingido. De cabelo castanho, com alguns anos e alguns quilos a menos e sem a tinta do rosto ela poderia ser a irmã gêmea de Reavis. Tinham os mesmo olhos, os mesmos traços bonitos.

O *barman* confirmou:

– Quer alguma coisa, Elaine?

Ela atirou uma nota na superfície de madeira preta.

– Troque em moedas – ela grunhiu, com uma voz de quem tomou uísque, que não era desagradável. – Para variar.

– Sua sorte vai mudar – ele sorriu, sem sinceridade. – A máquina que está usando está cheia de dinheiro.

– Que diabos – ela disse, sem expressão. – Vem fácil, vai fácil.

– Vai fácil, em geral – disse o rapaz ao meu lado, olhando para a espuma da cerveja no fundo do copo.

Automaticamente, sem emoção nenhuma nem sinal de interesse, ela colocou as moedas, uma por uma, numa máquina perto da porta. Alguém fazendo uma ligação interurbana para outra pessoa morta há anos. Alguns dois e quatros, um doze sozinho, e as moedas aumentaram. Elas voltaram, como era de se esperar. Ela jogava com a máquina como se fosse um instrumento sem música, feito para expressar desespero. Quando tirou a sorte grande e as moedas caíram ruidosamente numa cascata de metal, eu só achei que a máquina tinha quebrado. Então as moedas, falsas e verdadeiras, rolaram pelo chão.

– Eu falei – disse o *barman*. – Eu disse que ela estava pronta para pagar.

Sem prestar atenção aos seus ganhos, ela atravessou o bar e sentou-se ao meu lado. Ele trouxe um uísque duplo num copo pequeno, sem que ela pedisse.

– *Você* recolhe, Simmie – a voz dela tinha um tom entediado de flerte. – Estou usando ligas.

– Claro, mas não preciso contá-las. Vou te dar 25.

– Eu coloquei 35 – o uísque duplo desceu como água escoando.

– É a porcentagem, menina. Tem que pagar algo pela diversão.

– Claro, diversão – ela dobrou os 25 que ele lhe deu e enfiou na bolsa.

Um jornaleiro entrou com muitos *Evening Review Journals* embaixo do braço e eu comprei um exemplar. Na terceira página estava a história que eu estava procurando, sob a manchete: EX-MARINHEIRO PROCURADO POR ASSASSINATO EM VALE NO-PAL. Não dava nenhuma informação que eu não tivesse, salvo que a polícia ainda não tinha chegado a uma conclusão sobre a causa da morte. Junto com a história, tinha a fotografia de Reavis, sorrindo desajeitado em cima da legenda: PROCURADO PARA INTERROGATÓRIO.

Dobrei o jornal aberto na terceira página e coloquei-o no balcão entre mim e a grande loira sintética. Ela não percebeu por um ou dois minutos; estava observando o *barman* juntar seu prêmio. Então seu olhar voltou para o balcão, ela viu a fotografia e pegou o jornal. Sua respiração parecia de uma asmática, e ela ficou imóvel por alguns segundos. Pegou os óculos na bolsa. Com os óculos no nariz, parecia uma daquelas professoras que se desencaminharam.

– Importa-se se eu der uma olhada no seu jornal? – perguntou, com a voz rouca. Estava com o sotaque mais sulino do que antes.

– Fique à vontade.

O *barman* levantou os olhos das moedas falsas e verdadeiras no balcão.

– Puxa, não sabia que usava óculos, Elaine. Fica muito bem.

Ela não escutou. Com a ajuda do dedo de ponta vermelha lendo devagar, palavra por palavra, ela soletrou a história do jornal para si mesma. Quando o dedo demorado chegou ao ponto final, ela ficou em silêncio e imóvel por um instante. Então disse em voz alta:

– Ora, que mer...!

Atirou o jornal no chão, amassado nos cantos pela pressão úmida de suas mãos e foi para a porta da frente. Seu quadril rebolava de raiva, seu salto alto furava o chão. Bateu a porta com força.

Esperei trinta segundos e fui atrás dela. Rodando no seu banquinho, o jovem triste me seguiu com os olhos, como um vira-lata que eu tivesse acariciado e depois abandonado.

– Fique por aqui – disse-lhe, virando a cabeça.

A mulher já estava na metade do quarteirão. Embora presas pela saia, as pernas moviam-se como um pistão. O rabo cinza de raposa estava pendurado nas costas, batendo nervosamente. Eu a segui mais devagar quando vi para onde ela estava indo. Subiu a escada externa dos apartamentos Rush, destrancou a segunda porta e entrou, deixando-a aberta. Atravessei a rua e me escondi atrás da roda do meu carro.

Ela saiu no mesmo instante. Uma coisa de metal em sua mão brilhou com o sol. Ela a colocou na bolsa enquanto descia a escada. Os óculos esquecidos no nariz lhe davam um ar decidido. Escondi meu rosto atrás de um mapa rodoviário.

Ela atravessou o estacionamento até um velho Chevrolet sedã. A cor azul original tinha desbotado e se transformado em um marrom-esverdeado. Os pára-choques estavam amassados e sujos como guardanapos numa mesa de restaurante. Deu a partida, o exaustor soltou uma fumaça azul-escura em espasmos. Segui a pilastra de fumaça até o entroncamento da estrada no meio da cidade, quando virava para o sul em direção a Boulder City. Deixei-a ir bem adiante quando saímos da cidade, na estrada.

Entre Boulder City e a represa, uma estrada de asfalto virava à esquerda, em direção ao lago Mead, ladeado de praias públicas. Crianças brincavam no cascalho embaixo da estrada, mergulhando na água rasa sem ondas. Mas adiante um hidroplano vermelho fazia evoluções, como uma barata d'água, fazendo várias curvas em "s" na superfície cinza e plana.

O Chevrolet virou no piche, à esquerda de novo, numa estrada de cascalho que dava uma volta através de um pequeno bosque de carvalhos. O cerrado e os inúmeros caminhos cheios de galhos criavam um labirinto acidental. Tive de me aproximar da mulher, para não perdê-la de vista. Ela estava ocupada demais, mantendo o carro sob controle na estrada, para perceber minha presença. Seus velhos pneus carecas deslizavam e encalhavam nas pedras soltas, quando ela saía de uma curva para entrar em outra.

Passamos por um *camping* público onde famílias estavam comendo ao ar livre entre carros estacionados, barracas, *trailers* lamentáveis. Poucos metros adiante o Chevrolet deixou a estrada de cascalho, virou num caminho cheio de arbustos que era apenas uma trilha. Segundos depois ouvi o motor parar.

Deixei meu carro onde estava e fui até o caminho a pé. O Chevrolet estava estacionado em frente a uma choupana cuja fachada estava descascada. A mulher tentou a porta, estava trancada, e bateu com força.

– O que é? – era a voz de Reavis, de dentro da choupana.

Agachei-me atrás de um arbusto, sentindo que deveria usar uma pele de rato.

Reavis destrancou a porta e saiu. Seu terno xadrez estava sujo e amassado em vários lugares. Os cabelos caíam-lhe nos olhos. Colocou-os para trás com irritação.

– Qual é o problema, mana?

– Você é que vai dizer, seu mentiroso – ele era mais alto do que ela, mas sua energia nervosa fez com que ele parecesse indefeso. – Você me disse que estava com problemas com uma mulher, por isso concordei em escondê-lo. Você não me disse que a mulher estava morta.

Ele parou para pensar:

– Acho que não sei do que está falando, Elaine. Quem está morto? A mulher de que falei não está morta. Ela está muito bem, disse que não tem menstruação há dois meses e não quero ter nada a ver com isso. Ela era virgem.

– Sim. Avó e virgem – a voz dela extravasava ironia. – Não dá para mentir sobre isso, cara. Você foi longe demais para eu poder ajudá-lo. Não ajudaria se pudesse. Você pode ir para a câmara de gás que não vou levantar um dedo para salvá-lo. Seu pescoço não vale nenhum esforço meu nem de ninguém.

Reavis resmungou e choramingou:

– Que diabo você está falando, Elaine? Eu não fiz nada de errado. A polícia está me procurando?

– Você sabe muito bem que sim. Dessa vez, você vai levar, garotão. E não quero que sobre nada para mim, entendeu? Não quero ter nada com você a partir de agora.

– Calma, Elaine, fique calma. Isso não é jeito de falar com seu irmãozinho – ele forçou a voz para um ritmo alegre e pôs a mão no ombro dela. Ela se afastou e segurou a bolsa com as duas mãos.

– Pode parar com isso. Você já me meteu em muita encrenca. Desde que roubou aquela nota de um dólar da bolsa de mamãe e tentou jogar a culpa em mim, eu sabia que você iria terminar mal.

– *Você* se deu muito bem, Elaine. Se vendendo por uns trocados nas noites de sábado, quando ainda usava tranças. Você ainda cobra deles ou agora paga?

O barulho da mão dela no rosto dele ecoou como o disparo de uma 22 entre as árvores. O punho dele devolveu o tapa, batendo no pescoço. Ela tropeçou e seu salto alto fez buracos na terra arenosa. Quando ela recuperou o equilíbrio, a arma estava em sua mão.

Reavis olhou para ela sem entender e deu um passo em sua direção.

– Não enlouqueça. Desculpe ter batido em você. Droga, você bateu primeiro.

Todo o corpo dela estava inclinado para frente e concentrado na arma: a maçaneta de uma porta que sempre ofereceu resistência aos seus esforços e continuava a oferecer.

– Fique longe de mim – seu murmúrio parecia o chiado de uma cascavel. – Vou deixá-lo na estrada para Salt Lake e não quero vê-lo nunca mais em minha vida. Você está bem crescidinho, Pat. Grande o bastante para matar pessoas. Eu cresci bastante.

– Você me entendeu mal, mana – mas ele ficou onde estava, com as mãos soltas, caídas ao longo do corpo. – Não fiz nada de errado.

– Você mente. Você *me* mataria pelo ouro dos meus dentes. Vi você mexendo na minha carteira, hoje.

Ele riu um pouco.

– Você está louca. Estou cheio da grana, mana, podia facilitar as coisas para você – procurou o bolso esquerdo da calça.

– Deixe as mãos onde eu possa vê-las – ela disse.

– Não enlouqueça. Quero lhe mostrar...

A trava de segurança estalou. A porta que tinha resistido estava se abrindo. Seu corpo todo se curvou tenso sobre a arma. As mãos de Reavis se levantaram de bom grado, como enormes borboletas marrons. Parecia mal-humorado e idiota diante da morte.

– Você vem? – ela disse. – Ou quer morrer? Você está sendo procurado pela polícia. Eles nem me tocarão, se eu o matar. Quem perderia alguma coisa com isso? Você nunca deu nada a ninguém além de sofrimento, desde que saiu do berço.

– Eu vou, Elaine – sua resistência tinha acabado depressa e com facilidade. – Mas você vai se arrepender, aviso. Você não sabe o que está fazendo. Pode guardar a arma.

Eu não poderia ter tido uma chance melhor. Saí detrás da árvore com a minha arma pronta.

– Boa idéia. Solte a arma, sra. Schneider. Você, Reavis, mãos para cima.

Seu corpo todo estremeceu.

– Augh! – ela disse, feroz.

A automática, pequena e brilhante, caiu no chão, fazendo barulho nas folhas, diante dos pés dela.

Reavis olhou para mim, a cor rosada voltando ao seu rosto.

– Archer?

Eu disse:

– O nome é Leatherstocking[3].

Ele se virou para a irmã:

– Você tinha de trazer um tira junto. Você tinha de estragar tudo?

– E daí? – ela resmungou.

– Pare com isso, Reavis – apanhei a arma da mulher. – E a senhora, vá embora.

---

3. Apelido do personagem Natty Bumpo, do escritor norte-americano James Fennimore Cooper (1789-1851), protagonista de várias novelas sobre o desbravamento do interior dos Estados Unidos. (N.E.)

– Você é um tira?

– Não é hora de fazer perguntas. Posso prendê-la por porte de armas. Vá embora, antes que eu mude de idéia.

Fiquei com a arma apontada para Reavis e enfiei a dela no bolso de meu casaco. Ela se virou desajeitada no salto alto e foi para o Chevrolet, com o rosto marcado pelos primeiros sinais de arrependimento pelo que tinha feito.

Dezesseis

Depois que ela foi embora, eu disse a Reavis para se virar de costas. O terror tomou conta de sua boca e a abriu.

– Você vai atirar em mim?

– Não, se você ficar parado.

Ele se virou devagar, relutante, tentando me olhar por sobre o ombro. Não estava armado. Um pacote retangular fazia volume no bolso direito de sua calça. Moveu-se quando lhe desabotoei o bolso, depois ficou tenso e imóvel enquanto eu pegava o pacote. Estava embrulhado em papel marrom. Soltou um suspiro triste de dor e perda, como se eu tivesse removido um órgão vital. Rasguei uma ponta do papel com os dentes e vi o canto de uma nota de mil dólares.

– Não precisa contar – Reavis disse, grosso. – São dez delas. Posso me virar agora?

Dei um passo para trás, guardando o pacote rasgado no bolso interno do meu casaco.

– Vire-se devagar, mãos na cabeça. E conte-me quem lhe deu dez mil dólares para empurrar uma velha com o coração fraco.

Ele se virou, o rosto lívido fazendo contorções, tentando imaginar uma história para contar. Seus dedos coçaram a cabeça sem querer.

– Você está enganado a meu respeito. Eu não faria mal a uma mosca.

– Se ela fosse grande e pudesse morder de volta, você não faria.

– Não tive nada a ver com aquela morte. Deve ter sido um acidente.

– E foi mera coincidência você estar no local quando tudo aconteceu.

– Sim, mera coincidência – ele parecia agradecido pela frase. – Só fui lá para me despedir de Cathy. Pensei que talvez ela viesse comigo.

– Sorte sua que ela não veio. Estaria sendo acusado de crime e estupro.

– Que crime, droga. Não podem culpar um homem inocente de crime. Ela me dará um álibi. Eu estava com ela antes de você me dar uma carona.

– Onde estavam?

– Lá fora, em frente à casa, num dos carros – pareceu-me que ele estava falando a verdade; Cathy estava sentada no meu carro quando eu saí. – Costumávamos sentar lá e conversar – ele acrescentou.

– Sobre suas aventuras em Guadalcanal?

– Vá para o inferno.

– Tudo bem, então essa é a sua história. Ela não queria ir com você, mas deu-lhe dez mil de presente de amiga.

– Eu não disse que ela me deu o dinheiro. É meu.

– Motoristas ganham muito dinheiro hoje em dia. Ou a Gretchen é uma das que pagam porcentagem para você?

Ele me olhou com os olhos meio fechados, obviamente abalado pelo que eu sabia.

– É meu próprio dinheiro – ele repetiu, teimando. – É dinheiro limpo, não tem nada de ilegal.

– Talvez fosse limpo antes de você tocá-lo. Agora está sujo.

– Dinheiro é dinheiro, não é? Vou lhe dizer o que vou fazer. Vou dar dois mil para você. Vinte por cento é uma boa porcentagem.

– Você é muito generoso. Mas acontece que estou com toda a grana, cem por cento.

– Tudo bem, cinco mil, então. Não se esqueça, o dinheiro é meu, eu o ganhei.

– Conte-me como fez e talvez eu lhe dê um pouco. Mas a história tem que ser boa.

Ele pensou um pouco e, por fim, decidiu.

– Não vou falar.

– Então estamos perdendo tempo. Vamos embora.

– Onde pensa que vai me levar?

– De volta para Vale Nopal. O chefe da polícia quer ter uma conversa com você.

– Estamos em Nevada – ele disse. – Você tem de me extraditar e não tem nenhuma prova.

– Você vai para a Califórnia por motivos de saúde. Voluntariamente – ergui a arma e deixei que visse a boca.

Ele ficou com medo, mas não a ponto de se calar.

– Você acha que está com tudo e acha que vai ficar com minha grana. Só vai conseguir se meter numa grande encrenca, cara.

Seu rosto estava úmido e pálido de maldade. Durante menos de um dia ele tinha sido rico e livre. Em pouco tempo eu o trouxe de volta, talvez para a câmara de gás.

– Vai ter de dar uma voltinha. E não tente nada, Reavis, senão vai ficar manco para o resto da vida.

Ele me disse que fizesse uma coisa impossível, mas foi calmo até meu carro.

– Você dirige – eu disse. – Ainda não tive oportunidade de apreciar a paisagem.

Ele dirigiu com raiva, mas bem. Passamos por sua irmã na saída de Boulder City. Ninguém cumprimentou ninguém. Logo a perdemos de vista.

De volta a Las Vegas, fomos ao Green Dragon. Ele me olhou sem saber por que estávamos estacionando.

– Vamos buscar um amigo. Entre também.

Saí pelo lado do volante e andei com a arma no bolso atrás dele para ir da calçada até a porta. Não podia confiar que Reavis dirigisse através do deserto sem provocar um acidente. Também não podia me arriscar a ir dirigindo.

O lugar parecia mais alegre com as luzes acesas, mais pessoas no balcão. O jovem ruivo estava sentado no mesmo banco, provavelmente com o mesmo copo de cerveja vazio, tão triste quanto antes.

Chamei-o até a porta. Ele disse um alô cheio de surpresa e esboçou um sorriso fraco.

– Sabe dirigir depressa?

– O mais depressa que dirigi foi a 120 montanha abaixo.

– É rápido o bastante. Dou-lhe dez dólares para nos levar de volta para o litoral. Eu e meu amigo. Meu nome é Archer.

– Para Los Angeles? – ele disse como se houvesse anjos de verdade ali.

– Vale Nopal. Voltamos pelas montanhas. De lá pode tomar um ônibus.

– Ótimo. A propósito, meu nome é Bud Musselman – ele se virou para Reavis com a mão estendida. Reavis sugeriu algo para ele fazer com a mão dele.

– Não ligue para ele – eu disse ao rapaz. – Ele teve uma perda de dinheiro muito grande.

Musselman pegou a direção, com Reavis ao lado. Eu sentei na parte de trás do conversível, com a arma no joelho. Sob o céu que escurecia, as ruas da cidade começavam a se tranformar em brilhantes túneis de luzes coloridas. A rápida intumescência noturna transformava Las Vegas numa cidade de novo. Bem ao leste uma fatia da lua flutuava no céu do crepúsculo.

Dei umas olhadas, por cima de meus ombros, por cima das montanhas, enquanto a lua subia no céu, ficando cada vez menor. O rapaz dirigia bem e depressa, e nenhum carro nos ultrapassou. Paramos num posto de gasolina no meio do deserto. Um letreiro estragado anunciava "Zoológico Grátis: Cascavéis Vivas".

– Ainda tem um terço do tanque – ele me disse, ansioso. – Estamos fazendo uma boa quilometragem, considerando a velocidade.

– Preciso dar um telefonema.

Reavis tinha se encostado no canto da porta e dormido. Um braço estava sobre o rosto, o punho fechado. Estiquei e empurrei a mão que ele colocou na testa molhada. Ele roncou, abriu os olhos e piscou com as pontadas da luz.

– Chegamos? – Perguntou, mal-humorado.

– Ainda não. Vou ligar para Knudson. Venha.

Saindo do carro, ele andou com os joelhos frouxos em volta da bomba de gasolina em direção à porta luminosa do escritório. Olhou para o deserto, com as sombras do crepúsculo; deu uma olhada para meu lado e seus movimentos ficaram tensos no caminho entre as bombas e a porta. Um homem procurado, num filme de quinta categoria, prestes a arriscar a vida de duas dimensões.

Eu disse:

– Estou bem atrás de você. Minha arma está apontada para você.

Seus joelhos ficaram frouxos de novo. Consegui uns trocados com o assistente e liguei para a estação de polícia de Vale Nopal. Reavis encostou-se na parede do telefone, bocejando de frustração, tão perto de mim que senti seu cheiro. Cheirava a esperança ingênua que azedou.

Uma voz metálica soou no meu ouvido esquerdo:

– Polícia de Vale Nopal.

– Chefe Knudson, por favor.

– Não está.

– Pode me dizer onde encontrá-lo?

– Não posso. Quem está falando?

– Lewis Archer. Knudson pediu que eu o notificasse.

– Archer. Ah, sim – uma pausa. – Tem algo para notificar?

– Sim. Para Knudson.

– Não está aqui, eu disse. É a mesa dele. Pode relatar para mim e nós tomaremos conta.

– Tudo bem – eu disse, relutante. – Entre em contato com Knudson e diga que estou chegando na cidade à noite com um prisioneiro. Que horas são?

– São 8h55. Está no caso Slocum?

– Sim. Devemos chegar lá pela meia-noite. Estamos no deserto agora. Diga ao chefe. Ele vai querer saber.

– Ok, sr. Archer – a voz automática assumiu um tom pessoal de curiosidade. – Está com o tal de Reavis?

– Não conte para ninguém.

– Claro. Quer um carro para encontrá-lo?
– Não precisa. Ele não poderia fugir de jeito nenhum.

Desliguei e encontrei o olhar mal-humorado de Reavis. No carro ele dormiu de novo.

– Seu amigo parece infeliz – disse o jovem Musselman. – Você está segurando uma arma?

– É uma arma.

– O senhor não é um membro de quadrilha ou algo parecido, sr. Archer? Eu não gostaria... – pensou melhor no que ia dizer.

– Algo parecido – eu disse. – Você não gostaria...?

– Ah, nada – e não falou comigo durante três horas. Mas fez seu trabalho, dirigindo como gostava, empurrando os faróis brancos através do chão árido. A estrada se desenrolava como uma fita de máquina de escrever sob as rodas.

Era pouco depois da meia-noite quando atravessamos a segunda cadeia de montanhas e avistamos as luzes distantes de Vale Nopal. As luzes refletiam na placa preta e amarela: Descida Perigosa: Caminhões Desçam Engrenados. Deslizamos encosta abaixo.

– Parece que estou aterrissando um avião – o rapaz disse, por sobre o ombro. Depois ficou em silêncio, ao lembrar de sua desconfiança em mim e na minha arma.

Inclinei-me para frente. Reavis tinha se esticado no canto, os braços e ombros espalhados no banco, as pernas comprimidas no chão do carro. Seu corpo tinha desistido e ele parecia morto. Por um instante tive medo que ele estivesse morto, que toda sua vida tivesse se esvaído pela ferida no ego. Não gostei daquela idéia, depois de todo o trabalho que tive.

– Reavis – eu disse. – Acorde. Estamos chegando.

Ele resmungou e reclamou, levantou a cabeça pesada, e esticou com dificuldade seu enorme corpo sem energia. De repente o rapaz brecou, jogando-o contra o pára-brisa.

Agarrei-me ao assento.

– Cuidado.

Então vi o caminhão estacionado, atravessado na estrada, perto do pé da montanha. Andamos alguns metros com os breques chiando e paramos de repente. O caminhão não tinha luzes, não tinha motorista.

– O que estão fazendo? – disse o rapaz.

De um lado, a montanha erguia-se íngreme, cheia de pedras, e descia do outro lado. Não tinha lugar para passar. Um feixe de luz iluminou a lateral do caminhão, tremeu e encontrou meu pára-brisa.

– Para trás – eu disse ao rapaz.

– Não dá. Está afogado – seu corpo inteiro tentava dar partida. O motor roncou.

– Luz ali – uma pessoa gritou. – É ele – a lanterna piscou.

O carro foi um pouco para trás e morreu de novo.

– Meu Deus, o breque! – o rapaz disse a si mesmo.

Um grupo de homens apareceu na luz de nosso farol: seis ou sete pistoleiros carregando suas armas. Empurrei Reavis de lado e saí ao encontro deles. Eles usavam lenços em volta da boca.

– O que é isso? Um grande roubo encenado?

Um dos lenços se mexeu:

– Abaixe a arma, Jack. Só queremos o prisioneiro.

– Terão de pegá-lo.

– Não seja bobo, Jack.

Atirei no braço da arma, mirando o cotovelo. Houve silêncio. O eco do tiro ressoou no vale estreito como um longo riso de desespero.

Eu disse a Reavis, sem olhar para ele:

– É melhor correr, Pat.

Seus pés fizeram barulho na estrada atrás de mim. O homem em quem atirei sentou na estrada com a arma entre as pernas. Ficou olhando o sangue escorrer da mão com a luz do luar. Os outros homens olhavam para ele e para mim, num ritmo rápido e tenso.

– Somos seis, Archer – disse um deles, sem certeza.

– Minha arma tem sete balas – eu disse. – Vão embora.

Reavis ainda estava atrás de mim, imóvel e incomodado.

– Corta essa, Pat. Eu posso com eles.

– Que inferno! – ele disse.

Seu braço me pegou pelo pescoço, por trás. Os homens sem rosto avançaram como uma onda. Eu me virei para segurar Reavis. Seu rosto era uma mancha no luar, mas me pareceu que os olhos e a boca estavam molhados de satisfação. Tentei atingi-lo. Seu punho pegou meu rosto.

– Eu avisei, cara – ele disse, em voz alta.

Um soco bem na minha nuca me deixou gelado até os pés. Afastei-me de Reavis e apontei minha arma para o homem da frente. Com a boca da arma arranquei o lenço de seu rosto. Ele se dobrou. Os outros tomaram seu lugar.

– Não atire – o homem do chão gritou. – Só queremos aquele sujeito.

Um outro saiu de trás, de onde Reavis estava, e eu apaguei antes de cair no chão.

Voltei à consciência de má vontade, como se soubesse o que me esperava. O rapaz estava de joelhos, uma pessoa rezando entre mim e as estrelas. As estrelas estavam no mesmo lugar do céu, mas pareciam velhas e estragadas. Senti que eu era da mesma idade.

Musselman pulou como um coelho quando me sentei. Ficou de pé e se debruçou sobre mim.

– Eles o mataram, sr. Archer – sua voz estava desanimada.

Levantei-me, todo dolorido, sentindo-me diminuído e desprezado pelas montanhas.

– O que fizeram a ele?

– Atiraram nele mais de uma dúzia de vezes. Depois colocaram gasolina nele, o jogaram no morro e acenderam um fósforo. Ele era mesmo um assassino, como disseram?

– Não sei – eu disse. – Onde ele está?

– Lá embaixo.

Segui-o em volta do carro e liguei a lanterna. Os restos carbonizados de um homem estavam a poucos metros abaixo da estrada num círculo de artemísia escurecido. Fui para o outro lado da estrada, vomitar. O pedacinho de lua estava pendurado numa brecha entre as montanhas, como a casca de limão no copo alto de um aperitivo. Senti apenas um gosto amargo.

Dezessete

O homem atrás da tela de arame estava falando com um microfone de mão, num tom monótono:

– Carro 16, investigue o assalto na esquina da rua Padilha com Flower. Carro 16, esquina da Padilha com Flower.

Ele desligou o microfone e tirou o cigarro úmido da boca.

– Sim, senhor? – inclinou-se para me olhar através do guichê. – Foi acidente?

– Não foi acidente. Onde está o chefe?

– Saiu, para cuidar de um caso. Qual é o problema?

– Telefonei por volta das nove horas. Knudson recebeu meu recado?

– Não telefonou para mim. Eu chego à meia-noite – deu mais uma tragada e me examinou impassível através da fumaça. – Qual era o recado?

– Deveria estar registrado. Liguei às 8h55.

Virou o papel que estava no topo de sua mesa e olhou o que estava embaixo.

– Você deve ter se enganado. Não há nada aqui entre 8h45, um bêbado em State, e 9h25, um vagabundo em Vista. A menos que seja esse problema com o vagabundo.

Balancei a cabeça.

– Não telefonou para o escritório do xerife?

– Liguei para cá. Quem estava em serviço?

– Franks.

– Ele é detetive. Não faria trabalho de escritório.

– Estava substituindo Carmody. A esposa de Carmody vai dar à luz. E essa ligação? Nome?

– Archer. Vou falar com Knudson.

– Você é o detetive particular do caso Slocum?

Disse que sim.

– Ele está lá agora. Posso chamá-lo.

– Não precisa. Vou até lá. O Franks está por aqui?

– Não, foi para casa – inclinou-se com ares de confidências, amassando o cigarro. – Quer minha opinião, de verdade:

Franks não está preparado para cuidar de trabalho de homem. Faz tempo que perdeu a coragem. A ligação era importante?

Não disse nada. Uma imagem horrível estava se formando naquela sala austera e sombria, pairando sobre minha cabeça. Acompanhou-me, tornando meus passos mais lentos, enquanto eu ia para o carro. A raiva e o medo tomaram conta de mim, quando pus as mãos no volante. Passei por dois sinais vermelhos na saída da cidade.

– Não vamos voltar para lá? – disse o rapaz, tremendo.

– Ainda não. Preciso encontrar o chefe da polícia.

– Não entendo o que está acontecendo. É horrível. Você tentou salvá-lo e ele foi contra você.

– Ele era burro. Pensou que eram amigos dele. Ele não tinha amigos.

– É horrível – ele disse de novo, para si mesmo.

As luzes da varanda da casa dos Slocum estavam acesas, iluminando as enormes paredes, o funesto gramado aparado. Era um mausoléu cheio de flores e luzes para as visitas. O carro preto da polícia em frente à plataforma era ideal para a chegada da morte, rápida e silenciosa. Deixei o rapaz no carro e comecei a andar. Knudson e Maude Slocum foram juntos até a frente da casa. Afastaram-se visivelmente ao me reconhecer. A sra. Slocum atravessou a porta sozinha, com a mão estendida.

– Sr. Archer! A delegacia avisou que o senhor viria. Onde esteve?

– Bem longe. Adoraria uma bebida.

– Claro, entre – ela abriu a porta e ficou segurando. – Pode lhe preparar uma bebida, não é, Ralph?

Ele lhe deu um olhar ameaçador: duro e treinado como um antigo inimigo, um antigo amante.

– Com prazer, sra. Slocum. Qual é a novidade, Archer? – o jeito dele era desajeitado, de falsa amizade.

– A novidade é ruim.

Contei-lhes tudo, enquanto tomava meu drinque, na sala onde os Slocums tinham brigado e depois feito as pazes na noite anterior. A sra. Slocum tinha um machucado no queixo, quase invisível sob a grossa camada de pó de arroz. Usava um vestido de lã verde, que acentuava a beleza de seu corpo. Os olhos, a boca e as têmporas estavam lívidos, como se o corpo esfomeado tivesse lhe tirado o sangue. Knudson sentou-se ao seu lado no sofá de *chintz*. Sem perceber, enquanto eu falava, suas pernas cruzadas se aproximaram dele.

– Encontrei Reavis em Las Vegas...

– Quem lhe disse que ele estava lá? – Knudson perguntou, calmo.

– Procurei. Comecei a voltar com ele entre seis e sete horas, com um rapaz que contratei para dirigir. Às nove, liguei para a delegacia de um posto de gasolina no deserto e pedi ao encarregado que lhe dissesse que eu estava chegando.

– Não recebi o recado. Deixe-me ver, quem era o encarregado?

– Franks. Ele nem se preocupou em registrar a chamada. Mas a informação vazou. Sete homens me pararam em Notch Trail, há menos de uma hora. Usaram um caminhão para bloquear a estrada. Atirei num deles. Reavis achou que os homens iriam soltá-lo e me atacou por trás. Eles me derrubaram. Depois furaram Reavis com uma dúzia de balas e fizeram dele um churrasco com gasolina.

– Por favor – Maude Slocum disse, seu rosto se fechou numa máscara de morte. – Que horror!

Os dentes de Knudson morderam o lábio inferior.

– Um linchamento sujo? Em vinte anos na polícia, nunca precisei lidar com isso.

– Guarde para suas memórias, Knudson. É assassinato. O rapaz no meu carro é testemunha. Quero saber o que vai fazer a respeito.

Ele se levantou. Sob uma aparente exibição de nervosismo, ele parecia receber tudo com calma demais.

– Vou ver o que posso fazer. Notch Trail fica fora do meu território. Vou ligar para o escritório do xerife.

– Franks é seu funcionário.

– Não se preocupe. Vou até o fundo disso. Pode me fazer uma descrição dos homens?

— Estavam mascarados com lenços. Parecia gente daqui, trabalhadores dos ranchos ou dos campos de petróleo. Um deles tem um buraco de bala na parte de dentro do cotovelo direito. Reconheceria as vozes, se as ouvisse de novo. O rapaz pode contar mais coisas.

— Vou deixar que o xerife fale com ele.

Levantei-me olhando para ele:

— Não parece ter pressa.

Ele percebeu a minha intenção de forçar que ele revelasse seus planos e decidiu sair pela tangente.

— Essas explosões de violência do povo são difíceis de lidar, você sabe disso. Mesmo se o xerife conseguir pegar esses homens, o que não é muito provável, nunca conseguiremos que um júri os condene. A sra. Slocum era uma das pessoas mais respeitadas na cidade: era de se esperar alguma reação contra o crime.

— Entendi. A morte da sra. Slocum agora é um crime. E a morte de Reavis é vigilância, justiça popular. Você não é tão burro, Knudson, e nem eu. Reconheço quando vejo o povo. Aqueles assassinos foram contratados. Amadores, talvez, mas não foram ali para se divertir.

— Não vamos levar as coisas para o lado pessoal – ele disse, num tom pesado de ameaça. – Afinal, Reavis recebeu o que procurava. Amadores ou não, os homens que o lincharam economizaram algum dinheiro ao governo.

— Você acha que ele matou a sra. Slocum.

— Não tenho a menor dúvida. O médico que a examinou encontrou marcas nas costas, hemorragias subcutâneas, como se a alguém a tivesse empurrado. E esse alguém parece ter sido Reavis. Encontramos o boné dele a poucos metros da piscina, atrás das árvores que escondem os filtros. Isso prova que ele esteve lá. Ele tinha perdido o emprego: motivo suficiente para um psicótico. E logo depois do crime, ele fugiu.

— Ele fugiu mesmo, mas em público e sem pressa. Ele me pediu uma carona fora do portão e parou num bar para beber.

— Talvez ele precisasse beber. Os assassinos bebem, em geral.

Knudson tinha a aparência rosada e teimosa de uma pessoa que já está de cabeça feita. Era hora de eu jogar a carta que tinha guardado:

– O tempo não bate. Quando Marvell ouviu o barulho na água eram no máximo 8h20. Quando eu apanhei Reavis, a mais de um quilômetro do portão, eram exatamente 8h23.

Knudson mostrou os dentes. Um pequeno reflexo do sorriso passou no rosto de Maude Slocum, para ele.

– Marvell é uma pessoa com muita imaginação – ele disse. – Consegui outro depoimento dele hoje, depois que se acalmou. Ele não tinha certeza se ouviu barulho de água, ou se nem ouviu. É possível que a sra. Slocum tenha sido assassinada uma hora antes de ele a ter encontrado. Não há como saber quanto tempo ela ficou na água.

– Ainda assim, não acredito que foi Reavis.

– O que acredita não é prova. Dei-lhe a prova, é consistente. Em todo caso, é tarde demais para me contar quando pegou Reavis e começou a defendê-lo. O que aconteceu, Archer? Ele se vendeu a você? Sei que era um sujeito muito convincente.

Segurei minha raiva.

– Há outras coisas. Que podem esperar até que você acabe de telefonar.

Com uma lentidão arrogante, ele tirou um charuto do bolso lateral, pediu permissão à mulher, mordeu a ponta e jogou no cinzeiro, acendeu o charuto, apagou o fósforo, jogou fumaça em minha direção.

– Quando eu precisar de um auxiliar para me dizer como conduzir meu trabalho oficial, vou lhe mandar uma carta registrada – saiu da sala, deixando o cheiro de charuto, e voltou imediatamente do saguão, trazendo Cathy Slocum pelo braço. Ela tentou se soltar.

– Solte-me, sr. Knudson.

Ele soltou seu braço como se ela o tivesse atingido.

– Desculpe, Cathy. Não quis ser rude.

Ela virou de costas e foi em direção à porta, com os chinelos de pelúcia branca se arrastando no tapete. Envolta num robe acolchoado cor-de-rosa, com o cabelo brilhante escovado para trás, ela parecia uma criança. Knudson olhava para ela com uma expressão curiosa e indefesa.

– Espere um minuto, querida – disse a mãe. – Por que está acordada tão tarde?

Cathy parou à porta, mas se recusou a virar. Seus ombros cobertos de cetim eram duros e obstinados.

– Estava conversando com papai.

– Ele ainda está acordado?

– Não consegue dormir, nem eu. Ouvimos vozes e ele me pediu para descer e ver quem era. Posso ir dormir agora, por favor?

– Claro, querida.

– Eu queria fazer uma pergunta a Cathy – eu disse. – Tem alguma objeção, sra. Slocum?

Ela levantou a mão, num gesto maternal.

– A coitadinha teve de responder tantas perguntas. Não pode ser amanhã?

– A resposta é sim ou não, e é uma pergunta crucial. Pat Reavis disse que ela era seu álibi.

A menina se virou na porta.

– Não sou mais criança, mamãe. Claro que posso responder uma pergunta – ela ficou parada com os pés separados, as mãos enfiadas nos bolsos do robe.

– Tudo bem, querida. Como quiser – tive a impressão de que a mãe sempre cedia.

Eu disse a ela:

– Reavis disse que veio aqui vê-la na noite passada. Ele estava com você antes de eu encontrá-la em meu carro?

– Não. Não o vi desde aquela confusão em Quinto.

– Isso é tudo? – Knudson disse.

– Isso é tudo.

– Venha dar um beijo de boa-noite em sua mãe – Maude Slocum disse.

A moça atravessou a sala, sem jeito, e deu um beijo no rosto da mãe. Os braços da mulher mais velha a envolveram. A moça se livrou deles depressa e foi embora.

Knudson as observava como se não soubesse da tensão entre elas. Ele parecia gostar daquela interação forçada do beijo sem amor. Seguiu Cathy sair da sala com um sorriso no rosto, o charuto aceso no canto da boca.

Sentei-me no sofá ao lado de Maude Slocum:

– Reavis está encrencado. Entendo o que Knudson quer dizer.

– Você ainda não está satisfeito? – ela perguntou, sincera.

– Entenda, Reavis não significa nada para mim. É o quadro geral que me preocupa: tem muitos furos. Por exemplo. Conhece um homem chamado Walter Kilbourne?

– Mais perguntas, sr. Archer? – ela pegou uma caixa prateada de cigarros na mesa ao seu lado.

Sua mão, sem controle, deixou a caixa cair no chão. Os cigarros se espalharam e eu comecei a apanhá-los.

– Não se incomode – ela disse –, não se incomode. Não importa. As coisas parecem estar se quebrando. Alguns cigarros no chão não vão aumentar as minhas preocupações.

Continuei a apanhar os cigarros.

– Qual é sua maior preocupação? Ainda aquela carta que me entregou?

– Você faz tantas perguntas. Não sei por que continua a fazer tantas perguntas. A paixão pela justiça, a paixão pela verdade. Abri o jogo com você.

– Não sei por que se preocuparia em fazer isso – coloquei a caixa cheia sobre a mesa, acendi o cigarro dela e um para mim.

Ela aceitou, agradecida. Sua resposta era visível, escrita na fumaça do ar:

– Porque eu não o entendo. Você tem inteligência e presença para um trabalho melhor, numa posição melhor.

– Como seu amigo Knudson? Trabalhei no departamento municipal da polícia por cinco anos e larguei o emprego. Havia casos demais em que a versão oficial não batia com os fatos que eu conhecia.

– Ralph é honesto. Durante a vida toda foi policial, mas ainda tem uma consciência decente.

— Duas consciências. A maioria dos bons policiais tem uma consciência pública e uma particular. Eu só tenho a particular. É pobre, mas é minha.

— Eu estava certa ao seu respeito. Você tem uma paixão pela justiça — seus olhos fundos se concentraram nos meus para sondá-los, como se a paixão pela justiça fosse algo que ela pudesse ver e lembrar. Ou algo que crescesse e pudesse ser visto com um raio X.

— Não sei o que é justiça — eu disse. — Mas a verdade me interessa. Não a verdade em geral, se é que existe, mas a verdade particular das coisas. Quem fez o quê, quando, por quê. Especialmente por quê. Por exemplo, queria saber por que você se interessa pelo meu interesse pela justiça. Poderia ser um jeito indireto de me tirar deste caso.

Ela ficou em silêncio, por um tempo.

— Não. Não é isso. Também respeito a verdade. Acho que é de um jeito feminino: se não doer muito, quero a verdade. E acho que tenho um pouco de medo de uma pessoa que se importa demais com alguma coisa. Você realmente se importa se Reavis é inocente ou culpado, não é?

— Knudson e sua consciência decente não se importam?

— Já se importou, mas acho que não se importa mais. Há muitas coisas acontecendo que não entendo — éramos dois. — Meu querido marido, por exemplo, fechou-se em seu quarto e se recusa a sair. Diz que vai passar o resto da vida naquele quarto, como Marcel Proust — o ódio apareceu nos olhos da cor do mar e desapareceu, como a barbatana de um tubarão.

Apaguei o cigarro, que tinha um gosto ácido no estômago vazio.

— Esse tal de Marcel é um amigo de vocês?

— Vai bancar o idiota de novo?

— Pode ser. Parece ter muita raiva nesse *ménage*. Você gosta de falar de abstrações como a verdade e a justiça. Mas não me contou nada que possa ajudar a encontrar a pessoa que escreveu a carta ou que matou a sua sogra.

— Ah, a carta. Voltamos à carta.

— Sra. Slocum — eu disse —, a carta não foi escrita sobre mim. Foi escrita sobre a senhora. A senhora me contratou para descobrir quem a escreveu, lembra-se?

— Tanta coisa aconteceu depois, não é? Parece tão pouco importante agora.

— Agora que ela morreu?

— Sim — ela respondeu, calmamente. — Agora que ela morreu.

— Já lhe ocorreu que o escritor da carta e o assassino possam ser a mesma pessoa?

— Não. Não vejo nenhuma relação.

— Nem eu. Mas com cooperação eu veria; se a senhora me contasse o que sabe das relações entre as pessoas nesta casa.

Ela levantou os ombros e deixou-os cair, num gesto de resignação.

— Não posso pedir imunidade a interrogatórios, alegando ser menor de idade, como Cathy. *Estou* exausta. O que quer saber?

— Há quanto tempo conhece Knudson e qual é o grau de amizade entre vocês?

Ela me lançou outro olhar profundo.

— Mais ou menos um ano, e não somos íntimos.

— Ontem, a senhora mencionou uma amiga sua chamada Mildred Fleming. Ela poderia contar uma história diferente. Ou também não confia nos amigos?

Ela respondeu friamente.

— O senhor está sendo insolente, sr. Archer.

— Muito bem, madame. Vamos jogar de acordo com as regras formais. A menos que chame de insolência as regras.

— Ainda não me decidi. Mas vou lhe dizer uma coisa: conheço Walter Kilbourne. Na verdade, estive com ele esta noite.

Os pés pesados de Knudson soaram no saguão, seus ombros caídos apareceram na soleira da porta.

— Até que enfim consegui tirar o xerife da cama. Ele vai nos encontrar em Notch.

– Com você – eu disse. – Não comigo. A sra. Slocum acaba de me oferecer um drinque e eu estou precisando. Farei meu depoimento ao xerife pela manhã. Leve o rapaz junto. O nome dele é Musselman e está no meu carro, provavelmente dormindo. Deve encontrar as marcas onde o caminhão fez a manobra para voltar.

– Muito obrigado pela sugestão genial – seu tom era irônico, mas ele parecia aliviado em saber que eu não iria junto. Ele e o xerife poderiam fazer qualquer coisa na cena do crime, juntar os restos e voltar para a cidade. Nada seria feito.

– Arrume um lugar decente para o rapaz dormir. E dê-lhe isto por mim, eu devo a ele – entreguei-lhe uma nota de dez dólares.

– Como quiser. Boa noite, sra. Slocum. Agradeço a colaboração.

– Foi um prazer.

Velhos amantes, pensei de novo, fazendo jogo duplo. Knudson saiu. Minha primeira boa impressão mudou para algo diferente. Ainda assim, ele era um homem, um policial. Ele não faria qualquer coisa com o cadáver de uma velha. Ele escolheria o caminho mais difícil.

Maude Slocum levantou e pegou meu copo vazio.

– Quer mesmo um drinque?

– Um pequeno, por favor, com água.

– Vou acompanhá-lo.

Colocou dois dedos de uísque da garrafa e quatro dedos para si. Bebeu com um gole só.

Eu bebi devagar.

– Eu quero saber toda a droga sobre Kilbourne. Na veia.

– Maldito viciado em verdade – ela disse, surpreendendo-me. O uísque pareceu fazer efeito antes da hora. Ela sentou ao meu lado, triste e relaxada. – Não sei nada a respeito de Walter Kilbourne. Quero dizer, nada contra ele.

– Acho que é a única pessoa, então. Onde o encontrou hoje?

– No restaurante Boardwalk, em Quinto. Achei que Cathy merecia uma coisa diferente, depois do dia horrível que teve com a polícia e... com o pai dela. Bem, fui com ela até Quinto para jantar e vi Walter Kilbourne no restaurante. Ele estava com uma jovem loura, muito linda.

– A esposa dele. Conversou com ele?

– Não. Ele não me reconheceu, e eu nunca gostei dele. Mas perguntei ao *maître* o que ele estava fazendo ali. Parece que seu iate está no porto.

Era o que eu precisava. O cansaço tinha acabado com a energia do meu corpo e começou a atingir o meu desejo. Tinha me concentrado demais no presente, cansado demais para ver algo além. Agora já podia me ver indo para Quinto.

Mas ainda tinha algumas perguntas.

– Como o conheceu?

– Ele veio aqui há alguns anos. Fez um acordo de negócios com minha sogra, para procurar petróleo no rancho dela. Foi quando fizeram uma greve no outro lado do vale, antes de chegar a este lado. Vários homens vieram com Kilbourne e passaram várias semanas na nossa propriedade, fazendo buracos e colocando explosivos... esqueci o nome técnico disso.

– Sismógrafo?

– Sismógrafo. Encontraram petróleo, mas não deu em nada. Mamãe... – seus lábios deram voltas com a palavra, como se tivesse um gosto estranho – decidiu que os guindastes obstruiriam sua paisagem maravilhosa, e rompeu relações com Kilbourne. Havia outras coisas, claro. Ela não gostava dele e não confiava nele. Então continuamos a viver na pobreza elegante.

– Não havia outras companhias interessadas? O petróleo está ficando raro por aqui.

– Ela não queria fazer negócios com ninguém. Além disso, havia uma cláusula no contrato original de exploração; dava o direito de escolha à companhia de Kilbourne.

– Claro.

A mão dela procurou um cigarro, às cegas. Peguei um da caixa, coloquei entre seus dedos e acendi. Ela o chupou, descontrolada como uma criança. O uísque tinha se juntado ao cansaço e forçado seu sistema nervoso. Seu rosto, músculos, voz estavam se acabando.

Então lhe fiz a pergunta que iria machucar, e observei, atento, o efeito no seu rosto:

– Não vai viver na pobreza elegante por muito tempo, não é? Imagino que a senhora e seu marido entrarão em contato com Kilbourne em breve. Ou será que é por isso que ele está aqui?

– Não tinha pensado nisso – ela disse. – Imagino que é o que faremos. Tenho de falar com James sobre isso.

Ela fechou os olhos. Nos lugares onde estava presa aos ossos, a pele de seu rosto fazia dobras. As dobras formavam linhas escuras que desciam nos cantos dos olhos fechados. As narinas, o queixo e todo o resto estavam marcados por sombras escuras, como um desenho se dissolvendo.

Eu disse boa noite e fui embora.

Dezoito

Havia só uma luz no andar de baixo da casa, uma lâmpada escura de parede, entre a porta de entrada e a cozinha. Dava um brilho marrom à alcova sob a escada, onde ficava o telefone. Uma cópia da lista telefônica de Quinto e Vale Nopal ficava em cima da mesinha ao lado do telefone. Dei uma olhada no "f". Só tinha um Franks na lista, um tal de Simeon J., residente em Tanner Terrace, 467. Liguei para esse número, que tocou seis vezes até uma voz rouca e ríspida atender:

– Aqui é Franks. É da delegacia?

Eu tinha opiniões a dar, mas guardei-as para mim.

– Alô – ele disse –, é Franks.

Desliguei e ouvi o barulho suave de passos descendo a escada, acima da minha cabeça, um sussurro amplificado pelas tábuas da escada e meu sentido de alerta. Um rosto como a lua pálida contra uma nuvem inclinou-se sobre o corrimão.

– Quem é? – disse a moça.

– Archer – fui até o *hall* onde ela poderia me ver direito.
– Não está dormindo, Cathy?

– Não consigo fechar os olhos. Vejo o rosto de vovó.

Suas duas mãos estavam presas ao corrimão de madeira, como se ela precisasse se agarrar a uma realidade sólida.

– O que *você* está fazendo?

– Telefonando. Terminei agora.

– Ouvi o sr. Knudson telefonar antes. É verdade que Pat morreu?

– Sim. Você gostava dele?

– Às vezes, quando ele era bonzinho. Ele era muito divertido. Ensinou-me a dançar, mas não conte para papai. Ele não matou a vovó, não é?

– Não sei. Acho que não.

– Eu também acho que não – olhou, furtivamente, para o *hall* cheio de sombras. – Onde estão os outros?

– Knudson foi embora. Sua mãe está na sala. Acho que ela adormeceu.

Ela afundou as mãos nas dobras macias de seu robe.

– Fico contente que *ele* foi embora.

– Preciso ir agora. Você está bem?

– Sim, estou bem – ela desceu o resto da escada, com o braço escorregando no corrimão. – É melhor eu acordar a mamãe e mandá-la para a cama.

– Talvez seja melhor.

Ela me seguiu até a porta.

– Boa noite, sr. Archer. Desculpe minha grosseria ontem à noite. Devo ter pressentido que alguma coisa iria acontecer. Sou muito sensível, sabe. Pelo menos, é o que as pessoas me dizem. Sou como um cachorro que late para a lua quando há encrenca no ar.

– Mas você não viu Reavis ontem à noite.

– Não. Mas estava com medo que ele viesse (odeio cenas passionais), mas ele não veio – fez uma cruz no peito acetinado. – Faço a cruz e espero a morte. – Ela riu, numa súbita alegria forçada: – Que coisa horrível de dizer "espero a morte".

Eu disse:

– Boa noite, Cathy.

O número 467 de Tanner Terrace era um bangalô branco, num dos subúrbios mais baratos, no meio de um monte de casas iguais. Todas tinham o telhado inclinado, venezianas verdes sem utilidade nas duas janelas da frente e a aparência de que estavam sendo ocupadas temporariamente, como *trailers* estacionados. Podiam ser distinguidas pelo número escrito no meio-fio. Além disso, a casa do sargento Franks tinha luz, que escapava pela beira das venezianas fechadas na frente das janelas e se espalhava pelo gramado.

Passei por ela, fiz uma volta no primeiro cruzamento e estacionei a poucos metros da casa. Franks era um policial. Em seu próprio território, poderia criar encrenca para mim. Não queria encrenca para meu lado. Desliguei o motor e apaguei as luzes, abaixei no assento e cochilei um pouco, prestando atenção. O barulho de um motor se aproximando me acordou um instante antes que faróis luminosos tomassem conta da rua.

Pararam diante do bangalô de Franks. Havia três luzes azuis de táxi acima do pára-brisa. Um homem saiu, desajeitado, do banco de trás e começou a andar. Seu modo de andar era um pouco torto; na luz escura achei que era aleijado. A porta da frente se abriu antes que ele chegasse ao pequeno alpendre de concreto. Ele foi direto para a luz, um homem baixo e gordo com um blusão de couro marrom. O lado direito tinha um volume e a manga direita estava pendurada, vazia. A porta fechou depois de ele entrar.

O táxi virou na entrada e parou no meio-fio em frente da casa. Esperei por um ou dois minutos e saí do carro, sem bater a porta. O motorista do táxi estava estirado no assento, tentando dormir.

Perguntei-lhe:

– Está ocupado?

Ele respondeu com os olhos meio fechados:

– Lamento. Estou esperando um passageiro.

– Para onde?

– Quinto.

— É para onde vou.

— Lamento, senhor. Este táxi é de Quinto. Não posso pegar passageiros de Vale Nopal.

— Pode, se não cobrar.

— Então, qual é a porcentagem? — ajeitou-se, seus olhos ficaram bem abertos. Eram azuis e inchados, no rosto magro. — Qual é?

Mostrei-lhe uma nota de dez dólares.

— Sua porcentagem — eu disse.

A nota estalou na minha mão como se estivesse pegando fogo por causa da intensidade de seu olhar.

— Tudo bem, acho que tudo bem, se o outro cara não fizer objeções — inclinou-se para abrir a porta para mim.

Eu entrei.

— Ele não vai fazer objeções. Para onde ele vai, em Quinto?

— Não sei. No lugar onde o peguei, acho. Perto do calçadão.

— Já tinha visto o cara antes?

Aquela pergunta foi demais. Ele se virou e olhou para mim.

— Você é tira?

— Eu não costumava dar bandeira.

— Olha aqui, não peguei seu dinheiro. Não disse com certeza que pegaria seu dinheiro. Na verdade, eu não tocaria no seu dinheiro. Que tal ir embora e me deixar em paz? Estou tentando viver honestamente, pelo amor de Deus.

— Tudo bem, vou sair. E você vai voltar para Quinto.

— Pelo amor de Deus, tenha piedade. É uma corrida de sete dólares.

— Leve isso — estendi a nota de dez dólares.

Recusou, um pouco estrábico.

— Não, obrigado.

— Se manda, depressa. Vai ter encrenca por aqui e você não vai querer estar por perto.

Antes de sair, coloquei a nota entre os assentos no banco de trás, onde os motoristas de táxi costumam olhar. O próximo movimento foi o de fechar a porta. Voltei para meu carro e esperei. O homem com o lado direito volumoso e a manga vazia saiu quase em seguida. Disse boa noite a alguém e virou-se para a rua. Chegou à calçada antes de perceber que o táxi tinha ido embora.

Olhou a rua de cima a baixo e eu me abaixei no banco. Sua mão esquerda fez um gesto malcriado de irritação. Sua voz disse claramente que ele se foderia. Reconheci a voz. Quando ele se virou para olhar para a casa, as luzes tinham se apagado. Dando os ombros, meio torto, começou a andar em direção à estrada. Deixei-o caminhar um quarteirão, antes de ligar o motor. Emparelhei com ele no segundo quarteirão. Minha arma estava no banco, ao meu lado.

– Quer uma carona? – disfarcei a voz.

– Seria bom, Jack – ele saiu da calçada para a rua, sob um círculo de luz de um poste de luz acima. Um chapéu manchado de gordura lançava uma sombra no seu grande rosto moreno, onde o branco de seus olhos brilhava.

– Quinto?

– Este é meu dia de sor... – ele me reconheceu, ou reconheceu meu carro, e não acabou a frase. Sua mão esquerda procurou o bolso do casaco de couro.

Abri a porta bem aberta e mostrei minha arma. Seus dedos mexiam no botão de couro que fechava o bolso.

– Entre – eu disse. – Não quer que o mesmo aconteça com o outro braço? Adoro simetria.

Ele entrou. Dirigi com a mão esquerda, até um ponto escuro da rua, e estacionei no meio-fio. Passei a arma para a esquerda e apontei para a parte de baixo de seu corpo. A arma que tirei de seu bolso era um revólver pesado, cheirando a óleo fresco. Juntei-o ao arsenal do porta-luvas e disse:

– Bem.

O homem ao meu lado respirava como um touro.

– Você não vai sair dessa, Archer. É melhor voltar para sua zona de caça, antes que algo lhe aconteça.

Disse-lhe que gostava de onde estava. Minha mão direita encontrou a carteira no bolso esquerdo da calça dele. Abri embaixo da luz. A carteira de motorista tinha o nome de Oscar Ferdinand Schmidt.

Eu disse:

– Oscar Ferdinand Schmidt é um nome muito eufônico. Combina com acusação de assassinato.

Ele me aconselhou a me foder. Controlei meu impulso de machucá-lo. Ao lado da carteira de motorista, um envelope de celulóide transparente tinha um pequeno cartão azul que identificava Oscar F. Schmidt como sendo um Agente Especial da Polícia da Companhia de Refinação do Pacífico. Tinha umas notas na parte de guardar dinheiro, mas nenhuma mais alta do que vinte dólares. Enfiei as notas no bolso dele e a carteira no meu.

– Quero minha carteira de volta – ele disse –, ou vou fazer uma acusação contra você.

– Vai estar ocupado, defendendo-se da sua. O xerife vai encontrar a sua carteira na moita perto de Notch Trail.

Ele ficou em silêncio por um minuto, a não ser pelos estalos provocados no casaco de couro por sua respiração.

– O xerife vai me devolver a carteira sem perguntar nada. Como acha que o xerife foi eleito?

– Eu sei, Oscar. Mas acontece que o FBI está interessado em linchamentos. Também conhece alguém no Departamento de Justiça?

Sua voz rouca mudou quando respondeu. Tinha inflexões de medo e enjôo.

– Está louco, se pensa que vai nos entregar.

Cutuquei-o com a arma, até que ele gemeu:

– Você estará sentado num quarto de cianeto, antes que eu reserve uma cama no Camarillo. Enquanto isso quero que fale. Quanto pagou a Franks pela informação e quem lhe deu o dinheiro?

Seu cérebro trabalhou acelerado. Quase podia ouvi-lo remexendo e estalando, e virando de novo.

– Vai me soltar se eu falar?

– Por enquanto. Não quero você.

– E me devolver a carteira?

– Fico com a carteira e com a arma.
– Nunca usei a arma.
– Nem nunca usará.

Seu cérebro começou a girar de novo. Ele estava suando e começava a feder. Eu queria que ele saísse do carro.

– Kilbourne me deu o dinheiro – ele disse, por fim. – Quinhentos, acho. Você é louco se o denunciar.

Eu disse:
– Saia do meu carro.

No lugar onde Tanner Terrace cruzava a estrada eu virei à esquerda, de volta para Vale Nopal, em vez de ir direto para Quinto. O caso estava se desenrolando mais depressa do que eu esperava, mais depressa do que eu queria. Do meu ponto de vista, parecia que se Kilbourne estivesse fazendo um jogo duplo, isso nunca apareceria nas páginas de esporte: pagar Reavis para matar a sra. Slocum, depois apagar Reavis antes que ele pudesse falar. Não gostei dessa teoria: explicava as coisas mais óbvias, as mortes e o dinheiro, e não dava nenhuma pista para o resto. Mas era o que eu tinha para continuar. De qualquer modo, eu não poderia continuar sem consultar minha cliente. A esposa de James Slocum não estava acima de suspeita, mas ela não tinha me chamado para colocar uma corda em volta de seu lindo pescocinho.

Era tarde e a rua principal estava quase deserta. Alguns bêbados andavam pelas calçadas, não querendo terminar a noite e enfrentar o dia. Alguns tinham companhia feminina, para lhes assegurar que a diversão não tinha acabado, que ainda havia portas nas paredes escuras que se abririam para um romance em troca de pagamento. As mulheres eram do tipo que raramente aparecem na luz do dia e, quando o fazem, parecem mortas. Dois policiais à paisana tentavam abrir a porta em lados opostos da rua.

Ao passar pelo Antônio's, vi uma luzinha atrás do bar, escondida pela cabeça de um homem. Pisei no breque e parei no meio-fio. Eu tinha dez mil dólares no bolso do casaco, o que seria difícil de explicar, se fosse revistado pelos tiras, e difícil de sobreviver, se alguém os encontrasse comigo. Embrulhei o pacote marrom rasgado com uma folha de jornal e prendi com fita isolante. Tinha falado uma vez com Antônio, não sabia seu sobrenome, mas ele era o homem em quem eu confiava em Vale Nopal.

Ele veio até a porta, quando bati no vidro, e abriu com a corrente.

– Quem é? – seu rosto estava no escuro.

Mostrei-lhe meu rosto.

– Lamento. Não posso vender depois de fechado.

– Não quero bebida. Quero um favor seu.

– Que tipo de favor?

– Guarde isso até amanhã – empurrei uma ponta do pacote pela abertura da porta.

Ele olhou, sem tocar.

– O que tem aí dentro?

– Dinheiro. Muito dinheiro.

– Quem é o dono do dinheiro?

– Estou tentando descobrir. Pode guardar?

– Devia levar para a polícia.

– Não confio na polícia.

– Mas confia em mim?

– Parece.

Ele pegou o pacote de minhas mãos e disse:

– Vou guardar para você. Além disso, preciso pedir desculpas pelo que aconteceu em meu bar ontem à noite.

Disse-lhe para esquecer.

Dezenove

A casa no planalto estava escura e em silêncio. Nada se mexia, nem dentro nem fora, mas o canto das cigarras aumentava e diminuía nos campos vazios. Bati na porta de frente e esperei, tremendo sob minhas roupas. Não tinha vento, mas a noite estava fria. Os gritos dos insetos pareciam o barulho do vento de outono nas árvores.

Tentei a porta. Estava trancada. Bati de novo. Depois de muito tempo surgiu uma luz no *hall* e ouvi passos se arrastando em direção à porta. A luz da varanda acendeu sobre a minha cabeça e a porta se abriu, centímetro por centímetro. Era a sra. Strang, a governanta, com o cabelo embranquecido pelo tempo dividido em tranças e os olhos inchados e vermelhos de sono.

Os velhos olhos voltaram-se para mim:

– É o sr. Archer?

– Sim. Preciso ver a sra. Slocum.

Suas mãos puxaram a gola de seu roupão azul de *rayon*. Deu para ver sua camisola de flanela florida cor-de-rosa embaixo.

– A sra. Slocum morreu – ela disse com um ar de tristeza.

– Não! Maude Slocum. Eu a vi há menos de duas horas.

– Ah, está falando da jovem sra. Slocum. Ela está na cama, acho. É onde o senhor deveria estar. Isto não é hora da noite...

– Eu sei. Preciso vê-la. Pode acordá-la para mim?

– Não sei se devo. Ela não vai ficar contente.

– Vou acordá-la eu mesmo, se não for.

– Pelo amor de Deus, não. – Ela se moveu como se fosse barrar a entrada e depois mudou de idéia: – É tão importante assim?

– Uma questão de vida ou morte – eu não sabia vida ou morte de quem.

– Muito bem, entre. Vou lhe pedir que desça.

Deixou-me na sala e saiu. As duas tranças iguais nas costas pareciam rígidas e secas, como flores dentro de um velho livro esquecido.

Quando ela voltou seu rosto e corpo tremiam de ansiedade.

– A porta está trancada. Ela não responde.

Fui em direção a ela, apressei-a para ir comigo ao *hall* e subir as escadas.

– Tem uma chave?

— Não existe uma chave para aquela porta — ela estava ofegante. — Tem uma tranca por dentro.

— Mostre-me.

Subiu a escada com esforço à minha frente e me levou até a entrada da última porta do andar de cima. Era feita de pesados painéis de carvalho. Tentei empurrar com os ombros, mas não consegui.

A governanta aproximou-se de mim e gritou:

— Sra. Slocum! — num tom dissonante de desespero.

— A senhora tem certeza de que ela esta aí dentro? — eu disse.

— Ela deve estar. A porta está com a tranca.

— Vou ter que arrebentar. A senhora tem um pé-de-cabra ou uma alavanca? Qualquer coisa?

— Vou ver. Tem ferramentas na cozinha dos fundos.

Apaguei a luz do *hall* e vi que havia luz atrás da porta. Encostei-me na porta de novo e fiquei escutando. Nenhum ronco, nenhum barulho de respiração de bebedeira, nenhum tipo de barulho. Maude Slocum estava dormindo profundamente.

A sra. Strang voltou, o corpo se movendo como um feixe encaroçado de terror e remorso. Suas mãos cobertas de veias seguravam uma pequena barra de aço com uma ponta achatada, como aquelas que se usam para abrir caixotes. Peguei-a e coloquei a ponta achatada entre a porta e o batente. Alguma coisa estalou e cedeu quando fiz força. Mudei a barra de lugar e fiz mais força ainda. A madeira quebrou e a porta se abriu.

Havia uma penteadeira com três espelhos contra a parede do meu lado direito e uma cama enorme, estilo Hollywood, com uma colcha de chenile que não estava amarrotada, à minha esquerda, ao lado das janelas. Maude Slocum estava deitada entre elas. Seu rosto tinha uma cor cinza-escura com tons de azul, como um retrato de Van Gogh no auge da loucura. Os belos dentes brancos brilhando *in rictus* entre os lábios roxos lhe davam um toque grotesco de máscara negra. Ajoelhei-me ao seu lado, medi o pulso e as batidas do coração. Ela estava morta.

Levantei-me e olhei para a governanta. Ela estava entrando devagar no quarto, apesar da grande pressão.

– Aconteceu algo? – ela choramingou, adivinhando a resposta.

– Ela está morta. Chame a polícia e tente achar Knudson.

– Augh! – ela saiu do quarto, a pressão da morte a apressou.

Cathy Slocum passou por ela ao entrar. Eu tentei esconder o cadáver com meu corpo. Alguma coisa no meu rosto fez a moça interromper seu trajeto. Ficou parada, olhando para mim, magra e suave no robe de seda branca. Seus olhos eram escuros e acusadores.

– O que é? – perguntou.

– Sua mãe morreu. Volte para seu quarto.

Todos seus músculos enrijeceram, deixando seu corpo ereto. Seu rosto parecia uma máscara branca de tragédia.

– Tenho o direito de ficar.

– Você vai sair daqui – dei um passo em sua direção.

Ela viu o que eu tinha atrás de mim. A máscara branca se desfez como o gesso, de repente. Escondeu o rosto com uma mão.

– Como pode estar morta? Eu... – a tristeza tomou conta de sua voz e, engasgada, ficou em silêncio.

Passei o braço em volta de seus ombros que tremiam, levei-a até a porta, fazendo com que saísse.

– Veja, Cathy, não posso fazer nada por você. Vá chamar seu pai, por favor.

Ela balbuciou, entre os soluços:

– Ele não sai da cama... diz que não consegue.

– Então vá para a cama com ele.

Não era a coisa certa de se dizer, mas a reação dela me deixou chocado. Seus dois pequenos pulsos eclodiram no meu rosto e me tiraram o equilíbrio.

– Como ousa dizer uma coisa tão suja? – e continuou dizendo todas as palavras na língua dela, que as meninas aprendem na escola.

Entrei no quarto onde a mulher em silêncio estava deitada e fechei a porta na cara de Cathy. A pesada tranca de ferro estava solta, inútil; os parafusos que a prendiam tinham sido arrancados da moldura, mas o trinco ainda funcionava. Fechei-o e ouvi os pés descalços da menina descendo as escadas. Fui até as janelas. Eram três, alinhadas acima da cama. Tinham molduras de alumínio, que se abriam para fora, acima do telhado da varanda, e todas estavam abertas. Mas do lado de dentro das vidraças havia telas de metal, bem presas com parafusos. Ninguém poderia ter entrado ou saído do quarto depois de a tranca ter sido passada na porta.

Voltei para a mulher no chão. Um tapete de lã de carneiro estava sob um ombro, como se ela o tivesse amassado durante a convulsão. Estava com o mesmo vestido com que eu a tinha visto, mostrando as meias escuras. Tive um impulso de puxá-lo para baixo, para cobrir as pernas estateladas que eu admirara. O meu treinamento não permitiu. Maude Slocum pertencia à estricnina, à polícia e à morte.

A luz no quarto vinha de uma lâmpada florescente de mesa sobre uma escrivaninha, do outro lado da porta. Uma máquina de escrever portátil estava à vista, descoberta, sob a lâmpada, uma folha de papel branco enrolada na máquina. Algumas linhas estavam datilografadas no papel. Dei a volta no corpo para ler.

Meu querido amor: sei que estou sendo covarde. Há coisas que não consigo enfrentar, com as quais não consigo viver. Acredite em mim, meu amor, é para o bem de todos. Já vivi o bastante.
É sulfato de estricnina, acho que é da receita de Olívia Slocum. Não estarei bonita, eu sei, mas talvez você saiba que não terão de me cortar sinto que não consigo escrever mais minhas mãos

Era tudo.

Um vidro verde de remédios estava aberto perto da máquina de escrever, a tampa de metal preta ao lado. No rótulo havia uma caveira vermelha, com dois ossos cruzados. Dizia que a receita, encomendada pelo dr. Sanders para sra. Olívia Slocum, tinha sido feita pela farmácia de Vale Nopal em 4 de maio daquele ano e deveria ser tomada conforme as indicações. Olhei o vidro e vi que estava vazio.

Não havia mais nada sobre a mesa, apenas uma gaveta aberta na frente. Tirei uma cadeira para fora do caminho e, usando um lenço para cobrir meus dedos, puxei a gaveta. Tinha apontadores de lápis, um batom usado, grampos e clipes e uma porção de papéis misturados. A maior parte era de contas de lojas e de médicos. Um talão de cheque de Vale Nopal mostrava um saldo de 335 dólares e alguns centavos, depois de uma retirada de duzentos dólares dois dias antes. Olhando os papéis com a ponta de um lápis quebrado, encontrei uma carta pessoal, datilografada numa só folha com o timbre da Warner Brothers.

Começava detonando:

Olá, Maude querida:

Parece que faz um tempão (como o velho costumava dizer antes que o pusessem no chão frio e também é legal que eu nunca gostei daquele filho-da-mãe) que não tenho notícias suas. Quebre a máquina de fazer palavras e solte o cabelo, amiga. Como vai a campanha contra o clã Slocum, e como vai Ele? As notícias deste lado do mundo são ótimas. O chefão me deu um aumento de 21% e na semana passada contou ao Don Farjeon, que contou para a secretária, que me contou que eu nunca faço nada errado (menos em questões de amor, ou seja, ha, ha, mas por que estou rindo?). Mas a melhor notícia, sabe qual é, e guarde embaixo do chapéu, se é que você usa chapéu. Inglaterra, fofa. O chefão vai filmar na Inglaterra no próximo mês e vai me levar junto!!! Por isso é melhor você sair desse tititi da vida doméstica logo e almoçar comigo no Musso para comemorar. Você sabe onde me achar.

Enquanto isso, mande lembranças à Cathy e você sabe o que penso do resto dos Slocums. Até breve.

A carta não tinha data e estava assinada "Millie". Olhei para a mulher no chão e me perguntei se ela teria ido àquele almoço. Também me perguntei se Mildred Fleming já tinha ido para a Inglaterra e o quanto ela sabia sobre "Ele". "Ele" parecia óbvio que era Knudson. E Knudson logo estaria aqui.

Abri a gaveta mais um pouco. Um recorte de jornal, preso numa abertura no fundo da gaveta, tinha escorregado e não podia ser visto. Puxei-o e desdobrei-o embaixo da luz. Era uma coluna de jornal longa, com uma foto grande de dois homens. Um era Knudson, o outro um rapaz moreno usando uma camisa branca rasgada. "Capturador e Fugitivo" dizia a manchete. "Tenente-detetive Ralph Knudson, da polícia de Chicago, prende Charles 'Cappie' Mariano, acusado do assassinato de três pessoas, que escapou da penitenciária Joliet na última segunda-feira. O tenente Knudson seguiu-o ate Skid Row em Chicago e o trouxe sob custódia no dia seguinte." A história dava detalhes do caso e eu li devagar e com cuidado. A data era 12 de abril, mas não havia indicação quanto ao ano. Dobrei o recorte de novo, coloquei-o onde estava e fechei a gaveta.

A mensagem na máquina de escrever chamou minha atenção outra vez. Havia alguma coisa estranha, eu não sabia o que era, algo que precisava ser explicado. Sem ter uma idéia clara do que estava fazendo, tirei do bolso a carta que Maude Slocum me dera e coloquei-a sobre a mesa ao lado da máquina de escrever. "Prezado sr. Slocum." Soou na minha memória como algo que eu ouvira há muito tempo, bem antes da guerra. "Lírios apodrecidos cheiram pior do que ervas daninhas." A mulher no chão em breve cheiraria mal; a carta não importava mais.

Minha atenção concentrou-se na primeira palavra da saudação: "Prezado"; mudei para o bilhete na máquina de escrever, "Meu prezado amor"; voltei para a carta sobre a mesa. Os dois "prezados" eram idênticos: o P inicial estava um pouco fora de alinhamento e o R tinha uma falha visível no meio da curva. Embora eu não fosse perito em máquinas de datilografar, parecia que a carta de suicídio de Maude Slocum e a carta para seu marido tinham sido escritas na mesma máquina.

Estava tentando entender, quando ouvi passos pesados no *hall*. A porta abriu e Knudson entrou no quarto. Fiquei parado observando, como um cientista estudando um animal com bisturi. Mas ele teve uma reação humana. Quando viu o rosto escurecido no chão, seu corpo inteiro se curvou. Quase caiu, mas se refez e se encostou à porta. Um policial de uniforme olhou sobre seus ombros no quarto. Knudson fechou a porta na cara do curioso.

Virou-se para mim. Sua pele pálida estava amarelada e seus olhos brilhavam.

– Maude está morta? – o vozeirão saiu baixinho, tomado pela dor.

– Está morta. A estricnina age rápido.

– Como sabe que é estricnina?

– Dá para ver. E tem um bilhete na máquina. Acho que é para você.

Ele olhou para a mulher no chão entre nós e recuou.

– Dê-me o bilhete – seus ombros continuavam apoiados no batente da porta. Ele não ia pular em cima do corpo.

Tirei a folha da máquina e dei para ele.

Ele a leu várias vezes, acompanhando com seus grossos lábios. O suor inundou seu rosto e, ao se juntar nas rugas, pareceu ser lágrimas.

– Por que ela iria querer se matar? – o esforço para falar fez com que entortasse a boca de lado.

– Você é quem sabe. Você a conheceu melhor do que eu.

– Eu a amava. Acho que ela não me amava. Não o bastante.

A tristeza fez o efeito de soro da verdade. Ele se esqueceu que eu estava ali e de quem eu era. Talvez até tenha se esquecido de quem ele próprio era.

Aos poucos se lembrou. Suas forças se juntaram em torno de um ego forte. Vi o orgulho masculino invadindo-lhe o rosto, endireitando-lhe a boca e o maxilar, mascarando os olhos machucados. Dobrou a carta de suicídio com seus grandes dedos e guardou-a no bolso.

– Acabei de chegar – ele disse. – Não falamos nada. Você não achou este papel – apalpou o bolso.

– E você é Jorge VI, rei da Inglaterra. Não o ex-tenente Knudson da polícia de Chicago.

Sua mão direita me agarrou, pegou a frente do meu casaco e tentou me sacudir.

– Faça o que digo.

Consegui me soltar. A carta que eu estava segurando escapou de minha mão e caiu no chão. Ele se abaixou e pegou-a com um movimento só:

– O que é isso?

– A carta por causa da qual fui contratado para investigar. Foi escrita na mesma máquina que a carta de suicídio. Pense nisso. Quando terminar de pensar sobre aquilo, pense sobre isso. O seu homem, Franks, recebeu quinhentos pela informação de que eu estava a caminho com Reavis. Walter Kilbourne pagou. Posso identificar o chefe do linchamento como sendo um dos homens de Kilbourne.

– Você fala muito – ele leu a carta resmungando, impaciente, e depois a amassou e jogou fora junto com a outra.

– Você está destruindo as provas, Knudson.

– Eu disse que você fala demais. Eu julgo quais são as provas aqui.

– Não por muito tempo. Pode achar que isso é uma ameaça, se quiser.

Ele se inclinou em minha direção, mostrando os dentes.

– Quem está ameaçando quem? Estou cheio de você. Saia da cidade.

– Vou ficar.

Ele se aproximou mais. Seu hálito estava quente e fedido como o de um animal carnívoro.

– Você vai sair da cidade hoje à noite, agora, e não vai voltar mais. Posso prendê-lo por muito tempo, Archer. Você atravessou um estado com Reavis sob ameaça. Sabe o que isso significa perante a lei.

Sua mão direita se mexeu embaixo do casaco, soltando a arma no coldre.

– Vai embora ou vai agüentar o tranco?

Eu não respondi.

Ele abriu a porta e eu saí, passando pelo policial no *hall*. Lugares e tempos diferentes passaram pela minha cabeça, num instante. Haveria um outro lugar e tempo para mim e para Knudson.

Vinte

A sra. Strang foi ao meu encontro no fim da escada.

– Sr. Archer, alguém quer falar com o senhor ao telefone. Uma mulher. Ela está na linha já há algum tempo, mas eu não quis interrompê-lo enquanto falava com o chefe da polícia.

– Não – eu disse. – Seria *lèse majesté*.

Ela me olhou, estranhando.

– Bem, eu *espero* que ela ainda esteja na linha. Ela disse que esperaria. O senhor está bem, sr. Archer?

– Sim, estou bem – havia um vazio sonoro na minha cabeça, uma sensação de aperto na boca do estômago. O caso havia sido tirado de mim, assim que começou a ruir. Eu me sentia bem.

– É Archer – disse ao telefone.

– Não precisa ficar zangado. Estava dormindo? – a voz era doce e demorada, como uma fragrância: Mavis Kilbourne, toda derretida.

– Sim, com pesadelos. Com uma piranha elegante que era trombadinha, cujo sobrenome é Encrenca.

Ela riu: uma cascata na montanha perto da neve.

– Não sou trombadinha, nem piranha. Afinal, só peguei o que é meu. Você não está de bom humor, não é?

– Tente melhorá-lo, se conseguir. Diga-me como soube que eu estava aqui.

– Não sabia. Liguei para sua casa e escritório em Los Angeles. O serviço de recados me deu esse número. Nem mesmo sei onde você está, a não ser que esteja em Vale Nopal. Estou em Quinto.

A telefonista interrompeu, pedindo dez centavos. O aviso do telefone pago pareceu claro.

– Minhas moedas estão acabando – Mavis disse. – Você vem para Quinto falar comigo?

– Por que esse súbito interesse às três da manhã? Só tenho uma arma no bolso.

– São 3h30 – seu bocejo ecoou no telefone. – Estou morta.

– Não é a única.

– De qualquer modo, acho bom que tenha uma arma. Pode precisar dela.

– Para quê?

– Não posso dizer ao telefone. Preciso que faça uma coisa para mim. Você me aceita como cliente? – o barulho de novo, como violinos distantes numa festa chique.

– Já tenho uma cliente – menti.

– Não pode trabalhar para nós duas? Não sou orgulhosa.

– Eu sou.

Ela abaixou a voz.

– Sei que fiz sujeira com você. Mas eu tinha de fazê-lo. Queimei o filme e não explodiu como você havia dito.

– Esqueça. O problema é que pode ser outra sujeira.

– Não é. Eu preciso de você. Pode parecer que não estou com medo, mas estou.

– De quê?

– Eu disse que não posso falar. Venha para Quinto, e eu conto. *Por favor*, venha – estávamos nos repetindo.

– Onde você está?

– Num restaurante perto da praia, mas é melhor não me encontrar com você aqui. Conhece o grande quebra-mar perto do cais dos iates?

– Conheço. O lugar perfeito para uma emboscada.

– Pare com isso. Estarei no fim do quebra-mar. Não tem ninguém lá a esta hora da noite. Você vem?

– Em meia hora.

Quinto era igual a um balneário pequeno às quatro da manhã. Ruas escuras e vazias inclinadas em direção ao oceano escuro e vazio. O ar estava bem límpido, mas algumas gotas formaram-se no vidro de meu carro, e um cheiro de mar, amargo e fresco, invadiu a cidade despovoada. À noite, era uma base do mar, cheia de ventos frios das marés e de uma escuridão submarina em movimento.

O reflexo do breque fez uma longa mancha vermelha no asfalto onde a 101 cruzava a parte baixa da cidade. Quatro ou cinco caminhões se juntaram numa parada na esquina, como búfalos em volta da água. Quando virei à direita na estrada, vi os motoristas curvados sobre o café-da-manhã, uma garçonete de rosto fino, com cara de cachorro, fumando um cigarro na porta da cozinha. Teria sido bom parar e comer três ovos e conversar um pouco e depois ir para uma cama no hotel. Fiz uma curva fechada à esquerda no próximo cruzamento, e os pneus cantaram de pena de si mesmos: tão tarde, tão cansados. Falei em voz alta, para mim e para os pneus lamuriosos: "Acabe logo com isso".

O quebra-mar de Quinto era uma continuação da rua, dando para uma estradinha asfaltada a poucos metros da parede do mar. Embaixo, grandes ondas brancas batiam na areia, molhavam as velhas colunas que o sustentavam, num trabalho lento de destruição certa. Meus faróis iluminaram os parapeitos brancos nas laterais. Estavam vazios de ponta a ponta, e a estrada entre eles também. Na extremidade um grupo de prédios pequenos projetava-se contra a noite: uma barraca de vender iscas, outra de cachorro-quente, uma loja de lembranças feitas de conchas, uma carpintaria de navios, todos fechados e sem luzes. Estacionei o carro no lado oposto ao mar, perto de um telescópio público de dez centavos, e fui andando. O cabo de madeira polida de minha automática estava frio em minha mão.

O cheiro do mar, das algas, dos peixes e da água salgada em movimento subiu às minhas narinas. Invadiu minha consciência como uma memória ancestral. As ondas subiram indolentes e caíram, lançando um brilho lúgubre nas tábuas do quebra-mar. O quebra-mar todo se levantou e caiu, numa imitação imóvel mas sonora, dançando a longa e lenta dança da dissolução. Fui até o final, mas não vi ninguém e não ouvi nada além do barulho dos meus passos e o rangido das vigas e o barulho das ondas contra os pilares. Estava a poucos metros da água escura. A terra mais próxima à minha frente era o Havaí.

Fiquei de costas para o Havaí e fui para a praia. Mavis tinha mudado de idéia e me deu o cano. Um adeus final para Mavis, meu cérebro frio disse. Ela era inexplicável, sem explicações e não era para ser explicada. Ou alguém fez com que mudasse de idéia. Meus pés se arrastaram nas tábuas. Tarde demais, velho demais, diziam as ondas atrás de minha cabeça.

O falso amanhecer espalhou-se como leite derramado no céu acima das montanhas. Embaixo, as ruas de Quinto se espalhavam como uma rede invisível cheia de luzes. Os caminhões de São Francisco, Portland e Seattle iam para o sul na estrada 101 como estrelas cadentes. À minha direita, o grande arco do quebra-mar curvava-se em direção ao cais. Uma luz na torre ao fundo acendia e apagava, lançando faixas intermitentes de luz verde no canal estreito. Quarenta ou cinqüenta embarcações, de diferentes tipos, estavam ancoradas na bacia protegida atrás do quebra-mar. Havia cisnes e patinhos feios: chalupas correndo como flechas e barcos pesqueiros de Monterey cheios de luzes, cruzadores e veleiros, iates e barcos a vela. Uns poucos barcos pesqueiros tinham as luzes acesas.

Outra luz se acendeu enquanto eu olhava, fazendo um contraste do amarelo de uma janela tripla com a cabine escura. O comprido casco embaixo tinha linhas de movimentos, embora estivesse ancorado. Sua tinta era tão branca que parecia brilhar com a própria luminosidade. A uma distância de quinhentos metros parecia um cruzador pequeno. Mas ao comparar com os outros barcos achei que deveria ter uns vinte metros de comprimento: o maior barco do porto, à exceção do pesqueiro de rede de cerco. Kilbourne escolheria aquele tipo de bote.

A luz se apagou, como se fosse telepatia. Forcei os olhos, tentando adivinhar o que estaria acontecendo atrás daquelas três janelas alongadas, que eu já não podia ver. Uma mão, vinda do nada, segurou a perna da minha calça. Dei um pulo para trás, puxei a arma e coloquei uma bala no tambor. O vento soprou na minha garganta.

Uma cabeça apareceu nas tábuas acima no fundo do cais. O cabelo estava solto embaixo de um boné. Uma voz baixa sussurrou:

– Sou eu.

– Não brinque de esconde-esconde – eu disse, ríspido, porque ela tinha me assustado. – Um tiro de uma 45 seria um estouro no seu corpo.

Ela ficou de pé e se exibiu, uma forma escura e esbelta, de calça e suéter contra a água cinza-escura.

– Eu gosto do meu corpo como ele é – ela mudou a pose e postou-se como uma modelo. – Você não gosta, Archer?

– Dá para o gasto – eu disse, e menti entre os dentes: –, você me atrai apenas como uma fonte de renda.

– Muito bem, senhor. É melhor irmos lá embaixo. Seremos vistos aqui – esticou a mão, procurando a minha. Estava fria como um peixe.

Ela estava de pé na passagem do parapeito que descia para a água embaixo do cais. Descemos por uma plataforma flutuante à margem daquele monte de coisas. Um pequeno barco de compensado estava amarrado a uma argola enferrujada no fim da plataforma. O barco e a plataforma subiam e desciam ao sabor das ondas.

– De quem é o barco?

– É um bote do iate. Vim até a praia com ele.

– Por quê?

– Os táxis marítimos fazem muito barulho e, além disso, saberiam para onde eu fui.

– Entendo. Agora já sei de tudo.

– Não seja chato, Archer. Qual é seu nome?

– Lew. Pode me chamar de Archer.

– Desculpe se o assustei, Lew – com aquela voz baixa, arrependida e afrodisíaca. – Não foi minha intenção. Precisava ter certeza de que era você.

– Quem mais está esperando?

– Bem, poderia ser Melliotes.

– Quem diabos é Melliotes? – eu disse. – Ou você inventou esse nome?

– Se você acha que Melliotes é ficção, venha ao barco conhecê-lo.

– É o barco da família? – apontei para um enorme casco branco no outro lado da bacia.

– É – ela apontou o nariz. – E que família! O grande e querido amigo de meu marido, Melliotes, por exemplo. Ontem à noite meu querido marido me prendeu na cabine, enquanto o querido dr. Melliotes me deu uma injeção de morfina para que eu dormisse.

Eu lhe ofereci um cigarro, que ela aceitou mecanicamente. Ao acender, olhei em seus olhos. As pupilas cinza-escuras estavam pequenas como as de um pássaro.

– Entenda – ela disse –, não sou mentirosa. Sinta o meu coração – sua mão pressionou a minha contra a costela abaixo de seu seio esquerdo. Havia uma batida na ponta dos meus dedos, mas era do meu próprio coração.

– Viu?

– Por que não está dormindo?

– Eu não dormi. A morfina me estimula, sou como um gato. Mas sinto a ressaca. É melhor eu sentar – com a mão ainda no meu pulso, ela se sentou na plataforma e me puxou para o seu lado. – Eu poderia lhe mostrar a marca da agulha, mas isso não seria adequado para uma senhora, não é?

– Sempre uma senhora – eu disse. – Quem é você, Mavis?

Ela bocejou e se espreguiçou. Não olhei para ela, e ela se soltou.

– Uma trabalhadora. Fui, pelo menos. Queria ser ainda. Mas vou lhe contar sobre dr. Melliotes. Ele estava dirigindo o carro quando Rico o levou para casa.

Lembrei-me do homem com quem tinha lutado no barraco de Reavis.

– Não me pareceu um médico.

– Ele diz que é médico, mas duvido que tenha um diploma. É um tipo de terapeuta, tem uma clínica de hidroterapia em Venice. Walter tem espasmos no cólon e se trata com Melliotes há anos. Até o convida para cruzeiros, o que é muito conveniente quando quer me fazer dormir. Mas eu o enganei hoje. Não fui dormir e ouvi o que estava acontecendo. Ouvi meu marido conspirar para matar um homem. Pat Ryan, o homem sobre o qual você me perguntou. Walter deu ordens para um homem chamado Schmidt para matar Pat Ryan. Poucas horas depois, Schmidt veio a bordo para dizer que o serviço estava feito. Isso não significa nada para você? – ela olhou no meu rosto.

– Muito. Alguém disse por que Reavis tinha de ser assassinado?

– Ninguém disse, mas eu sei por quê – ela inclinou a cabeça na minha direção, o lábio inferior para frente. – Você ainda não disse se vai trabalhar para mim.

– Você ainda não me disse qual é o trabalho a ser feito. Não sou um atirador contratado como Schmidt.

– Só quero justiça. Quero que jogue a culpa do assassinato de Pat em Schmidt e no meu marido.

– Terá de me dizer por quê.

– Conto tudo, se ajudar. Quero meu marido morto ou preso, e não tenho coragem de fazê-lo eu mesma.

– Acho que ele é grande demais para eu agüentar sozinho, mas poderemos pegá-lo por meio de Schmidt. Uma coisa que eu não entendo é como Kilbourne enganou você. Você tinha muito medo dele.

– Tinha. Não tenho mais. Não estaria aqui se tivesse medo, não é? – mas sua voz estava baixa e tímida, e ela olhou para o iate do outro lado da água. Um bote de Monterey fez meia-volta e foi em direção ao canal. Os fachos de luz como papel alumínio caíam na água e se dissolviam.

– Conte a história toda, Mavis. Não temos tempo para discutir.

– Sim. A história toda – sua boca se fechou com essas palavras. Seu rosto e seu corpo ficaram tensos, lutando contra o sono. – Sinto-me como uma drogada, Archer. A morfina está fazendo efeito.

– Vamos andar.

– Não. Vamos ficar aqui. Tenho de voltar logo para o barco. Eles não sabem que não estou lá.

Lembrei-me da luz que se acendeu e apagou, e me perguntei por quê.

Mas ela começou a falar, num fluxo contínuo, sob efeito da morfina:

– Em parte, a culpa do que aconteceu é minha. Eu me prostituí, acho, e não era ingênua quando me casei com ele. Vivi marginalizada por muito tempo, ganhando o que dava, esperando nas mesas, fazendo hora extra e tentando conseguir uma chance. Encontrei-o numa festa em Bel-Air no ano passado. Trabalhava como modelo, naquela ocasião, e estava sendo paga para ir à festa, mas Kilbourne não sabia. Pelo menos eu acho que ele não sabia. De qualquer modo, gostou de mim, e tinha um monte de dinheiro, eu estava de saco cheio e gostei dele. Ele queria uma anfitriã, uma governanta e uma companheira de cama, e me comprou como compraria uma égua para seu estábulo. Ficamos juntos durante dez noites seguidas e nos casamos em Palm Springs. No primeiro fim de semana, percebemos que não gostávamos um do outro. Perguntei-lhe por que tinha se casado comigo e ele disse que saía mais barato. Então ofendi sua vaidade: Kilbourne é muito vaidoso. Eu o teria deixado sozinho, se soubesse até que ponto sua maldade chegava. Só descobri mais tarde. Eu tinha brinquedos novos e nenhuma emoção. Então Patrick Ryan apareceu no inverno passado. Eu tinha saído com ele durante a guerra e gostava dele. Encontrei-o no Ciro, certa noite. Despistamos Kilbourne e fui para casa com Ryan. A casa dele era horrivelmente suja, mas ele era legal. Lembrou-me que sexo pode ser bom e acho que me apaixonei por ele, sem querer – a voz dela estava ofegante e seca. Seu ombro batia em mim, nervoso. – Você pediu a história toda. Não fica bem para mim.

– Todas as histórias são assim. Continue.

– Sim – ela se apoiou de leve em mim, e eu a abracei. Seus ossos eram pequenos e saltados na carne. – Precisávamos de um motorista, naquela época; o outro foi despedido por violação da condicional. Kilbourne tem um fraco por ex-presidiários: ele diz que são empregados fiéis. Eu o convenci a contratar Pat Ryan, para ficar perto de mim. Eu precisava de alguém e Pat dizia que me amava. Íamos fugir juntos e começar uma vida nova em outro lugar. Sou horrível para escolher homens. Não lhe contei sobre os que vieram antes de Kilbourne. E nem pretendo contar. De qualquer modo, Kilbourne descobriu tudo sobre nós. Pode ser que Pat tenha lhe contado, para puxar o saco dele. Então Kilbourne me embebedou certa noite, deixou-me sozinha com Pat e contratou um homem para nos filmar. Imagens muito bonitas. Projetou-as na noite seguinte para mim, com comentários, e eu nunca superei isso. Nem nunca vou superar.

– Mas as imagens não existem mais?

– Não. Eu as destruí ontem à noite.

– Ele não precisa do filme para pedir o divórcio.

– Você não entendeu – ela disse. – Ele não quer o divórcio. Peço o divórcio todos os dias, nos últimos seis meses. Ele quer me controlar pelo resto da vida, e esse é o jeito de fazer isso. Se eu saísse da linha uma só vez, ele deixaria Rico vender o filme para ser exibido. Durante anos, eles o mostrariam em festinhas particulares, convenções e boates. Meu rosto é conhecido. O que eu poderia fazer?

– O que fez. Ele sabe que o filme não existe mais?

– Não contei. Não sei como vai reagir. Pode fazer qualquer coisa.

– Então vá embora. Ele não pode mais segurá-la, se você tiver certeza de que existe só uma cópia.

– Só havia uma cópia. Transei uma noite com Rico e consegui essa informação dele. Mas tenho medo de Kilbourne – ela não percebeu a contradição: seu sentimento era verdadeiro.

– É um mau hábito que você tem.

– Você não conhece Kilbourne – ela disse com raiva. – Não há nada que ele não faça, e ele tem o dinheiro e os homens para fazê-lo. Matou Pat ontem à noite...

– Não por sua causa, Mavis, embora isso possa ter ajudado. Talvez Kilbourne não conseguisse esquecer as imagens, mas tinha outros motivos. Pat trabalhava para Kilbourne, você sabia? Recebeu dinheiro dele no dia em que morreu.

– Não!

– Ainda gostava de Pat?

– Não, depois que ele me deixou. Mas ele não merecia morrer.

– Nem você. Casou com o homem errado, foi para a cama com outro. Por que não sai de circulação por algum tempo?

– Ficar com você? – virou-se para mim e seu seio direito roçou no meu braço.

– Não foi isso que quis dizer. Não estaria segura comigo. Tenho amigos no México, que estão em segurança, e posso colocá-la num avião.

– Não sei. Não sei o que fazer – a voz dela mudou de tom. Sua pele, à luz crescente, estava mais branca pelo cansaço. Seus olhos moviam-se de modo incerto, grandes, pesados e escuros, a morfina começando a pesar nas pálpebras.

Ela não conseguia tomar nenhuma decisão. Decidi por ela, colocando-a de pé pelas axilas.

– Você vai para o México. Fico com você no aeroporto até que tome o avião.

– Você é legal, é bom para mim – encostou-se em mim, segurando meus braços e apoiando-se em meu peito.

A primeira explosão de um motor afogado soou do outro lado da bacia. O barulho parou e um barco veloz deu a volta na popa do iate, vindo em direção ao cais. A proa escura e pontuda cortou a água metalizada como uma tesoura. Um homem na cabine me observava com binóculos. Parecia um sapo de olhos esbugalhados.

Mavis estava pendurada sem energia no meu braço. Tentei endireitá-la e a sacudi.

– Mavis, precisamos correr – seus olhos abriram um pouco, mas só apareceram as partes brancas.

Levantei-a com meus braços e levei-a para a plataforma. Um homem de terno de linho listrado e chapéu de pano estava sentado no cais perto do topo da plataforma. Era Melliotes. Ficou de pé e veio depressa barrar meu caminho. Era como um piano grande, baixo e largo, mas seus movimentos eram tão leves quanto os de um dançarino. Olhos negros brilhavam no rosto do monstro.

– Saia da frente – eu disse.
– Acho melhor não. Vire-se e vá para baixo.

A moça em meus braços suspirou e mexeu-se ao ouvir a voz. Odiei-a, como às vezes um homem odeia a esposa, ou um vigarista odeia as algemas. Era tarde demais para fugir. O homem do terno de linho estava com a mão direita no bolso, com algo mais do que um punho apontado para mim.

– Para baixo – ele disse.

O motor do barco atrás de mim parou. Olhei para baixo e vi que estava se aproximando da plataforma. Um marinheiro sem expressão virou o timão e pulou para a terra. Kilbourne estava sentado na cabine, parecendo condescendente. Um par de binóculos estava pendurado em seu grosso pescoço e uma espingarda de cano duplo sobre os joelhos.

Carreguei Mavis Kilbourne até o marido, que a esperava.

Vinte e um

A cabine principal do iate estava escura e fria. A luz da manhã penetrava pelas escotilhas e formava poças brilhantes nos móveis embutidos de mogno. Um anteparo estava quase coberto por um mural de fotos dos penhascos de Acapulco, com o iate de Kilbourne embaixo. Nossos passos não faziam barulho no carpete grosso, parecendo os de um agente funerário. Kilbourne foi para a ponta da mesa que ficava no centro da cabine e sentou-se de frente para mim.

– Sente-se, Archer, sente-se. Posso lhe oferecer um café? – ele tentou dar um sorriso cordial, mas sua boca e olhos eram pequenos demais. A voz vinda daquele rosto grande e rosado era baixa, irritada e preocupada.

– Não estou com fome – eu disse.

– Então, desculpe, mas vou comer sozinho – olhou para o homem de terno de linho, que estava encostado na escotilha com uma arma na mão.

– Melliotes, diga ao camareiro que vou tomar café. E vamos iluminar isso aqui. Ainda não tive a oportunidade de olhar para a cara de nosso amigo.

Melliotes acendeu a luz de cima e inclinou-se para fora para falar com uma pessoa no topo da escada. Pensei em fugir e meus joelhos ficaram tensos com a idéia. Mas sem uma arma não seria possível. E Mavis estava inconsciente num beliche da cabine. Não poderia ir sem ela: não tinha ido, quando tivera uma chance melhor. De qualquer forma, era o lugar onde eu queria estar. Kilbourne era o homem com quem eu queria falar. Repeti isso para mim: era o lugar onde eu queria estar. Se repetisse várias vezes, talvez acabasse acreditando.

Ouvi um barulho surdo no outro lado da mesa, Kilbourne tinha tirado minha arma e colocado sobre a mesa de mogno polida, ao alcance da mão. Suas pequenas unhas brilhavam como lascas de mica na ponta dos dedos grossos e brancos.

– Perdoe-me por esta exibição de armas. Sou um pacifista, mas percebi que você é um homem violento. Espero que não nos obrigue a usar essas armas ridículas. A violência física sempre me enoja.

– Você tem sorte – eu disse. – Nem todo mundo pode se dar ao luxo de contratar outros para matar.

Melliotes virou-se depressa e olhou para mim com três olhos. Seus próprios olhos estavam escuros e brilhantes. Preferi o olho da arma. Não podia fazer com que abaixasse, mas não tinha maldade.

– Por favor, sr. Archer – Kilbourne levantou a mão, branca como a de um policial em serviço. – Não deve tirar conclusões apressadas antes de saber a verdade dos fatos. A verdade é mais simples do que imagina e nem um pouco sinistra. Admito que fui obrigado a tomar uns atalhos fora da lei para proteger meus interesses. Se um homem não faz alguma coisa para proteger seus interesses, não pode esperar que alguém o faça. Essa é uma das verdades que aprendi quando vendia carros por alguns tostões em Ypsilanti. Comecei por baixo, entende. Não tenho intenção de voltar para lá.

– Estou fascinado por suas lembranças. Posso anotar?

– Por favor – ele disse, de novo. – Não confiamos um no outro, claro, mas não há nada além de desconfiança entre nós. Se pudéssemos falar francamente...

– Serei franco com você. Parece que você contratou Reavis para matar a velha sra. Slocum, depois contratou outra pessoa para matar Reavis. Se for isso, não vou deixar você sair dessa.

– A decisão não está em suas mãos, não é?

Percebi que a mesa, que estava presa ao convés, tremia um pouco sob meus braços. Em algum lugar da popa o motor estava sendo ligado. Na proa, um guincho barulhento levantava a âncora. A embarcação mexeu-se na água e tremeu.

– Depois de assassinato – eu disse – seqüestrar fica fácil. – Mas lembrei do que tinha feito com Reavis, e achei que estava sendo um tanto hipócrita. O remorso e o medo se misturaram em minhas veias e deixaram um sabor amargo.

– O termo correto é "coação" – Kilbourne disse, pela primeira vez com um sorriso verdadeiro. Um sorriso de boca fechada, de complacência. Como outros autodidatas, ele sentia orgulho de seu vocabulário. – Mas vamos voltar às suas alegações. Acertou menos da metade. Não tive nada com a morte da velha. Ryan planejou tudo sozinho e executou o plano sem ajuda.

– Ele recebia seu dinheiro, e você lucrou com a morte dela.

– Exato – seus dedos se juntaram como vermes acasalando. – Você entendeu a situação. Por ser inocente, eu não podia deixar que Ryan fosse preso e interrogado. Dei-lhe dinheiro para fugir. Até esse ponto, confesso que fui um auxiliar do crime. Se Ryan fosse a julgamento, eu teria sido envolvido, por bem ou por mal.

– Então fez com que ficasse calado.

– Antes do procurador do estado ouvir seu depoimento. Exato. Viu só como, num clima leve, nós *conseguimos* nos entender?

– Há algo que ainda não conta com nenhum entendimento entre nós. Você não explicou uma coisa importante: por que Reavis queria matá-la? O que ele estava fazendo em Vale Nopal?

– Deixe-me explicar os fatos – inclinou-se sobre a mesa com as mãos cruzadas. Não conseguia entender sua necessidade de explicar, mas suas explicações poderiam ser úteis.

– Ryan foi meu empregado durante menos de um ano. Na verdade, era meu motorista e fazia alguns servicinhos para mim – os olhos espertos ficaram sem vida e imbecilizados por um momento, enquanto examinavam o passado e o papel de Ryan. Na alcova, fora do alcance da vista, sua esposa roncava com delicadeza e ritmo.

Um belo casamento americano, disse para mim mesmo. Não havia dúvidas de que o próprio Kilbourne pudesse ter contratado Pat para transar com a esposa.

– No começo do ano – continuou –, por motivos diversos, não era conveniente ter Ryan como empregado. Mas eu não quis perder contato com ele. Eu tenho inimigos, claro, e Ryan poderia ser útil para eles. Coloquei-o na folha de pagamentos da empresa e procurei um lugar para usá-lo. Como provavelmente sabe, fiz negócios com a finada sra. Slocum. O que talvez não saiba é que gastei cerca de cem mil dólares em exploração em sua propriedade antes de desfazermos os negócios. Pensei que seria bom ter um representante na casa dela, como proteção parcial de meu investimento. Se outros grupos interessados de Vale Nopal fizessem ofertas, eu teria como saber. Então arrumei o emprego de motorista para Ryan na casa dos Slocums. Não imaginava que ele assumiria a responsabilidade de tal forma – levantou as duas mãos e bateu na mesa. Embaixo das mangas de seu casaco de flanela azul, a carne de seus braços balançou por algum tempo.

– Tem certeza de que não imaginava? – eu disse. – Você deveria saber que ele era um psicopata, capaz de tudo.

– Não, não sabia. Achei que era inofensivo – o tom de sua voz era sincero. – Não me entenda mal. Não estou fingindo que não tenho culpa. Num sentido moral, sei que sou responsável pela morte dela. Pode até ter acontecido que, pensando em voz alta na frente de Ryan, eu tenha desejado a morte dela.

Acho que algo assim aconteceu há poucas semanas. De qualquer modo, Ryan sabia que a presença constante dela na cena custava centenas de dólares ao dia para mim.

– Para que discutir detalhes? Ele trabalhava para você. Você a queria morta. Ele a matou.

– Mas eu não o estimulei a matar. Nunca, de jeito nenhum. Se eu planejasse um assassinato, Ryan seria o último homem que eu escolheria para isso. Ele falava muito e eu não confiava nele.

Fazia sentido. Sua história fazia sentido, de um jeito louco. Contra meu desejo e bom senso, percebi que acreditava um pouco nele.

– Se você não mandou que ele a matasse, por que ele o faria?

– Vou lhe dizer por quê – inclinou-se de novo em minha direção e apertou os olhos. As pálpebras tinham grandes pregas e os olhos tinham uma cor indeterminada, insípida e não tinham brilho, como pedras que não foram polidas. – Ryan achou que era uma oportunidade de conseguir muito dinheiro de mim. Pelo menos, o que para ele parecia ser muito dinheiro. Ao matar a sra. Slocum, ele me colocou sob suspeita, junto com ele. O risco era dele e meu. Eu tinha de ajudá-lo, e ele sabia disso. Não admitiu isso quando me procurou anteontem à noite, mas estava pensando nisso, com certeza. Pediu dez mil dólares, e eu tive de dar. Quando se descuidou a ponto de ser capturado, tive de tomar outra atitude. Teria sido melhor se eu o tivesse matado logo, mas meus impulsos humanitários me impediram. No fim, fui forçado. Não posso dizer que meus motivos nesse triste caso tenham sido totalmente puros, mas, ao mesmo tempo, também não foram totalmente negros.

– Às vezes – eu disse – eu gosto mais de um negro sólido do que de um cinza manchado.

– O senhor não tem minhas responsabilidades, sr. Archer. Uma grande empresa depende de mim. Um único passo errado pode destruir o meio de vida de milhares de pessoas.

– Será que é tão importante assim – eu disse. – Acho que a vida continuaria sem você.

– Este não é a questão em discussão – sorriu como se tivesse dito algo muito inteligente. – A questão é se a vida continuaria sem *você*. Estou me esforçando para explicar minha posição. Esperava que me entendesse, mas você toma uma atitude diferente em relação a mim. É um homem inteligente, sr. Archer, e para ser honesto, gosto de você. Além disso, odeio matar, como lhe contei. Há o fato adicional que minha esposa parece admirá-lo e, se eu acabasse com você, ela com certeza perceberia e poderia criar problemas. Claro que posso lidar com ela. Também agüento a idéia de mais mortes, se for necessário. Mas prefiro tratar do assunto de modo civilizado e racional. O que acha?

– Estou ouvindo. Quanto?

– Ótimo. Bom – a boca pequena virou para cima como a de um anjo. – Acredito que você tem dez mil dólares que me pertencem. Não tenho certeza, mas é provável, não é? Se admitir que está com o dinheiro, seria uma prova valiosa de sua boa-fé.

– Estou – eu disse. – Está fora de alcance.

– Guarde-o. É seu – acenou com a mão gorda, num gesto digno de um rei.

– O que preciso fazer?

– Nada. Nada mesmo. Eu largo você em terra, em San Pedro, e você pode esquecer que eu existo. Volte a cuidar de seus negócios, ou tire férias longas e divirta-se.

– Estou com o dinheiro.

– Mas não tem como aproveitar. Isto é presente meu.

O iate começou a arfar e mexer no mar aberto. Olhei para o homem de terno de linho, ainda parado perto da porta com três olhos apontados para mim. Suas pernas estavam abertas e esticadas para se equilibrar com o movimento do barco. A arma estava firme. Enquanto eu olhava, ele a jogou de uma mão para outra.

– Pode relaxar, Melliotes – disse Kilbourne. – Estamos longe da terra. – Virou-se para mim: – Bem, sr. Archer, aceita meu presente de liberdade nessas condições?

– Vou pensar.

– Não desejo apressá-lo. Sua decisão é importante para nós dois – então seu rosto se iluminou como um homem que ouve os passos da amada: – Meu café, acho.

Foi servido numa bandeja de prata, grande demais para a escotilha. O camareiro mulato de jaqueta branca suava por causa do peso da bandeja. Kilbourne exclamou a cada prato, quando as tampas de metal foram retiradas. A comida era seu único amor verdadeiro.

Comeu com uma paixão avassaladora. Um pedaço de presunto com quatro ovos, seis torradas, rins e duas trutas, oito panquecas com oito salsichas, um copo de geléia de framboesa, um vidro de creme, uma jarra de café. Fiquei olhando como se observa um animal no zoológico, com a esperança de que ele se engasgasse e morresse, e ajeitasse tudo entre nós dois.

Por fim recostou-se na cadeira e disse ao camareiro que tirasse os pratos vazios.

– Então, sr. Archer? – os dedos brancos mexiam nos cachos rosados. – Qual é sua decisão?

– Ainda não pensei direito. Uma coisa: como sabe que pode confiar em mim?

– Não sei se posso. Prefiro correr certo risco a ter seu sangue em minhas mãos. Mas acho que sei reconhecer um homem honesto quando vejo um. Essa capacidade é a base de meu sucesso, para ser franco – sua voz ainda estava pastosa por sua paixão pela comida.

– Há uma contradição na sua forma de pensar – eu disse. – Se eu aceitar seu dinheiro sujo, você não poderia confiar na minha honestidade.

– Mas você está com meu dinheiro agora, sr. Archer. Você o guardou por esforço próprio. Não é preciso fazer mais esforço, a não ser quando for contá-lo com cuidado antes de gastá-lo. Claro que sabe que eu não sou tão bobo a ponto de confiar cegamente em sua honestidade, nem na de qualquer outro homem. É óbvio, espero que assine um recibo, indicando a natureza dos serviços prestados.

– Quais serviços?

– Exatamente o que fez. Basta uma simples nota "pela captura e entrega de Pat Ryan". Assim mato dois coelhos com uma cajadada só. Cancela o meu pagamento a Ryan, que é a única prova real contra mim, na morte da sra. Slocum. E, mais importante, me protege, caso você vacile e o assassinato de Pat Ryan vá a julgamento.

– Eu seria cúmplice no caso.

– Um cúmplice muito despachado. Exato. Você e eu estaremos numa posição de precisar cooperar um com o outro.

Percebi as implicações. Vi a imagem crescer na minha mente, cinco ou dez anos mais tarde, fazendo trabalhos sujos para Walter Kilbourne e não podendo negar. Fiquei com raiva.

Mas respondi de modo razoável:

– Não posso me arriscar tanto. Havia cerca de meia dúzia de homens envolvidos na morte de Ryan. Se um deles falar, eu me exponho.

– De jeito nenhum. Só um deles está ligado a mim.

– Schmidt.

Suas sobrancelhas levantaram-se como duas lagartas cor-de-rosa assustadas.

– Conhece Schmidt? Você é mesmo muito despachado.

– Conheço o bastante para ficar longe dele. Se a polícia puser a mão nele, e isso vai acontecer, ele desmonta e conta tudo.

– Sei disso – a boca de anjo sorriu, calma. – Felizmente, pode ficar descansado. Oscar Schmidt saiu com a maré hoje de manhã. Melliotes tomou conta dele para nós.

O homem de terno de linho estava sentado no banco de couro, próximo ao anteparo. Mostrou os dentes num sorriso branco e feliz e alisou o cano da arma.

– Admirável – eu disse. – Ryan toma conta da sra. Slocum. Schmidt toma conta de Ryan. Melliotes toma conta de Schmidt. É um sistema bem completo o seu.

– Fico satisfeito de que tenha gostado.

– E quem toma conta de Melliotes?

Kilbourne olhou para mim e para o atirador, cuja boca estava sem nenhuma expressão, e depois de novo para mim.

Pela primeira vez, nossos interesses formavam um triângulo, o que aliviou a tensão.

– Você faz perguntas muito curiosas – ele disse. – Graças a sua inteligência devo informar-lhe que Melliotes cuida de si mesmo há muitos anos. Uma conhecida minha, uma jovem empregada, para ser exato, desapareceu em Detroit. Seu corpo apareceu no rio, alguns dias depois. Certo médico sem licença, cujo nome não direi, foi levado para ser interrogado. Eu estava indo para a Califórnia, naquela ocasião, e ofereci uma carona no meu avião particular. Isso responde sua pergunta?

– Sim. Eu queria saber o que estava me oferecendo exatamente. Agora sei que não vou aceitar.

Ele me olhou incrédulo.

– Você não pode estar falando sério que prefere morrer?

– Vou viver mais do que você – eu disse. – Você não é burro a ponto de acabar comigo antes de reaver suas notas de mil dólares. Aquele dinheiro o preocupa, não é?

– O dinheiro não significa nada para mim. Veja, sr. Archer, vou dobrar a oferta – pegou uma carteira com bordas douradas do bolso interno e colocou dez notas na mesa.

– Mas vinte mil é meu limite.

– Pode guardar seu dinheiro. Não quero.

– Vou lhe avisar – ele disse, mais ríspido –, sua posição de negociar é fraca. Quando se chega a um ponto em que os lucros diminuem, fica mais barato e mais conveniente matar.

Olhei para Melliotes. Seus olhos brilhantes estavam fixados em Kilbourne. Balançou a arma na mão e fez uma pergunta com as sobrancelhas negras apertadas.

– Não – Kilbourne disse a ele. – Se não for dinheiro, o que deseja, sr. Archer? Mulheres, talvez, ou poder, ou segurança? Posso achar um lugar na minha organização para um homem de confiança. Não gastaria minha saliva, para ser franco, se não gostasse de você.

– Não confia em mim – eu disse, embora o medo de morrer tivesse secado meus lábios e tencionado os músculos da garganta.

– É exatamente isso que gosto em você. Você tem certa teimosia em ser honesto...

– Não gosto de você – eu disse. Ou talvez gemi.

O rosto de Kilbourne estava sem nenhuma expressão, mas seus dedos brancos se mexiam, impertinentes.

– Melliotes. Vamos dar um pouco mais de tempo para que o sr. Archer se decida. Está com o pacificador?

O homem de terno de linho levantou-se depressa. Enfiou sua mão morena no bolso e tirou uma coisa de couro polido, como uma pêra comprida. Moveu-a no ar tão depressa que não pude evitá-la.

Vinte e dois

Eu estava caminhando pelo leito de cascalho de um rio seco. Ouvi vozes secas de papagaios que grasniam e voavam no ar pesado. Uma garota passou por mim, em silêncio, o cabelo dourado balançando com seu movimento. Tropecei e caí de joelhos, ela olhou para trás e riu. Tinha o rosto de Mavis, mas seu riso era como o grasnido dos papagaios. Ela entrou numa caverna escura, na margem do rio seco. Segui seu cabelo lustroso na escuridão.

Quando ela se virou para dar um segundo olhar risonho, seu rosto era o de Gretchen Keck e sua boca estava manchada de sangue. Estávamos no corredor de um hotel, interminável como o tempo. Pequenas nuvens de poeira saíam de seus pés quando ela se movia. A poeira chegava ao meu nariz com o cheiro da morte.

Segui meu caminho atrás dela entre os restos que sujavam o tapete puído. Fotografias antigas e recortes de jornal e anúncios fúnebres escurecidos, camisinhas usadas e cartas de amor amarradas com fita vermelha, cinzas e bitucas marrons e brancas, garrafas de uísque vazias, vômito seco e sangue seco, restos de refeições frias em pratos gordurosos. Atrás das portas numeradas ouviam-se gritos, gemidos e risadas, urros de prazer e urros de dor. Olhei para frente, desejando que nenhuma das portas se abrisse.

A moça parou na última porta e se virou de novo: era Cathy Slocum, acenando para mim. Segui-a, entrando no quarto com cheiro de jasmim. A mulher estava deitada numa cama sob lençol preto da polícia. Tirei-o do rosto e vi a espuma.

Alguém mexeu na porta atrás de mim. Atravessei o quarto até a janela e a abri por completo. O trinco da porta fez barulho. Olhei para trás, sobre o ombro, para o rosto queimado sem expressão. Disse que não tinha feito aquilo. O homem carbonizado veio em minha direção, com os passos macios como cinzas. Eu me inclinei para fora da janela e olhei para baixo: ao longe, na rua, os carros pareciam formigas em procissão. Eu me entreguei e fiquei acordado.

O sangue pulsava na minha cabeça como uma onda pesada numa praia deserta. Estava de costas apoiado em alguma coisa que não era nem dura nem macia. Levantei a cabeça e uma dor lancinante atravessou meus olhos. Tentei mexer as mãos, mas não consegui. Meus dedos estavam em contato com algo áspero e úmido. Fiquei deitado durante algum tempo, desejando que a superfície áspera entorpecida não fosse minha pele. Suor frio escorria dos dois lados de meu rosto.

O quarto tinha uma luz amarela, que vinha de uma janela alta com tela na parede forrada de lona. Olhei para baixo, para meus braços imobilizados, e vi que estavam presos numa camisa-de-força de lona marrom. Minhas pernas estavam soltas; estava sem calças, mas de sapatos. Puxei as pernas para cima e consegui ficar sentado na ponta da cama. Um parafuso escapou e fiquei de pé de frente para a porta coberta de couro, quando esta se abriu.

Melliotes entrou no quarto. Uma mulher pequena, grisalha, entrou atrás dele. Ele usava uma calça branca de brim e exibia um amplo sorriso mediterrâneo. O cabelo preto, enrolado como os cordeiros persas, cobria seu torso desnudo, da nuca até o umbigo. Os peitos de seus pés descalços estavam cobertos por espessos cabelos pretos.

– Muito bem. Bom dia, mais uma vez. Espero que tenha aproveitado o descanso – seu jeito era uma paródia do anfitrião cordial.

– Suas acomodações são uma droga. Tire isto – tive vergonha de minha voz, que saiu fina e seca.

– Não seria aconselhável tirar isso – olhou para baixo, para a mulherzinha. – Ele precisa usar *alguma coisa* na presença de senhoras. Não é, srta. Macon?

Ela usava um uniforme branco de enfermeira. O topo de sua cabeça grisalha, de cabelo curto, batia na cintura dele. Seus olhos de coruja sorriam para os olhos negros brilhantes dele, e ela riu.

Apontei minha cabeça para a barriga peluda e corri em sua direção. Deu um passo de lado, como um toureiro. Seu joelho atingiu a lateral de minha cabeça e me jogou contra a parede forrada. Sentei no chão e me levantei de novo. A mulherzinha riu:

– Ele é violento, doutor. Age como um retardado, não é?

– Sabemos lidar com ele, srta. Macon.

E disse para mim:

– Sabemos lidar com você.

Eu disse:

– Tire isto – quando fechei a boca, meus dentes de trás se juntaram com toda força, por conta própria.

– Não vejo como. Você está perturbado. É minha responsabilidade mantê-lo longe de problemas por algum tempo, até que se acalme.

Ela se encostou à perna dele, torcendo sua minúscula mão no cinto de lona e olhando para cima com admiração, para o autor de uma conversa tão edificante.

– Já matei um homem – eu disse. – Acho que você vai ser o segundo.

– Escute – ela sorriu com afetação. – Ele é um homicida.

– Vou lhe dizer o que penso – disse Melliotes. – Acho que uma hidroterapia seria muito bom para ele. Vamos lhe oferecer uma, srta. Macon?

– Vamos.

– Vamos lhe oferecer uma hidroterapia – ele disse, sorrindo.

Fiquei onde estava, de costas para a parede.

Ele pegou um molho de chaves da fechadura e riscou meu rosto com elas.

– Você será o segundo – eu disse.

Ele balançou as chaves de novo. Perdi a noção do tempo ao vê-las balançando. A dor queimava forte na minha cabeça. Uma gota de sangue escorregou pelo meu rosto, deixando uma trilha úmida.

– Venha – ele disse –, enquanto ainda pode enxergar o caminho.

Eu fui. Para uma sala que parecia uma câmara mortuária, de ladrilhos brancos, sem janelas e fria. A luz da manhã passava por uma clarabóia no teto que ficava a cinco metros do chão e brilhava numa fileira de torneiras e esguichos cromados, ao longo de uma parede. Ele me segurou pelos ombros enquanto a mulher soltava as correias nas minhas costas. Tentei morder as mãos dele. Ele balançou as chaves.

Ele tirou minha camisa-de-força e jogou-a para a mulher. Ela a pegou, enrolou e ficou à porta segurando o embrulho na mão. Tinha um sorriso querendo aparecer em seu rosto; o sorriso de um nenê que ainda não nasceu.

Olhei para meus braços. Brancos e contraídos, começaram a se desenrolar devagar, como cobras no começo da primavera. Um jato de água me atingiu, atirando-me no chão de ladrilho e fazendo com que eu rolasse até a parede. Levantei-me, ofegante. Acima do barulho da água, a mulher soltou uma gargalhada, com um prazer infantil.

Melliotes estava encostado na parede em frente. Os pingos da água brilhavam como orvalho em seu mato particular. Uma de suas mãos segurava um esguicho preso a uma mangueira branca. A outra estava sobre uma válvula cromada na parede. Água fria espirrou em meu rosto.

Fui até ele de joelhos, pela lateral, com o rosto virado. A água correu embaixo de mim, virando-me de costas. Virei meus pés, pulei em sua direção, tive de parar no meio e caí, empurrado contra a parede. Levantei de novo.

Ele pegou outro esguicho e ficou mirando, como se fosse uma arma.

– Veja esta – ele disse. – Minha fonte mais bonita.

Um jato de água pequeno atravessou a sala e feriu meu peito. Quando olhei para baixo, a letra M estava impressa em vermelho na minha pele, fazendo brotar gotinhas de sangue.

– Falando em matar, como você queria – ele disse –, esta fonte pequena mata.

Movendo-me pela sala, coloquei a mão no seu pescoço. Ele me empurrou e eu balancei, fraco demais para ficar de pé. Um jato de água mais forte me jogou de volta contra a parede.

– Isso vai matá-lo – ele disse. – Vai deixá-lo cego.

– Mostre a ele – disse Macon, com voz de lamento de mulher.

– Bem que eu gostaria. Mas lembre-se que devemos ficar do lado certo da lei – disse, com voz séria.

A água me derrubou e jogou minha cabeça contra a parede. Fiquei deitado no lugar onde caí, até que a porta bateu e a chave virou na fechadura. Então, sentei. Meu peito e minha barriga estavam cobertos de chicotadas vermelhas, que estavam ficando roxas. E eu tinha o monograma.

A porta era feita de aço esmaltado branco e se encaixava perfeitamente no batente. Abria para fora, mas não tinha maçaneta do meu lado. Bati duas vezes com o ombro e desisti.

A clarabóia era de vidro fosco, reforçado por uma rede de metal. Ficava a cinco metros do chão, fora do alcance de qualquer ser humano. Tentei subir pela parede, usando as torneiras e os esguichos. Só consegui tomar mais um banho, do qual não precisava. Fechei a torneira que abri sem querer e fiquei olhando a água, com ódio. Fluía para um rebaixamento central no chão, onde escoava. O escoadouro estava coberto por uma tela redonda de metal. A tela levantou quando coloquei a unha embaixo. Vi um cano de dez centímetros, que era a única saída, e desejei ser um rato de esgoto. Uma idéia aquática surgiu em minha cabeça, como um animal meio afogado.

Havia outra saída daquela sala branca. Estava hermeticamente fechada, construída para guardar água. Se eu pudesse enchê-la, poderia flutuar até a clarabóia. Uma experiência perigosa, mas não tão perigosa quanto ficar onde eu estava, esperando que Melliotes encontrasse outros joguinhos. A primeira coisa a fazer era entupir o ralo.

Tirei os sapatos e as meias e enfiei a ponta de um sapato na abertura, colocando as meias em volta. Depois liguei todas as torneiras. A água assobiou, esguichou e jorrou da parede. Tentei me afastar como pude; Melliotes tinha provocado em mim uma terrível hidrofobia. De pé, no canto mais distante, observei a água subir pelos calcanhares, até os joelhos, chegando à cintura. Depois de quinze ou vinte minutos eu estava flutuando. Fiquei de costas, esperando que o teto se aproximasse. Quando levantei a cabeça, ouvi o ar preso escapando pelas rachaduras em volta da clarabóia. Depois de muito tempo, durante o qual subi, junto com a água, a abertura do telhado estava ao alcance de minha mão.

Pisei na água e enfiei o punho na clarabóia. Sem querer, dei um soco; se meu punho atravessasse a clarabóia, eu sabia que machucaria a mão. O golpe rachou o vidro reforçado, mas não deu certo.

Respirei fundo e mergulhei para procurar um dos sapatos. A água estava limpa e parada, salvo as correntes de água que chegavam dos esguichos na parede, fazendo bolhas. Uma nesga de sol surgiu da clarabóia e transformou a massa líquida em um cubo verde-claro. Nadei perto do chão e consegui pôr as mãos no sapato. Meus ouvidos doíam da pressão das toneladas de água em cima de mim.

Houve um movimento repentino na água, um tremor e uma vibração que me fizeram mal. Alguma coisa com a qual eu não contava estava acontecendo; parecia que eu tinha tido a brilhante idéia de morrer como um rato no poço. Procurei as torneiras para desligá-las. Mas, antes disso, meus pulmões necessitavam de ar e não havia muito no topo. Com o sapato na mão, juntei as pernas para dar impulso.

Outro tremor sacudiu a água embaixo de mim. Um som metálico veio da porta. Tinha sido construída para conter água, mas não a sala inteira cheia. Quando me virei, como um nadador em câmara lenta, a porta branca inchou como uma vela e desapareceu numa agitada confusão. O peso da enxurrada me carregou. Minha mão livre procurou algo para agarrar e se fechou sem encontrar nada, além de água.

Fui levado pela porta, bati de encontro à parede em frente ao corredor e dei um salto mortal. Segurei a soleira da porta com uma mão e a água passava por mim. A corrente diminuiu quase tão de repente quanto havia começado, e o nível da água baixou. Encontrei o chão e fiquei preso à soleira da porta.

Melliotes estava na sala com a mulher. Ela estava lutando contra a água, batendo os braços e as pernas. Ele se curvou sobre ela e a ergueu nos braços. Ela se agarrou a ele, um macaco careca rosado falando sem parar. Meu sapato ainda estava em minha mão; era um sapato escocês com salto de ferro, e eu o usei para bater na cabeça de Melliotes. Ele caiu na água rasa com a mulher agarrada nele. Um chimpanzé adulto com a cria.

Olhei à minha volta na sala. O uniforme branco da mulher, uma cesta virada, um maço de flores espalhadas, papéis e pedaços de roupas flutuavam na maré vazante. Tinha uma mesa branca de carvalho, uma cadeira e um sofá de couro, todos marcados pela água. Um pedaço de papel da mesa trazia a inscrição: Asilo Anjo da Misericórdia. Hidroterapia e irrigação intestinal. Quartos particulares para pacientes. Proprietário Dr. C. M. Melliotes. Um endereço em Venice e um número de telefone.

As pesadas cortinas vermelhas da janela estavam molhadas. Pelas frestas das venezianas vi um gramado iluminado com flores e espreguiçadeiras. Um homem velho e magro usando roupa tropical andava de uma cadeira para outra, se é que andava. Movia-se ao acaso, para várias direções ao mesmo tempo, como se os terminais de seu sistema nervoso estivessem cortados. Felizmente estava em boas mãos. O Asilo Anjo da Misericórdia poderia dar a ele uma cura definitiva.

Uma coisa pequena, furiosa, com garras arranhou minhas pernas. Afastei-me dela. Não queria tocá-la.

– Ele está afundando – ela gritou. – Não consigo virá-lo.

Melliotes estava estatelado no tapete molhado, com o rosto enfiado numa poça de água. Olhei a parte ensangüentada de sua cabeça e não senti pena. Peguei-o pelo braço e pela perna e virei-o. O branco de seus olhos estava à mostra, tingido de vermelho. Seu peito arfava como um cachorro cansado.

A mulher andou em volta da mesa e abriu uma gaveta. Veio em minha direção segurando a arma de Melliotes com as duas mãos. Eu não queria morrer com aquela companhia, então dei-lhe um tapa. Ela grunhiu com toda força e abraçou seu peito com braços cruzados.

– Quero minhas roupas – eu disse. – E vista algo. Não suporto vê-la assim.

Sua boca abriu e fechou, abriu e fechou, como um peixe. Peguei a arma e ela me obedeceu. Ela abriu a porta do armário e pôs um vestido de algodão. Minhas roupas estavam amassadas no fundo do armário.

Mostrei a arma para a mulher.

– Agora, vá embora.

Ela foi embora, olhando pára trás, para o homem no chão. A tristeza da separação deles partiu meu coração. Vesti a roupa.

Vinte e três

A arma era uma S&W calibre 38, com um cano de aço azul de quinze centímetros, número serial 58237. Enfiei-a no bolso do paletó. O casaco de linho listado de Melliotes estava pendurado num cabide do armário. Dentro do bolso, encontrei minha automática e minha carteira de dinheiro. Peguei o que me pertencia e fui para a porta. A respiração de Melliotes tinha diminuído, mas ele ainda dormia, como um idiota.

Meus sapatos escorregaram no chão do corredor. Havia portas pesadas dos dois lados, ambas fechadas e trancadas. O corredor era tão escuro e feio quanto no meu sonho. A única luz vinha de uma porta com cortinas no fundo. Eu a abri e dei um passo quando alguém gritou atrás de mim. Era um grito de mulher, abafado por grossas paredes à prova de som. Voltei para o prédio.

– Deixe-me sair. – Mal se ouviam as consoantes, mas as vogais eram claras: – Saiiiiiiiir – como o grito de um gato machucado. – Saiiiiiiir.

O grito ficou mais alto perto de uma porta. Quando bati na porta, a mulher disse:

– Quem é? Quero sair.

Mavis de novo. Meu coração afundou até os pés e voltou para a garganta. A criança queimada não consegue ficar longe do fogo.

Eu disse, prendendo a respiração:

– Vá para o inferno, Mavis – mas eram apenas palavras.

Voltei então até onde Melliotes estava, peguei as chaves e experimentei todas até abrir a porta. Mavis foi para trás, olhou para mim e veio para meus braços, um pouco chorosa.

– Archer, você veio.

– Já estou aqui há algum tempo. Pareço uma fada madrinha de plantão.

– Não importa. Você está aqui.

Ela andou de costas e sentou-se na cama de lona. Era uma cela muito parecida com a minha, com janela de tela de arame e paredes acolchoadas. Os anjos da misericórdia cuidavam bem dos pacientes.

– Que tipo de clientela Melliotes tem? Do tipo que molha a cama?

Pálida e perturbada, ela parecia uma doente mental. Mexia a cabeça para frente e para trás, seus olhos balançavam para frente e para trás, como se estivessem pesados.

– Nunca estive aqui antes – e no mesmo tom de voz, calmo e desamparado –, eu vou matá-lo – havia restos de sangue coagulado em seu lábio inferior, onde ela tinha se mordido.

– Já houve muitas mortes. Coragem, Mavis. Desta vez você vai para o México.

Ela se inclinou para frente, às cegas, sua pequena cabeça nas minhas pernas. Seu cabelo se dividiu na nuca, caindo para frente em volta do rosto, como duas asas brilhantes. Daquele esconderijo ela sussurrou:

– Só se você for comigo.

Estávamos de volta ao mesmo ponto. O iate e a câmara de água, Kilbourne e Melliotes, eram todos personagens e cenas de um sonho de morfina. Lembrei do rosto queimado de Pat Reavis e me afastei dela.

– Vou até o aeroporto com você. Vou até comprar uma passagem de ida para você.

– Tenho medo de ir sozinha – a voz dela parecia um cochicho, mas seus olhos brilhavam atrás daquele monte de cabelo.

Eu disse que tinha medo de ir junto. Ela se levantou de repente e bateu com o salto alto no chão duro.

– Qual é o problema, Archer. Você tem uma mulher em algum lugar?

Ela era uma péssima atriz e eu senti vergonha.

– Antes tivesse.

Ela ficou diante de mim com as mãos nos quadris e me acusou de *impotentia coeundi*. Ela não usou essas palavras.

Eu disse:

– Os homens mimaram você desde a escola, não é? Mas não adianta ficar aqui, de pé, xingando. Daqui a dois minutos vou sair. Você pode vir junto, se quiser. Até o aeroporto.

– Até o aeroporto – ela repetiu. – Pensei que gostasse de mim.

– Eu gosto de você. Mas tenho duas boas razões para querer ficar longe. Primeira, o que aconteceu com Reavis. Segunda, o caso de que estou cuidando.

– Pensei que estivesse trabalhando para mim.

– Eu trabalho para mim mesmo.

– Seja como for, não sou a melhor parte do caso?

Eu disse:

– O todo é sempre maior do que as partes.

Mas não escutei o som da minha própria voz. Uma porta de carro bateu em algum lugar, e passos arrastaram-se pelo concreto, tornando-se cada vez mais altos. Uma pessoa pesada e rápida se aproximava. Ela ouviu os barulhos e gelou: uma ninfa na urna.

Saquei a arma e fui para o corredor. A porta da frente com cortinas estava um pouco aberta, como eu a deixara. Surgiu uma sombra na cortina, a porta de tela rangeu. Voltei para o quarto e examinei o pente de balas da minha automática. Estava cheio, e o cartucho ainda estava em ordem. Os passos, cada vez mais lentos, aproximaram-se da porta aberta do quarto onde estávamos.

Os dedos de Mavis se afundaram em meu ombro.

– Quem é?

– Quieta.

Mas os pesados passos pararam. Moviam-se indecisos e voltavam. Saí para o corredor. Kilbourne estava correndo em direção à porta de entrada aberta.

Eu disse:

– Pare – e atirei contra a parede ao lado dele. A bala fez um rombo de quinze centímetros no gesso e fez com que ele parasse.

Virou-se devagar, com as mãos subindo pela pressão hidráulica. Usava um Homburg e um terno escuro novo com um cravo rosa manchado na lapela. Seu rosto era da mesma cor rosa manchada.

– Melliotes estava certo – ele disse. – Não deveria ter deixado você vivo.

– Você cometeu muitos erros. Há centenas de pessoas vivas...

A porta do carro fechou de novo, quase imperceptivelmente. Dei o revólver azul para a mulher atrás de mim.

– Sabe usá-lo?

– Sim.

– Leve-o para a sala e mantenha-o lá.

– Sim.

Empurrei Kilbourne que estava na minha frente e corri para a porta de entrada, escondendo-me atrás dela. Um homem correu para a varanda, sua respiração como uma fanfarra de trombetas. Quando o motorista de Kilbourne atravessou a porta, dei-lhe uma rasteira. Ele caiu, pesadamente, sobre as mãos e os joelhos, e eu apontei a minha 45 para ele. A porta de tela bateu.

O eco chegou até mim, vindo do fundo do corredor, amplificado pelo tiro de uma arma.

Ela veio ao meu encontro na porta, com as mãos vazias.

– Precisei fazer isso – ela murmurou. – Ele tentou arrancá-la de mim. Ele teria matado nós dois.

– Deixe-me fora disso.

– É verdade, ele ia me matar – um grito histérico tomou conta de Mavis. Olhou para as mãos como se fossem pássaros brancos do mal. Um mágico malvado, chamado Kilbourne, as tinha enfeitiçado.

Kilbourne estava deitado no chão, com o ombro apoiado na cama de lona. Um monte de carne vestido com roupas caras para morrer, com uma única flor que ele mesmo tinha comprado para si. Um cravo mais escuro floresceu na cavidade ocular. A arma de Melliotes estava caída em seu colo.

– Você me leva para o aeroporto – ela disse. – Agora?

– Agora não – eu estava medindo o pulso. – Você sempre faz a coisa errada, gata.

– Ele está morto?

– Todos estão morrendo.

– Ótimo. Leve-me embora daqui. Ele está horrível.

– Deveria ter pensado nisso antes.

– Não faça sermões, pelo amor de Deus. Leve-me daqui.

Olhei para ela e pensei em Acapulco. As belas águas quentes de pescaria, os altos penhascos no mar e as longas noites com tequila. Dez milhões de dólares com Mavis, e eu só tinha que dar um jeitinho.

Tudo passou pelo olhar secreto de minha mente, como um filme feito há muito tempo. Eu só tinha de tirá-lo da lata e criar o diálogo. Não era nem necessário criar o diálogo. O motorista tinha apagado antes do tiro. Melliotes estava inconsciente. E o buraco no cérebro de Kilbourne era de sua arma. Mavis e eu poderíamos sair dali e esperar pelo testamento.

Dei uma longa e dura olhada para seu corpo cheio e seu rosto vazio. Deixei-o na lata.

Ela percebeu a minha intenção, antes de eu falar.

– Você não vai me ajudar, não é?

– Você sabe se virar sozinha – eu disse. – Não muito bem. Eu poderia lhe dar cobertura, mas você deixaria escapar algo, quando os homens da polícia aparecerem por aqui. Seria crime de primeiro grau, e eu estaria envolvido.

– Você só está preocupado com seu maldito pescocinho.

– É o único que tenho.

Ela mudou de tática.

– Meu marido não fez testamento. Sabe quanto dinheiro ele tem? Tinha?

– Provavelmente, sei mais do que você. Não se pode gastar dinheiro quando se está morto ou na cadeia.

– Não, não se pode. Mas você quer me mandar para lá – ela ficou desanimada, com pena de si mesma.

– Não por muito tempo, talvez nem vá para lá. Pode alegar homicídio culposo, ou legítima defesa. Com o tipo de advogado que você pode comprar, não passará nenhuma noite na cadeia.

– Você está mentindo.

– Não – levantei-me e olhei para ela. – Quero o seu bem.

– Se quisesse o meu bem, você me tiraria daqui. Poderíamos ir juntos a qualquer lugar. Qualquer lugar.

– Também pensei nisso. Não vou.

– Não me deseja? – ela estava aborrecida e confusa. – Você disse que sou linda. Posso fazê-lo feliz, Lew.

– Não pelo resto da vida.

– Você não sabe – ela disse. – Você ainda não experimentou.

Senti vergonha por ela. Vergonha de mim mesmo. O filme de Acapulco apareceu como uma cobra cintilante em minha mente.

– Há um telefone no escritório de Melliotes – eu disse. – Chame a polícia. É melhor, se for alegar legítima defesa.

Ela começou a chorar, soluçando desesperadamente com a boca aberta e os olhos bem fechados. Sua tristeza enfurecida era mais comovente do que sua afetação. Quando procurou algo para se apoiar para chorar, ofereci-lhe meu ombro. E levei-a pelo corredor até o telefone.

Vinte e quatro

O guarda do estúdio era um ex-policial grande, escondido em uma guarita requintada de celofane. Debruçou-se sobre a janela de vidro laminado.

– Com quem deseja falar?

– Mildred Fleming. É a secretária de um dos diretores ou produtores.

– Ah, sim. A srta. Fleming. Um momento, por favor. – Ele falou ao telefone ao lado, levantou as sobrancelhas, com ar de interrogação: – A srta. Fleming deseja saber quem é.

– Lewis Archer. Diga-lhe que foi Maude Slocum quem mandou.

– Quem mandou?

– Maude Slocum – o nome despertava emoções inesperadas dentro de mim.

Ele falou ao telefone de novo e voltou sorrindo.

– A srta. Fleming vai recebê-lo logo. Sente-se, sr. Armature.

Peguei uma cadeira cromada que estava no canto do enorme e etéreo saguão. Eu era a única pessoa viva do lado secular do vidro laminado, mas as paredes estavam povoadas por fotografias gigantes. As estrelas do estúdio e astros em cartaz me olhavam de cima, de um mundo irreal, onde todos eram jovens e extremamente felizes. Uma das gatinhas de cabelos brilhantes me fez lembrar de Mavis; um dos jovens garanhões poderia ser Pat Ryan, se estivesse arrumado e com dentes de porcelana. Mas Pat estava enterrado em algum lugar. Mavis estava no tribunal, falando com advogados sobre a fiança. Os finais felizes e as laranjas grandes, na Califórnia, são só para exportação.

Uma mulher baixinha, numa blusa berrante, atravessou a porta de vidro que se fechou e trancou. Seu cabelo curto e aparado era preto azulado e, naquela cabeça pequena, parecia uma camada de laca chinesa. Seus olhos castanho-escuros e experientes tinham uma sacola embaixo.

Levantei-me e fui ao seu encontro, enquanto ela andava em minha direção, seu corpo dentro de uma cinta movendo-se com uma energia rápida e nervosa.

– Srta. Fleming? Sou Archer.

– Olá – ela estendeu a mão firme e fria. – Al disse que seu nome é Armature.

– Sim, ele disse.

– Que bom que não seja. Tivemos um assistente de direção que se chamava sr. Organic, mas ninguém o levava a sério. Ele mudou o nome para Goldfarb, o que foi bom para ele – a velocidade de sua fala era de cem palavras por minuto, sincronizada com a máquina de escrever de sua cabeça. – Al também disse que Maude o mandou aqui, ou é mais uma de suas famosas mancadas?

– Ele disse isso, mas não é exatamente verdade.

Seus olhos pararam de sorrir e olharam-me de cima a baixo, num exame difícil. Fiquei contente que tinha trocado de terno a caminho do estúdio. Dentro de cinco ou dez anos, ela ainda lembraria do modelo da minha gravata e seria capaz de reconhecer minha foto numa galeria de malandros.

– Bem – ela disse, hostil –, diga-me o que está vendendo e eu lhe direi que não quero nada, seja lá o que for. Estou ocupada, cara, você não deveria *fazer* isso.

– Eu vendo meus serviços.

– Ah, não! Isso não! – ela era uma palhaça de nascença.

– Sou detetive particular. Trabalhava para a sra. Slocum até ontem à noite.

– Fazendo o quê?

– Investigando. Certo assunto.

– Engraçado que ela não me tenha dito nada – interessou-se de novo. – Encontrei com ela no almoço de anteontem. – O que aconteceu ontem à noite. Ela o despediu?

– Não. Ela desistiu.

– Não entendo – mas ela entendeu meu tom de voz definitivo. A emoção apareceu em seus olhos, como tinta preta.

– Ela se matou ontem à noite – eu disse.

Mildred Fleming sentou-se de repente, equilibrando-se na ponta do sofá de plástico verde.

– Não é sério.

– Ela morreu de verdade.

– Por que, pelo amor de Deus? – lágrimas pularam de seus olhos e desceram pelo rosto, estragando a maquiagem. Ela os enxugou com uma bola de lenço de papel amassado. – Desculpe. Eu gostava muita dela. Desde os tempos do ginásio.

– Eu também gostava dela. Por isso quero conversar com você.

Ela se movimentou, como um beija-flor, em direção à porta.

– Vamos atravessar a rua. Ofereço-lhe um café.

A *drugstore* da esquina em frente tinha tudo que tem uma *drugstore*, menos a parte de farmácia. Jornais e revistas, projetores de filmes e pula-pulas, óculos de sol, cosméticos e roupas de banho, e vinte tipos diferentes de destroços de náufragos olhando a porta, procurando um rosto familiar. Tinha um bar no fundo, com bancos em toda extensão da parede, quase todos vazios na calmaria da tarde.

Mildred Fleming sentou-se em um dos bancos e levantou-se para chamar a garçonete atrás do balcão.

A garçonete veio correndo com duas grandes canecas e cobriu minha companheira de atenções.

– Tonta – ela disse, quando a garçonete foi embora. Ela acha que sou influente. Ninguém mais tem influência – ela se debruçou sobre a mesa manchada, tomando seu café. – Agora, conte-me sobre a pobre Maude. Sem café, eu não agüentaria.

Eu a tinha procurado para obter informações, mas antes lhe contei o que achei adequado que soubesse. O que a água tinha feito a Olívia Slocum, o que o fogo tinha feito a Ryan, o que a estricnina tinha feito a Maude. Omiti Kilbourne e Mavis, e o que tinham feito um ao outro.

Ela aceitou, calmamente, só que no fim precisou de mais maquiagem. Ela não disse nenhuma palavra, até que eu mencionei Knudson e o fato de ele ter me expulsado da cidade.

– Você não deveria prestar muita atenção ao que ele disse. Posso imaginar como ele está se sentindo. Não sei se deveria lhe contar...

– Não precisa contar. Knudson a amava, era óbvio.

Eu estava tentando achar uma falha nas justificativas dela. A maior parte das boas secretárias tem uma fraqueza: juntar informação íntima e depois ter de contar para alguém.

Ela estava magoada.

– Se sabe a história toda, por que me procurou?

– Sei muito pouco. Não sei quem afogou Olívia Slocum, nem por que Maude Slocum tomou estricnina. Procurei você porque você era a melhor amiga dela. Achei que tinha o direito de saber o que aconteceu e que poderia querer me ajudar a chegar ao final disto.

Ela se sentiu lisonjeada.

– Eu *quero* ajudar você. Sempre fui a confidente de Maude e posso lhe dizer que ela teve uma vida trágica – ela pediu mais café e virou-se para mim. – Quanto à sogra, você não disse que Pat Ryan a matou?

– É a teoria de Knudson, e a maioria das provas sustenta essa teoria. É uma possibilidade, mas ainda não acredito nela.

– Você não acha que Maude...? – seus olhos brilharam naquele lugar escuro.

– Não.

– Ainda bem. Quem a conheceu, sabe que ela não seria capaz de machucar ninguém. Era uma pessoa gentil, apesar de tudo.

– Tudo?

– Sua vida terrivelmente bagunçada. Tudo o que a levou a cometer suicídio.

– Sabe, então, por que ela se suicidou?

– Acho que sim. Ela foi crucificada durante quinze anos. Ela era uma mulher que queria fazer tudo direito e não conseguia. Tudo nela era direito, menos a vida dela. Ela cometeu alguns erros que não conseguiu arrumar. Vou lhe contar, com uma condição. Quero sua palavra de honra. Jura?

– Juro. Fui oficial durante a guerra, mas na minha vida civil minha honra não ficou abalada.

O olhar sério examinou-me de novo.

— Acho que confio em você tanto quanto em mim mesma. Dê-me sua palavra de honra que Cathy nunca saberá disto e que não será afetada de forma alguma.

Sabia o que ela ia dizer.

— Não posso prometer isso, se outras pessoas já sabem.

— Só eu – ela disse. – E Knudson, claro, e talvez a esposa de Knudson.

— Então Knudson tem uma esposa.

— Eles não vivem juntos há quinze ou dezesseis anos, mas ainda estão casados, para manter as aparências. Ela nunca lhe daria o divórcio, não importa o que ele fizesse. Ela o odeia. Acho que ela odeia todo mundo. Ela vai ficar feliz em saber que Maude se matou.

— Você a conhece?

— Se a conheço! Morei na casa dela durante quase um ano e a conheço melhor do que queria. Eleanor Knudson é uma daquelas mulheres honradas que não dá dois centavos para enterrar um homem. Maude também morou lá, éramos companheiras de quarto: foi assim que tudo começou. Estávamos no último ano da faculdade em Berkeley.

— A sra. Knudson tinha uma pensão em Berkeley?

— Uma hospedagem para moças. O marido era sargento da polícia de Oakland. Ela era mais velha do que ele; nunca descobri como ela conseguiu fisgá-lo. É possível que tenha sido aquela coisa de dona da casa e inquilino: proximidade e cuidado maternal. Ela era inteligente e não era feia, para quem gosta do tipo durão. Bem, ela e Ralph Knudson estavam casados há vários anos, quando nos mudamos.

— Você e Maude?

— Sim. Fizemos o primeiro ano no Teachers' College em Santa Bárbara, mas não podíamos ficar lá. Nós duas tínhamos de trabalhar para estudar, e não havia trabalho em Santa Bárbara. O pai de Maude tinha um rancho em Ventura (fizemos o ginásio em Ventura), mas a crise acabou com ele. Meu pai tinha morrido e minha mãe não podia me ajudar. Já era difícil para ela se sustentar em 1932. Então, Maude e eu fomos para a cidade grande. Nós duas sabíamos datilografia e taquigrafia e conseguimos ganhar dinheiro com isso, datilografando dissertações. A vida era barata naqueles tempos. Pagávamos dez dólares para a sra. Knudson por mês pelo quarto, e cozinhávamos a nossa comida. Conseguíamos até freqüentar algumas aulas.

– Fiz o mesmo naquela época – eu disse.

Ela tomou o resto do café e acendeu um cigarro, olhando triste para mim através da fumaça.

– Foram maravilhosos dias tristes. Havia filas enormes diante das sopas de caridade em São Francisco e Oakland, mas nós queríamos ter uma profissão e mandar brasa. Percebi depois que foi tudo idéia minha. Maude só veio junto porque eu precisava dela. Ela era mais inteligente do que eu, e tinha mais bondade. O tipo feminino puro, sabe? Só queria um marido e uma casa, e uma oportunidade de criar filhos decentes, como ela. Então ela se envolveu com um homem que nunca poderia se casar com ela enquanto vivesse. Enquanto Eleanor Knudson vivesse. Vi o que estava acontecendo e não podia fazer nada para impedir. Eles foram feitos um para o outro, Maude e Ralph, como nas histórias de amor. Ele era um homem, ela era uma mulher, e a esposa dele, uma vaca frígida. Eles não poderiam viver sob o mesmo teto sem se apaixonar.

– E tocar instrumentos?

– Dane-se você! – ela bufou, de repente. – Você tem um jeito horrível. Era para valer, entende? Ela tinha vinte anos, era orgulhosa e nunca tinha estado com um homem. Ele era o homem para ela e ela era a mulher para ele. Era como Adão e Eva; não era culpa de Maude ele já ser casado. Ela foi inocente como um bebê, e ele também. Aconteceu, simplesmente. E foi real – ela insistiu. – Veja como durou.

– Eu vi.

Ela se mexeu, desconfortável, amassando o cigarro com seus pequenos dedos enrijecidos.

– Não sei por que estou lhe contando essas coisas. O que significam para você? Alguém o está pagando?

– Maude pagou duzentos dólares; é tudo o que recebi até agora. Mas quando estou num caso, gosto de ir até o fim. É mais do que curiosidade. Ela morreu por algum motivo. Eu devo isso a ela e a mim mesmo. Descobrir o motivo, entender as coisas.

– Ralph Knudson sabe o motivo. Eleanor Knudson sabe: foi idéia dela, de certo modo. Maude teve de passar muitos anos com um homem que não amava, e acho que ela simplesmente se cansou.

– O que quer dizer? Ela teve de se casar com Slocum?

– Você ainda não me deu sua palavra de honra – ela disse. – Em relação à Cathy.

– Não precisa se preocupar com Cathy. Sinto pena da menina. Não a magoaria.

– Acho que não importa muito, afinal. James Slocum deve saber que ela não era filha dele. Disseram que era um bebê prematuro, mas Slocum sabia.

– Então Knudson é o pai de Cathy.

– Quem mais poderia ser? Quando soube que Maude estava grávida, implorou o divórcio. Ofereceu tudo o que tinha. Não conseguiu nada. Então Knudson deixou a mulher, o emprego e foi embora. Queria muito levar Maude junto, mas ela não foi. Ela estava com medo, e pensou no bebê. James Slocum queria se casar com ela, e ela aceitou.

– Como foi que ele entrou na cena?

– Maude trabalhou de datilógrafa para ele durante o inverno todo. Ele estava se formando em teatro e parecia ter grana. Não foi o motivo de ela se casar com ele, ou melhor, não foi o único motivo. Ele tinha uma tendência para o homossexualismo, sabe? Ele disse que precisava dela, que ela poderia salvá-lo. Não sei se ela conseguiu ou não. É possível que não.

– Ele ainda está tentando – eu disse. – Deveria ser detetive, srta. Fleming.

– Quer dizer que percebo as coisas? Sim. Mas em relação a Maude eu não precisava perceber nada: éramos como irmãs. Conversamos sobre tudo, antes de ela dar uma resposta a Slocum. Eu a aconselhei a se casar com ele. Errei. Erro muitas vezes – um sorriso amargo apareceu na boca e nos olhos. – Não sou senhorita. Meu nome é sra. Mildred Fleming Kraus Peterson Daniels Woodbury. Fui casada quatro vezes.

– Quatro vezes parabéns.

– Sim – ela respondeu, seca. – Como dizia, eu erro. Pago pela maioria de meus erros. Nesse caso, quem pagou foi Maude. Ela e Slocum deixaram a escola antes de terminar o semestre e foram viver com a mãe dele em Vale Nopal. Ela estava decidida a ser uma boa esposa e uma boa mãe e durante doze anos ela conseguiu. Doze anos. Em 1946 ela viu uma foto de Knudson no *Los Angeles Times*. Ele era tenente da polícia em Chicago, e tinha prendido um ex-presidiário. Maude percebeu que ainda o amava e que estava desperdiçando sua vida. Veio aqui e me contou tudo, e eu disse a ela que fosse para Chicago, nem que fosse de carona. Ela tinha um dinheiro guardado, e foi. Knudson ainda morava sozinho. Desde então, não mora mais sozinho. No outono, o chefe da polícia de Vale Nopal foi despedido por corrupção. Knudson candidatou-se ao emprego e foi aceito. Queria ficar perto de Maude e queria ver sua filha. De certo modo, finalmente ficaram juntos – ela suspirou. – Acho que Maude não agüentou a pressão de ter um amante. Ela não foi feita para intrigas.

– Não. Não deu certo.

– Maude era madura o bastante para ver o que tinha de ser feito, se possível. Desta vez teria ido embora com Knudson. Mas era tarde demais. Tinha de pensar em Cathy. O problema é que Cathy não gostava de Knudson. E era louca por Slocum.

– Até demais – eu disse.

– Entendo o que quer dizer – os olhos escuros se abaixaram e levantaram. – Claro, ela acha que Slocum é seu pai. É melhor que continue achando, não acha?

– Não é meu problema.

– Nem meu. Ainda bem. O que quer que aconteça a Cathy, sentirei pena dela. É uma criança maravilhosa. Vou até lá, visitá-la no fim de semana. Quase esqueço do enterro! Quando é o enterro?

– Não sei. É melhor ligar para lá.

Ela se levantou depressa e estendeu a mão.

– Preciso ir... terminar um trabalho. Que horas são?

Olhei o relógio.

– Quatro horas.

– Até logo, sr. Archer. Obrigada por me escutar.

– Eu é que devo agradecer.

– Não. Eu precisava falar com alguém. Sentia culpa. Ainda sinto.

– Culpa de quê?

– De estar viva, acho – deu um sorriso e foi embora depressa.

Tomei a terceira xícara de café e pensei em Maude Slocum. Não tinha vilões nem heróis na sua história. Ninguém para admirar, nem para culpar. Todos haviam errado consigo mesmo e com os outros. Todos tinham fracassado. Todos tinham sofrido.

Talvez tenha sido Cathy Slocum quem mais sofreu. Minha solidariedade ia da mulher morta para a moça viva. Cathy nascera na inocência. Fora desmamada no ódio, educada no inferno silencioso onde nada era real, a não ser seu amor pelo pai. Que não era seu pai de verdade.

Vinte e cinco

A viagem até Quinto, num ônibus velho, lotado de passageiros de fim de semana, foi longa, demorada e abafada. Uma moça que exalava cerveja e perfume de malva contou-me histórias de suas vitórias no boliche Waikiki, em Figueroa Boulevard. No cruzamento de Quinto despedi-me dela e fui andando até o cais.

Meu carro estava onde eu o tinha deixado. Uma multa tinha sido colocada no pára-brisa. Rasguei-a em oito pedacinhos e joguei-os no mar, um por um. Se dependesse de mim, jamais voltaria a Quinto.

De volta à passagem para Vale Nopal. A rua central estava congestionada pelo tráfego do fim da tarde e os carros estavam estacionados em fila dupla. Um deles saiu na minha frente e eu peguei o lugar dele. Caminhei um quarteirão até o Antônio's e sentei-me no fundo do bar lotado. Antônio me viu e acenou, em sinal de reconhecimento.

Sem falar uma palavra foi até o cofre e o abriu. Quando veio anotar o meu pedido, o malfeito embrulho de jornal estava em suas mãos. Agradeci. Ele disse estar sempre às ordens. Pedi um *bourbon* duplo, que ele trouxe. Paguei. Ele acendeu meu cigarro. Tomei o *bourbon* de uma só vez e saí com o dinheiro no bolso.

Gretchen Keck estava de pé, diante do fogão, dentro do *trailer*. Usava um *top* e calças compridas. O cabelo loiro estava preso na cabeça por um elástico. O ovo que ela estava fritando espirrava e pulava como uma pequena metralhadora, fazendo com que eu sentisse fome.

Ela não percebeu que eu estava ali até que bati na porta aberta. Então ela me viu. Pegou a frigideira e brandiu-a como uma arma. O ovo caiu no chão e ficou ali com a gema estatelada.

– Fique longe de mim.

– Daqui a pouco.

– Você é um cara sujo, não é? Um dos que pegaram o Pat? Não tenho nada a dizer.

– Eu tenho.

– Não para mim. Não sei nada. Pode ir embora – com a frigideira levantada, pronta para ser atirada, ela poderia parecer ridícula. Mas não havia nada de ridículo nela.

Falei depressa:

– Pat me deu uma coisa para lhe entregar antes de morrer...

– Antes que você o matasse, você quer dizer.

– Cale a boca e escute, moça. Não tenho o dia inteiro.

– Tudo bem. Termine sua conversa mole. Sei que está mentindo, tira. Está tentando me pegar, mas não sei nada. Como poderia saber que ele ia matar alguém?

– Abaixe isso e escute. Vou entrar.

– Não se atreva.

Passei pela soleira da porta, tirei a frigideira de ferro da mão dela e levei-a para a única cadeira:

– Pat não matou ninguém, entende?

– No jornal dizia que sim. Sei que está mentindo.

Mas sua voz perdera o tom de convicção apaixonada. Sua boca macia demonstrou incerteza.

– Você não deve acreditar em tudo o que lê nos jornais. A sra. Slocum morreu por acidente.

– Por que mataram Pat, se ele não a matou?

– Porque ele disse que a tinha matado. Pat ouviu um policial dizer que ela estava morta. Foi até o homem para quem trabalhava e disse que a tinha matado.

– Pat não era tão louco.

– Não. Era doido de pedra. O chefão lhe deu dez mil para fugir. Pat o convenceu a lhe pagar por um crime que não cometeu.

– Meu Deus! – ficou de olhos arregalados de admiração. – Eu disse que ele era inteligente.

– E generoso, também – aquela mentira me deixou um gosto amargo na boca. – Quando viu que não ia dar certo, ele me deu os dez mil para dar para você. Ele disse que você é a herdeira dele.

– Não! Ele disse isso? – os olhos cor de espiga de milho brilharam. – O que mais ele disse?

Minha língua continuou:

– Ele disse que tinha uma condição para você ficar com a grana: sair de Vale Nopal e ir para algum lugar onde possa viver uma vida decente. Ele disse que terá valido a pena, se você fizer isso.

– Eu vou! – ela gritou. – Você disse dez mil? Dez mil dólares?

– Sim – entreguei-lhe o pacote. – Não gaste na Califórnia, pois podem encontrá-la. Não conte a ninguém o que lhe contei. Vá para outro estado, deposite no banco e compre uma casa ou alguma coisa. Isso é que o Pat queria que você fizesse.

– Ele disse isso? – ela rasgou o papel de embrulho e colocou as notas brilhantes no seu peito.

– Sim. Ele disse isso – e eu falei o que ela queria ouvir, pois não havia nenhum motivo para não fazê-lo: – Ele também disse que a amava muito.

– Sim – ela sussurrou. – Eu também o amava.

– Tenho de ir agora, Gretchen.

– Espere um pouco – ela se levantou, a boca se mexendo sem graça, tentando fazer uma pergunta. – Por que você... ou seja, acho que você era mesmo amigo dele, como disse. Desculpe. Pensei que era um tira. E você me trouxe o dinheiro de Pat.

– Guarde-o – eu disse. – Saia da cidade hoje à noite, se puder.

– Sim, claro. Vou fazer o que Pat queria que eu fizesse. Ele era um cara legal.

Eu me virei e fui para a porta, para ela não ver meu rosto.

– Adeus, Gretchen.

O dinheiro não duraria para sempre. Ela compraria um casaco de pele ou um carro esporte e encontraria um homem que lhe roubaria um ou destruiria o outro. Outro Reavis, provavelmente. Mesmo assim, teria algo diferente para lembrar. Ela não tinha lembranças e eu tinha muitas. Não queria nada que me fizesse lembrar de Reavis ou Kilbourne.

A sra. Strang acompanhou-me até o quarto de James Slocum. Era um quarto de homem, mobiliado com poltronas de couro vermelho e móveis escuros. Gravuras de barcos a vela antigos, como janelas para um oceano imóvel, enfeitavam as paredes revestidas de madeira. Prateleiras embutidas, cheias de livros, cobriam uma parede inteira. O tipo de quarto que uma mãe cheia de sonhos decoraria para o filho.

O filho de Olívia Slocum estava sentado na ponta de uma enorme cama. Seu rosto estava lívido e magro. Na luz cinza que vinha da janela ele parecia a imagem de prata de um homem. Francis Marvell estava sentado de pernas cruzadas, numa poltrona ao lado dele. Os dois estavam concentrados no tabuleiro de xadrez feito de marfim preto e branco, que estava entre eles na ponta da cama.

A mão de Slocum surgiu da manga da camisa de seda vermelha e moveu o rei preto.

– Pronto.

– Muito bem – Marvell disse. – Muito bem.

Slocum afastou o olhar sonhador do tabuleiro e virou-se para mim.

– Sim?

– O senhor disse que receberia o sr. Archer – disse a governanta.

– O sr. Archer? Ah, sim. Entre, sr. Archer – a voz de Slocum estava fraca e um pouco irritada.

A sra. Strang saiu do quarto. Fiquei onde estava. Slocum e Marvell irradiavam um clima de intimidade onde eu não queria entrar. Nem eles queriam que eu entrasse. Suas cabeças voltaram-se para mim, no mesmo ângulo de impaciência, esperando que eu fosse embora. Para deixá-los com o complicado jogo de xadrez.

– Espero que tenha se recuperado, sr. Slocum – eu não consegui dizer outra coisa.

– Não sei, tive vários choques absolutamente terríveis – a autopiedade oculta naquelas palavras parecia um rato atrás da parede. – Perdi minha mãe, perdi minha esposa, minha própria filha está contra mim agora.

– Estou do seu lado, querido amigo – Marvell disse. – Pode contar comigo, você sabe.

Slocum deu um sorriso, de leve. Sua mão procurou a de Marvell, que estava parada sobre o tabuleiro.

– Se veio por causa da peça – Marvell disse para mim –, lamento ter de confessar que desisti. Depois de tudo o que aconteceu, podem se passar meses ou anos até que eu recupere minha imaginação. O pobre James talvez nunca mais vá para um palco.

– Não é uma grande perda para o teatro – Slocum disse, um pouco triste. – Mas Archer não está interessado na peça, Francis. Pensei que já soubesse que ele é um detetive. Acredito que veio buscar o pagamento.

– Já fui pago.

– Que bom! Você não conseguiria um centavo meu. Posso tentar adivinhar quem o pagou?

– Não precisa adivinhar. Foi sua esposa.

– Claro que sim! Devo dizer-lhe por quê? – ele se inclinou para frente, segurando os lençóis. Seus olhos brilhavam de febre ou ódio. O rosto prateado estava marcado e encovado como o de um velho.

– Porque você a ajudou a matar minha mãe, não é? Não é?

Marvell descruzou as pernas e ficou de pé, o rosto virado de vergonha.

– Não, Francis. Não vá embora. Quero que ouça. Quero que saiba com quem tive de passar minha vida.

Marvell voltou para a cadeira e começou a morder os dedos.

– Continue – eu disse. – É interessante.

– Isto me ocorreu na noite de anteontem. Fiquei aqui pensando a noite toda e entendi tudo direitinho. Ela sempre detestou minha mãe, queria o dinheiro dela, queria me deixar. Mas ela não teria coragem de assassiná-la sem ajuda de alguém. Cabia a você dar um toque profissional, não é?

– E qual foi minha contribuição?

Sua voz estava calma e astuciosa:

– Você achou o bode expiatório, Archer. Sem dúvida Maude afogou, ela própria, a minha mãe; ela não delegaria essa tarefa a outra pessoa. Sua função era a de assegurar que Reavis seria o culpado. Minha suspeita confirmou-se ontem, quando o boné de Reavis foi encontrado no gramado, perto da piscina. Eu sabia que Reavis não o havia deixado ali. Ela o tinha deixado no banco da frente do carro. Eu o vi no carro. Creio que você também o viu lá e percebeu o que poderia fazer.

– Não sou muito influenciável, sr. Slocum. Mas supondo que está dizendo a verdade, o que pretende fazer?

– Não há nada que eu possa fazer – com os olhos virados para cima, suas mãos esfregando uma na outra, ele parecia um santo enlouquecido. – Para que você fosse punido, eu teria de espalhar para todo mundo a minha vergonha e a de minha esposa. Pode ficar descansado, a não ser que tenha uma consciência. Na noite passada, fiz meu dever com minha mãe morta. Disse a minha mulher o que disse a você. Ela se matou. Foi apropriado.

Palavras duras quiseram sair de minha boca. Segurei-as com os dentes cerrados. Slocum estava fugindo da realidade. Se eu lhe dissesse que tinha levado sua esposa ao suicídio por nada, ele teria mergulhado no mundo da fantasia.

Maude Slocum não tinha se suicidado porque tinha matado a sogra. A história do boné apenas lhe informou que não tinha sido Reavis. O que significava que outra pessoa a tinha matado.

Eu disse a Marvell:

– Se você gosta deste homem, leve-o a um bom médico.

Desviou os olhos de mim e murmurou algo incoerente, mordendo os dedos. O rosto de Slocum ainda estava voltado para cima, com o mesmo sorriso triste de santo. Fui embora. Do corredor, ouvi quando disse:

– É sua vez, Francis.

Andei pela casa sozinho, pensando em Maude Slocum e procurando a filha. Os quartos e corredores estavam vazios e quietos. A maré de violência daquela casa tinha tirado a vida do lugar para sempre. A varanda, a *loggia* e os terraços estavam sem vida, exceto pelas flores queimando na luz pálida. Evitei a piscina, que brilhava entre as árvores, como uma lâmina perigosa. No final da fúnebre alameda de ciprestes, cheguei ao jardim da velha senhora.

Cathy estava sentada num banco de pedra, entre as flores. Seu rosto estava virado para o oeste, onde o sol se pusera glorioso, pouco tempo antes. Seu jovem olhar percorreu o muro de pedra, o jardim e as montanhas. Olhava as massas púrpuras que se formavam no muro de uma grande prisão, na qual ela estava condenada a viver sozinha para sempre.

Chamei-a do portão:

– Cathy. Posso entrar?

Ela se virou devagar, com o brilho das enormes e antigas montanhas nos olhos. Sua voz soou indiferente:

– Olá, sr. Archer. Entre.

Abri o trinco de madeira e entrei no jardim.

– Não feche – ela disse. – Pode deixar aberto.

– O que está fazendo?

– Pensando apenas – ela se afastou um pouco no banco, para dar espaço para mim. A superfície de concreto retivera o calor do sol.

– Sobre o quê?

– Sobre mim. Costumava achar isso tão bonito e agora não significa nada. Coleridge tinha razão sobre a natureza, em minha opinião. Você só vê a beleza, quando a sente no coração. Se o coração está triste, o mundo é cruel. Já leu *Ode à melancolia*?

Eu disse que não.

– Agora entendo. Eu me mataria, se tivesse a coragem de minha mãe. Do jeito que sou, acho que vou ficar por aqui esperando que aconteça alguma coisa para mim. Coisa boa ou ruim, não importa.

Eu não sabia o que dizer. Decidi falar algo sem sentido que a acalmasse:

– Todas as coisas ruins já aconteceram, não é?

– Menos a tristeza no coração – se ela não tivesse sido tão honesta, a frase pareceria uma bobagem.

Eu disse:

– Pode se abrir comigo.

– Como assim? – ela me encarou. Durante algum tempo olhamos um para o outro. Ela encolheu seu corpo e afastou-se de mim. – Não entendo o que quer dizer.

– Você matou sua avó – eu disse. – Pode me contar.

Ela abaixou a cabeça e os ombros e ficou sentada ali, sem chorar, em silêncio.

– Todo mundo já sabe?

– Ninguém sabe, Cathy. Só eu e Ralph Knudson.

– Sim. Ele falou comigo hoje. O sr. Knudson é meu pai. Por que não me contaram antes? Eu nunca teria mandado aquela carta.

– Por que a mandou? – eu disse.

– Eu odiava minha mãe. Ela traía meu pai... o sr. Slocum. Eu a vi com Knudson certa vez, e queria que ela sofresse. E achei que se meu pai... se o sr. Slocum descobrisse, ele a mandaria embora e eu poderia ficar com ele. Veja bem, eles sempre brigavam ou ficavam em silêncio. Eu queria que eles se separassem, para ter um pouco de paz. Mas a carta não fez muita diferença.

Durante algum tempo ela parecia uma mulher; mais do que isso, uma profetisa sem idade falando sobre a sabedoria antiga. Voltou a ser uma criança, uma criança atormentada tentando explicar o inexplicável: como cometer um crime com a melhor das intenções.

– Então escolheu o caminho difícil – eu disse. – Achou que o dinheiro de sua avó os separaria. Sua mãe fugiria com o amante, e você viveria feliz para sempre com seu pai.

– Com o sr. Slocum – ela me corrigiu. – Ele não é meu pai. Sim, foi o que pensei. Sou uma pessoa horrível – e ela chorou.

Um pássaro no cipreste aderiu ao choro. Os soluços da menina e do pássaro ressoaram no fim de tarde. Coloquei um braço em volta dos ombros de Cathy. Ela disse:

– Sou horrível. Devia morrer.

– Não, Cathy. Já morreram pessoas demais.

– O que vai fazer comigo? Devia morrer. Eu detestava a vovó, queria matá-la. Ela dominou meu pai desde pequeno, ela fez dele o que ele é. Você sabe o que é o complexo de Édipo, não é?

– Sim. E também já ouvi falar no complexo de Electra.

Ela não entendeu. Foi bom, porque eu não deveria ter dito aquilo. Ela já sabia demais, mais do que agüentava saber.

Ela tinha parado de chorar, mas o pássaro ainda gritava na árvore, como uma consciência incorpórea.

Eu disse:

– Cathy, não vou fazer nada com você. Não tenho o direito.

– Não seja bonzinho comigo. Não mereço nada de bom de ninguém. No momento em que decidi fazer o que fiz, senti que estava isolada de todas as pessoas. Sei o que é a marca de

Caim: eu a tenho – ela cobriu a testa com as mãos, como se estivesse mesmo marcada.

– Entendo o que sente. Fui responsável, de certo modo, pela morte de Pat Reavis. Já matei um homem com minhas mãos. Fiz isso para salvar minha vida, mas o sangue está em minhas mãos.

– Você esta sendo bom para mim, assim como o sr. Knudson. Meu pai – a palavra pareceu impressionante na boca dela, como se significasse algo grandioso, misterioso e novo. – Ele se culpou por tudo que aconteceu. Agora você está se culpando. Mas fui eu quem fez aquilo. Eu quis que Pat levasse a culpa. Eu o vi naquela noite aqui. Menti, quando disse que não o tinha visto. Queria que eu fugisse com ele, eu tentei, mas não consegui. Estava bêbado e eu o mandei embora. Então vi o boné que ele deixou no carro, foi quando decidi que conseguiria fazer. Foi horrível. Assim que percebi que conseguiria, senti que tinha de fazê-lo. Entende?

– Acho que sim.

– Senti que tinha vendido minha alma ao diabo, mesmo antes de acontecer... não! Não devo dizer *acontecer*, porque eu fiz acontecer. Mas achei que se pudesse ir embora, aquilo não teria de acontecer. Vi você sair da casa e entrei em seu carro. Mas você não quis me levar.

– Desculpe.

– Não precisa se desculpar, você não sabia. O que teria feito comigo? De qualquer modo, você me deixou ali. Eu sabia que a vovó estava sentada no jardim. Eu não podia voltar para casa antes de terminar. Fui até a piscina, escondi o boné de Pat na cerca viva e a chamei. Disse a ela que havia um pássaro morto na piscina. Ela foi olhar e eu a empurrei. Entrei na casa e fui dormir. Não dormi a noite toda e nem ontem à noite. Acha que vou conseguir dormir hoje, sabendo que outras pessoas já sabem?

Ela virou o rosto em minha direção. Estava atormentado, a pele cinza e translúcida, como a luz do jardim que se esvaía.

– Espero que sim, Cathy.

Seus lábios se mexeram:

– Acha que estou louca? Há anos tenho medo de ficar louca.

– Não – eu disse, sem saber o que pensar.

Uma voz masculina chamou seu nome, de algum lugar fora da vista. O pássaro voou, deu a volta em outra árvore e gritou de novo.

A cabeça de Cathy levantou como um cervo.

– Estou aqui. – E acrescentou com a mesma voz clara: – Papai.

A estranha e antiga palavra.

Knudson apareceu no portão. Olhou ameaçadoramente quando me viu.

– Já lhe disse para ir embora e ficar longe. Deixe-a em paz.

– Não – Cathy disse. – Ele está sendo legal comigo, papai.

– Venha cá, Cathy.

– Sim, papai – ela foi até ele, com a cabeça baixa e atenta.

Ele lhe falou em voz baixa, e ela foi embora, em direção à casa. Ela se movia insegura, uma viajante em terras estranhas, e perdeu-se nas sombras dos ciprestes.

Fui até o portão e encarei Knudson, na estreita abertura entre as colunas de pedra.

– O que vai fazer com ela?

– É assunto meu – ele estava tirando o casaco. Estava sem uniforme, sem armas.

– É assunto meu também.

– Você errou muito. Muitos erros. Você vai pagar por eles – mostrou o punho para mim.

Saí da frente.

– Não seja infantil, Knudson. Derramar sangue não vai ajudar ninguém. Muito menos Cathy.

Ele disse:

– Tire o casaco – tinha pendurado o dele no portão.

Joguei o meu sobre o dele.

– Já que insiste.

Ele voltou ao gramado e eu o segui. Foi uma luta longa e difícil, sem sentido. Mas precisava acontecer. Ele era maior e mais pesado do que eu, mas eu era mais rápido. Eu o acertei três vezes, e ele me acertou uma. Joguei-o ao chão seis vezes antes de ele ficar de costas com as duas mãos no rosto. Meus dois dedões estavam torcidos e inchados. Meu olho direito ficou quase fechado, por um golpe na pálpebra.

Estava totalmente escuro quando acabou. Ele se sentou depois de um tempo e falou entre soluços.

– Eu precisava brigar com alguém. Com Slocum não dava. Você luta bem, Archer.

– Fui treinado por profissionais. O que vai fazer com Cathy?

Ficou de pé devagar. Seu rosto estava marcado com sangue negro, que escorria do queixo e ensopava a camisa rasgada. Ele tropeçou e quase caiu. Eu o segurei com as mãos.

– Oficialmente, você quer dizer? – ele murmurou, com os lábios inchados. – Pedi demissão hoje. Não disse o motivo. Você também não vai contar.

– Não – eu disse. – Ela é sua filha.

– Ela sabe que é minha filha. Ela vem comigo para Chicago. Vou colocá-la na escola e tentar dar um lar a ela. Parece impossível? Vi casos piores do que Cathy se regenerarem e virarem pessoas adultas. Não é comum, mas acontece.

– Cathy vai conseguir, se outros conseguiram. O que Slocum disse?

– Slocum não pode impedir – ele disse. – Nem vai tentar. A sra. Strang vem comigo; ela e Cathy se dão bem.

– Boa sorte, então.

Em volta e acima de nós a escuridão era imensa. Nossas mãos tatearam e se apertaram. Eu o deixei ali.

IMPRESSÃO:

Santa Maria - RS - Fone/Fax: (55) 3220.4500
www.pallotti.com.br